桑格格 ※ 著

华艺出版社
HUA YI PUBLISHING HOUSE

图书在版编目（CIP）数据

黑花黄／桑格格著. —— 北京：华艺出版社，2009.11
ISBN 978-7-80252-206-0

Ⅰ.黑… Ⅱ.桑… Ⅲ.长篇小说—中国—当代 Ⅳ.I247.5

中国版本图书馆CIP数据核字（2009）第206318号

黑花黄

作　　者：桑格格
责任编辑：黑　薇　刘　方
插图绘制：孟　可
出　　版：华艺出版社
社　　址：北京市海淀区北四环中路229号
电　　话：(010)82885151
传　　真：(010)82884314
销　　售：新华书店
印　　刷：北京顺义兴华印刷厂
开　　本：1/32
字　　数：300千字
印　　张：13.25
版　　次：2009年12月第2版
印　　次：2009年12月第1次印刷
书　　号：ISBN 978-7-80252-206-0 / I·514
定　　价：28.00元

在街上，看见猫儿，就喂喂嘴，猫儿可以跟我一条街。

——桑格格至今获得的最大成就。

总目

01

[小时候Ⅱ]

※ 秋千

在儿童乐园，桑格格一个人在玩，她在荡秋千。

她很猛，秋千荡得多高也不怕，还在上面笑得咯啊咯的。下面一堆排队的娃娃，等她耍够了好接着耍。但是，桑格格什么时候才有个够喃……

"飕——嘭！"半空中的桑格格没有抓稳秋千绳子，眼见着摔在了地上！"啊——"四周的娃娃、家长像炸了的蜂窝一样："哎呀！哪家的娃娃遭摔下来了！""糟了！肯定不得了！""快点！去找她家长！"……

地上散落着一大团桑格格头上摔落的头发，这边几缕那边一坨，但是桑格格很快就从地上爬了起来。她对周围乱七八糟的娃娃们嘘了一声，说：不要吵，不要让我妈听见！

然后她拍拍身上的土，对那些排队的娃娃（这些娃娃有的都吓哭了）说：你们要嘛，我不要了。说罢，她一瘸一拐地走开了。

※ 谁干的

我睡在床上，其他小朋友都睡了，就我睡不着。看着墙上的小红花评比栏，就我名字后面一朵小红花都没有，都愁死了。

我悄悄起来，左右看看没人，把别人名字后面的小红花揪了几朵下来，贴在了我名字后面。然后，我就睡着了，笑着睡着的。

第二天一早，我看着小红花评比栏，故意大呼小叫：哎呀！这是谁干的呀！讨厌！

※ 高级

我并不是一直像现在这样朴实无华，低调着高调的。

两岁半的时候我妈给我做了一件新衣服，上面有一只立体绣的小鸭子。我穿着这件衣服，大半天都站在十字路口，手像个指示牌一样，指着这只小鸭子，严肃地对过往的人们说：高级！

※ 花开了

哎呀，有一朵花儿啊，在花园里开了！开了呀开了！

我一会儿就去看看她，急得团团转。她开了，我能为她做些什么呢？我能去喂她吃什么吗？我能给她一间挡风的小屋么？我能给她一条热毛巾让她擦擦汗么？她开得好美啊！

又张开一点，都能看见鹅黄的蕊了，我简直要疯了，我奔走呼号：快去看啊一朵花开啦！人们说是什么珍奇的花么？我说不啊，就是一朵小小的月季，但是是一朵你从没有见过的，今天第一次诞生的月季啊！人们说，是奇怪的颜色么？是没见过的形状么？不是，不是，就是粉红的、小小的，但是是完全新的啊，不是以前任何的一朵啊！没有在你生命中出现过的啊！

那有什么不同？大家说。

我彻底疯了，双手捧着我的小月季。亲爱的，别伤心，我一直陪你开，我看着你开，你开你开。

※ 莫负春光

　　很多年前的春末，我是班上最贪玩的一个小孩。春末的时候，意味着我在更加玩命地玩，面对暖和的太阳，我都恨不得把自己用擀面杖摊成最大面积去承接。

　　我有一个同学，她叫刘仁华。正如这个端庄严谨的名字一样，她是一个好学生，时时刻刻都在学习、上进。她有很粗很黑的发辫，被一丝不苟地用了十几颗黑色的钢夹子贴着头皮紧紧地夹好。她什么都玩得好，得到我由衷的喜爱，也许从这可以看出我这个贪玩的差生对自己也有上进的要求吧。

　　我缠着她：刘仁华，我们去塔子山公园弄烧烤嘛！我藏了两截香肠！她娴雅地叹了口气：哎呀，不得行，我要做化学卷子。我继续缠着她：你硬是喔，你做未必我就不做了嗉？走嘛，去塔子山公园弄烧烤嘛！她文静地摇头：嗯，我妈喊我在家把衣服都洗了。我跳起来坐在她的课桌上：我去你家帮你洗，我们两个人几哈就洗完了，然后我们就去塔子山公园弄烧烤！她用水汪汪的单眼皮眼睛看着我：哎呀，真的不行……最后，我居然说出了这么一句话：你看，现在是春天，难得太阳这么好，不要辜负春光啊！她是这样回答的：不怕，春天过去之后就是夏天，天天都是这么好的太阳，莫得事！

显然，我们俩对"辜负春光"的定义是不一样的：她的阐释是，抓紧时光学习，是一个正解；而我，是尽情地玩耍，是一个不得人心的歪理。

她最终没有和我去塔子山公园弄烧烤。我孤独地一个人骑着自行车去了遥远的塔子山公园，在公园院墙下面，搭了个火堆，把两截香肠烧来吃了。我在品尝香肠的时候，一贯好得吓人的胃口突然觉得有点异样：啊，这是春天！看啊，小蜜蜂在采蜜！

我用塑料袋装好了半截香肠，第二天带给了刘仁华。她笑眯眯地责备我：好脏喔，你还要吃，啧啧！不过，她在用纸巾仔细擦过了香肠之后，也吃了下去。然后，我小声地对她说：把化学卷子拿给我抄一哈。

她小心把嘴角擦干净，说：瓜娃儿，我光给你抄有屁用，来，我给你讲一下。然后，她在校园的七里香蓬蓬下，展开字迹娟秀的卷子，洁白的纸迎着春末夏初的阳光，闪花了我的眼。

※ 惊世骇俗的完美

一本崭新的作业本的第一篇，用削得溜尖的中华铅笔，认认真真地写算术作业。运算正确、字迹工整，而且，全对。老师的红钩钩连得来一道道山来一道道水，落款：一百分。

※ 遭抢

一辆从四川开出的东风货车，深夜跑在陕西的国道上。司机害怕有危险，早就用泥巴把"川A"的字样糊起来了。

突然，挡风玻璃前钻出来两个人挡住了视线！司机只有紧急刹车，瞬间十几个人包围了东风货车。接下来就是武打场面，在一个伸手不见五指的异乡的黑夜，司机勇斗十几个歹徒。司机是个好手，打跑了好几个，但是人家有刀，他的左额有一块皮也被砍得耷在了眼皮上。最后，他英勇地生擒了两个年龄最小的歹徒，大概都只有十六七岁的样子，到了当地派出所。

他狠狠地将一把红头文件摔在派出所的桌子上，用浓重的四川口音说：妈了个巴子！龟儿子运往越南战场的电缆都敢抢！所有人都愣住了。司机指着自己下巴上一处枪伤：这是老子在战场上一颗子弹从这边打进来，从这边穿过去的老伤！他又指着额头上的新伤：这是老子们刚刚遭自己人砍伤的，格老子！！老子们在前方流血，在后方还要流血！老子们的车队一会儿就拢了，我是队长，老子就命令把所有的电缆都摆在你们派出所门口，要耽误啥子，你们去抵！！

派出所的所长来了，用大皮鞋把地上蹲着的两个小歹徒一阵好踢，然后和颜悦色地对司机说：老哥请放心，我们一定妥善处理！我们马上送你去看看伤！

医生缝针的时候，司机对他说：医生，好生缝哈，我是四川深山里面三线城市的大龄青年，还没有找对象！

该赔的赔，该出示的证明出示。司机说，必须写一个在陕西境内遭车匪路霸抢的证明，才能对上级说清楚耽误时间的问题。一路上，从陕西到山西，从山西到石家庄，最后到达首都北京。要交费的时候，司机就指着自己额上的伤，再出示遭车匪路霸抢的证明，几乎都免了费用。后来，纱布干了，司机就把纱布从前额扯下来，结果没有纱布效果差很多，他赶紧又把纱布蒙回去。

到了北京，他本来想去看看天安门和毛主席，但不知为什么，要走拢了，突然没有了心情。

回了四川，他说：一路上人家看我遭抢了造孽，都给我免费，回到自己本单位那些龟儿子说表示慰问，但是这个月的承包费一分不能少，比车匪路霸还凶！

其实，他只是一个在改革开放中，响应个人承包号召的货车司机，拉的是私货，单枪匹马，没有什么车队，也不是运往越南战场；红头文件不是假的，但是是以前拉单位上的货时留下来的；也更不是什么三线城市的大龄青年，他早就结婚了，还有等他抚养供读书的娃娃；他确实上过越南战场，但是那个枪伤不是来自战场，而是小时候耍鸟枪遭打到的。

这个司机就是我爸。

他晚回来的半个月里，我在家把眼睛都望穿了，担心极了。他为了安慰我，给我买了一个新书包，还塞了一百元零花钱。

※ 玻璃

我爸和我妈，是世界上最不应该捏合在一起的一对夫妻，对此我在八岁的时候已经有了充分的认识——那年，天气和这个夏天一样炎热，我在外面玩了会儿尿水和河沙之后，回家对我妈严肃地说：妈，为了我和你的幸福，请你和桑国全离婚！

但是这不意味着他们之间完全没有一点共同的快乐的记忆。这一点，如同在阳光下闪光的玻璃渣子，是片无用的垃圾了，却泛着令人心碎的迢递之光。

他们在一个单位工作。我妈在计划科，负责这个单位所有的对外联络业务，管理着百吨百吨的紧俏物资（除了在少女时代被自己的才华和美貌震惊之外，这是我妈这辈子最骄傲的资本了）；我爸呢，在运输科，开着辆威猛无比的新款东风货车，顺畅地出入在这个专属于航空航天部的牛逼单位。这种里应外合、天衣无缝的合谋关系居然无意中落在了一对夫妻身上，这让他们短暂地达成了在生活中没有的默契：偷一块玻璃出来。

我爸威猛无比的新款东风货车就停在我们院子里，那是我的领地，只有我才能进入到高贵的驾驶室，如国王一般坐在里面，然后居高临下地看着其他流着口水想爬上来感受上流社会的小屁孩。他们在地上哀号着：格格！格格！让我们上来耍一哈哈儿嘛！格格！格格！我们认你当王嘛！格格！格格！你好好喔！那时候，我是多么热爱"作威作福"这个词啊，虽然接受了义务教育之后知道了这个词偏向于贬义，但是一想起来，还是把我带回了那个拥有驾驶室特权的光辉的儿童时代。

我应该更矜持一点的，这个尺度的把握至今都是困扰我的根本人生难题，六岁的我当然控制不好。对人进出的驾驶室门打开了，我高叫着：上来吧！给你自由！

一群狼崽子号叫着扑了上来。驾驶室里精密的仪器，散发着成人才能掌控的世界的摄人魅力。他们不停地问：这是啥子？！那是啥子？！我不紧不慢地作答。看似漫不经心的态度，拉开了见过世面和没见过世面之间的区别。一个小狼崽子兴奋得不知怎么才好，就跳起来一屁股坐在皮坐垫上，听见嘎嘣一声脆响，我知道坏事了。

有见识的我，本能地知道这是什么秘密被打开的前兆，而这个秘密是属于我们家的，不属于别人。我把所有小孩撵下了车，然后开始心尖颤颤地检索。揭开铺在座位上的一块布，我看见一块从中间呈放射状裂开的玻璃。那玻璃如果没有烂，是一块十分美丽的质量上乘的玻璃。凭目测，那尺寸和我家后阳台窗格十分吻合。我含辛茹苦的妈妈是多么费尽心机地从仓库里把它偷来，又掩人耳目地交给我爸，我爸又是怎样千辛万苦地利用单位的工具把它切割成吻合我家后阳台窗格的尺寸呢？

就凭这一件事情，可以肯定，我爸不是一个完全不顾家的男人，我妈多年的控诉有失偏颇。但是，这里面是有隐情的，那是因为我的罪过，我一直不敢承认。唉，我这个罪人啊。当天晚上，我听见他们在吵架。我妈压抑之后尖锐的嗓门像一只失控的母猫：桑国全！你连偷块玻璃回来都做不好！你一天到晚有没有为这个家庭认点真！我爸则完全不想压抑他那浑雄的男性声线：龟儿子的死婆娘！老子明明包得巴巴适适的，不晓得咋个就烂了！

我睡在我的小床上，用手一点一点地抠着凉席，沉默着。他们的争吵越来越升级，随着恐怖指数的增加，我越发不敢讲出真相。最后，他们开始由语言冲撞发展到肢体表达，并且一块接着一块毁灭着家里的其他玻璃。玻璃，又见玻璃。

我跳下床，跑到隔壁刘科长家敲门，哭着说：刘叔叔救命。

这之后，我妈郑重地考虑了我那次在外面和尿泥沙之后给她提出来的建议，并且，为了我和她的幸福，和桑国全同志离婚了。

……

这个秘密我在严守了二十年后，于今年春天告诉了我妈。那天，我们娘俩在后阳台上挽毛线，我妈盯着窗格发呆，说：你知道这个玻璃……我打断我妈：我知道这个玻璃。然后，不知道为什么我特别顺畅地告诉了我妈这个真相。我妈愣了很久，眼睛定住，好久才吐出一口气：……原来，真的错怪了他……

那一瞬间，我逼真地听见了多年前嘎嘣那一声脆响，然后眼泪呈放射状流了下来。

※　李颖，出来要

李颖，昨天晚上梦见你了，事实上这么多年来我经常梦见你，你信不信？你也应该是个二十六岁的大人了。你上网不上？上网的话，如果偶然看见这一段话，不要怀疑，就是蓉儿写给你的。是我，420厂子弟校初中3班的。我再多说几个名字，你就应该确信了：刘仁华、樊辉、刘鹏。

你知道吗，我画简笔画就数画你最像，两个又圆又大的单眼皮眼睛，开阔的前额，小嘴。今天翻出照片来看，不得不又一次惊叹自己画你画得简直入神！

有一次在双林吃麻辣烫，看见你了，我要招呼你时，你背转过身。我晓得，你还没有在心里把那件事情渡过去……哎呀嘞，说实话，这些麻麻碴碴的所谓爱情，我真的不觉得有我们两个的友情重要。你说，你要怎样才能理我？他是个帅哥，又会踢足球又长得高，又爪子喃？可以拿来吃？

事实上，我那段时间的心都扑在如何让自己成为一个有理想有抱负的栋梁上了。你是不是听我说过，我希望以后有钱了，去到我们老家尖山顶修条路？好有车把我一百岁的祖祖接出来耍……我现在还在努力，没有放弃，同时还有了很多其他的理想。但是，男孩嘛，我还是喜欢高的，喜欢会踢球的。但是个人享受不是我心中的"南巴万"，我心中一直都是家国天下的哈。

你看，我还是这样讲话的，你最喜欢听是不是？你用尖细的小指甲掐着我的胳膊，另一只手叉着腰，笑得上气不接下气：龟儿子的说话好笑人喔，嘻嘻嘻，哈哈哈哈，哎呀笑死我咯，嘻嘻嘻，哎呀不行了肚儿痛！你帮我揉一下揉一下……我一边帮你揉，一边继续严肃地模仿射洪县广播站播报时间：社员同志们，刚才"鸡儿"的一声是巴京时间绳儿点整——

你一脚踢开我：格老子尿都笑来滗出来了！！

当然，我们也有文雅贤淑的时候，有符合我们青春少女风貌的时候。你总记得我们手挽手在校园深处坐在石坎上唱方季惟的《爱情故事》嘛：是什么样的感觉，喔，我不懂，只是一路上你都在沉默……李颖，那个时候，你简直就是我的品味女神，你看你数学好，还知道方季惟，教我在"喔"和"我"这两个字之间注意颤抖声带转换音量。我喃，也学得认真，就是把颤音学得有点翻山了，颤得有点多，后来只有改唱邓丽君。

我们两个偷偷摸摸躲在教室后面，你神秘地说：来，我给你展示一样东西！你掏出一张手帕，在桌子上东折西折，就在要成功的时候，你停下来说：挡住我。我就站起身来挡住。你把折好的帕子一抖，出现一个连体口罩。我说：这个是啥子？你说：瓜儿，这是胸罩。

你看，你都没有等我们两个发育完全成熟就不理我了，以至于我都不知道你穿多大的尺码。我现在有个好朋友，是高中的张敏，后来我在高中写了很多信给你提起过——虽然你没有回。我和张敏在胸罩尺码上简直是心知肚明，虽然龟儿子有时候拿这个取笑我，我还是不生气。你知道，我跟她一起睡一起吃一起长大，哪寸嘎嘎没有看过？我们更是。

你知道，我们在一起，都是我保护你，不准别人欺负你，包括高年级的男生。而且你也对我好，很好。你那么温柔纤细，你喊我蛮子，我就答应：哎！！嘿嘿。你爸爸在外国，这个简直了不起，他晓不晓得他从外国带回来的糖，一半是我吃了喃？有一次，我在你屋头，突然胃痛，你马上倒了一杯开水，拿毛巾包着递给我：快，烫烫地喝下去，我爸说这样有效。

李颖，我给你说说我的梦哈：夏天，知了叫得响，太阳把梧桐树叶子都晒蔫了，我顶着太阳骑自行车去你家找你。你家在二楼，一楼是420厂生产资料门市部，你的房间就对着生产资料门市部那个"料"字上。我把腿放在地上，一遍又一遍地扯着嗓子，嘶声力竭地喊：李颖——出来耍！李颖——出来耍！

※ 婚礼的秘密

　　婚礼仪式马上就要开始了，新郎倌何炜穿上西装准备上场了，但是发现自己不会打领带。

　　他问桑格格：姐，你会不会打领带？我说：……不会。我问何林琼：姐，你会不会打领带？她说：……不会。何林琼问所有在场的兄弟姐妹：有没有会打领带的？大家都纷纷摇头。司仪在外面又一次催：有请新郎倌上场——

　　我性子急，上去抓住红色的领带就往何炜的脖子上套，管他三七二十一。所有人都没有看清我怎么弄上的以及弄成了什么样子。然后，我就把何炜往外推：去吧！小子！

　　台上一对新人交换着酒杯，新郎很帅，新娘很美，我在台下看得眉开眼笑。只有我知道，新郎其实打了一条红领巾。

※　妈妈，我错了

　　我妈又不在，她留了字条还有五元钱，让我买点吃的。有这五元巨款，一切还不那么糟糕：吃一碗粉一块五，还有三块五，老子今天有的是钱。

　　我不想回家，想去远点的地方。什么是远点的地方呢？起码要越过东风大桥，离家四站路以上。我上了4路公共汽车，两毛钱被我潇洒地用掉了，路过第二个站的时候，我就下了。到这里只要一毛钱的，我的心还是疼了一下，但是想想还有三块三做坚强的后盾，怕锤子怕。这里住着一个同学，平时不咋说话的一个男生。我既然路过了，喊一声，多个人耍总好些。

　　我大喊：万——科！！！龟儿子的脑壳像安了弹簧一样，一下就噌出来了：哎！哪个？！他一看是我，居然也没有什么犹豫，就下来了。他脖子上挂着钥匙，一脸的苍蝇屎没有洗干净的样子，问：做啥子？我说：耍。他说：要得，我老汉儿今天不在屋头。

　　我们一起又一次坐上4路公共汽车，我出的钱，潇洒的四毛钱又没有了。他可能觉得有点暧昧，不停地偷偷打量我。我说：我不是找你耍朋友哈，你不要乱想，就是我妈今天不在，我想出去耍一哈哈儿。他说：我才不想耍朋友呢。一路上，他给我表演了用橡皮筋变五角星、弹弓打骑自行车的屁股、动耳朵等娱乐项目，我表示了热烈欢迎。车已经远远过了东风大桥，不知在哪一站，他说他知道这里有一个没有人住的老房子，里面可以探险，我们就下车了。

太阳下山了，我们并排坐在这栋即将被拆掉的老房子的二楼过道上，看着外面马路上的人流、车流。他说：我老汉儿可能不要我了……他找了个婆娘，一天到晚不落屋！我说：你乱说，你是他亲儿他不要你？！他现在只是暂时出去社交一下，你要理解！他一定要你，一定！他站起来，哼了一口冷气：你是不是怕你妈不要你喔。我说：你再说一句，就给老子爬回去。他可能怕没有人出路费回家，就闭嘴不说了。最后，我们讨论了一下班上谁喜欢谁的问题，这个我们都很感兴趣。但是，最后他说刘鹏喜欢李颖，我心跳得嘣啊嘣的，问：不可能喔？这个牙尖舌怪的一下子又跳起来：咋个不是！我还帮刘鹏约过李颖！我脸色很难看，心中夏天的小秘密就这样破灭了。我说：你再说一句，就给老子滚回去。他就乖乖坐下来了。我摸了摸硬扎扎的两块九，老子有钱就是腰杆硬。

天越来越黑，我们慢慢没有话说了。他躺在光光的水泥地板上，说：咳，这个地板是烫的啊！我也躺下。果然！晒了一天太阳的地板暖洋洋的，好舒服啊。我闭上眼睛，觉得这里比家里舒服多了。我把身体放平，有一种失重的眩晕。我想起我妈，她尽煮我不喜欢的面条给我吃；想起我爸，即将在年底和吴嬢嬢结婚，据说有个八岁的弟弟跟过来。我不觉得这有什么不好，只要我妈天天给我五元钱，让我大手大脚地潇洒，这种日子也许比一般完整家庭的娃娃都要好些。万科说：你在想啥子？我说：干脆今天晚上我们不回去了。他犹豫了一下：好嘛。为了奖励他陪我过通宵，我留下坐车的钱，给了他两块五，去买点好吃的回来。他飞快地跑出去，又飞快地带回四个鸭翅膀和两瓶汽水。

我们又兴奋起来，吃鸭翅膀那会儿，我觉得真是一辈子不回去都可以……但是，夜长得超出我们的想象。下半夜，他居然提出想抱抱我的想法，被我断然拒绝了。他自说自话：我们是不是梅艳芳唱的亲密爱人了喃？今夜还吹着风，想起你好温柔……他居然唱起来，唱得很难听。我有点后悔，这是我人生第一次和一个男的在外面过夜，这男的居然如此倒胃口，是刘鹏就好了……终于熬到天蒙蒙亮，我们好像早就盼着这一刻，我们都想家了。

　　我一进家门，看见我妈铁青了脸在等我。我还没有说话，她的巴掌就扇在我脸上了，但是我没有哭，我说：妈妈，我错了。

后记：
这篇文章是二○○五年写的。老文章了，纪念老朋友。
今天才晓得，万科，出车祸，不在了。

※　不敢要求

我十岁生日那天，我妈对我亲热地说：乖，今天你说什么妈妈都答应你！

我信以为真了，尝试着说：我想去动物园……我妈说，好！我们收拾出门，我觉得这简直不像真的，准备再试试：我要吃冰糕……我妈说，好！马上就给我买了一个豆沙冰糕。

接下来，我陆续提出了以下要求：1. 买一条新裙子；2. 坐要钱的太空舱一次；3. 吃蛋烘糕两个；4. 吃酸辣粉一碗；5. 吃娃娃头冰淇淋一个；6. 吃甘蔗一根；7. 买塑料小桶（小蜜蜂采蜜那种）一个。

我妈的脸色越来越差，最后，傍晚回家的路上，我已经得意忘形了，看见一个蛋糕坊的奶油蛋糕，马上就蹲在地上：我要！我妈终于爆发了，一个正义的巴掌打在了我的头上。

我哇哇大哭，这一切果然不是真的！以后过生日，我再也不敢要求什么。

※ 演出

说来，我还是被重视过的。就我这个样子，都被选进合唱团，光荣地成为了一个要去演出的人。我妈、我三姐、我们邻居都知道了这件大事，大家都为我感到自豪。

尤其是我妈，得知演出需要一件白衬衣，她分别走访了双桥新商店、牛市口商店，远至成都百货大楼。她把三十元巨款交给售货员的时候特别强调：这是我女儿演出要穿的哟！人家根本不感兴趣，说：拿到，找你四元。

然后我们邻居嬢嬢无私地捐献了一条蓝色的背带裙。有了这条背带裙，配上洁白的衬衣，基本上可以奠定我作为一名超凡脱俗的演员的格调。而作为事件的中心人物，我，又为自己做了点什么呢？我只是很仔细地把我的白皮鞋用彩色水粉涂成了鲜红色的而已。演出前的那天晚上，我和我妈在灯下观看我白衬衣、蓝裙子、红皮鞋的俏丽模样，我妈情绪难免激动：哪个娃娃都没有我的女儿好看！

第二天，我站在合唱队最边边上，双手相扣，一脸幸福。独唱演员唱完了，终于该我们合唱队了，我们集体用胸腔里最洪亮的声音喊了句：嘿！

下场，演出完毕。

※　二舅舅那里

每年的暑假，我妈就和我商量：你干脆到你二舅舅那里去要要得不？当她这么说的时候，我已经背起我的书包（里面还有吃的）站在门口，笑嘻了：现在就走嘛！

二舅舅那里山清水秀：山不是一般的山，是大匹大匹青幽幽的山，如果要望到头就要用手把帽子按住，要不然就要掉在地上。山尖尖上还有终年不化的雪！夏天都是！那里的水也不是一般的水，那种水哈，我给你说，摸上去冰沁得很，就像是好多好多北冰洋汽水全部倒在一起，而且也是青幽幽的，浪头撞在石头上击起一朵朵雪白的浪花……喝一口才甜！二舅舅那里不仅有这样的山水，还有夏天满山开遍的野百合花，不是现在有首歌在唱嘛：别忘了山谷里寂寞的角落里野百合也有春天！

哈哈，估计写这首歌的人才没有去过我二舅舅那里呢！山谷里面一点都不寂寞喔！除了野百合，还有野棉花（开的花是桃红色的，很大朵）、太阳菊、兔儿云（开的花像是一把撑开的小伞，全部是小颗粒的白花组成，据说可以用来喂兔子）、铃铛花、蛇泡儿（就是一种小小的红色野草莓，据说是蛇舔过的，我二舅舅喊我不许吃，吃了肚皮疼，但是有啥子关系喃？蛇吃得我也吃得）……你看过日本动画片嘛，这里就像是那个花仙子走过的全部地方的总和！

　　然后，我妈妈就让我二舅舅来接我了。我很喜欢我的二舅舅，他是一个高大帅气的中年纪检人员，他有货真价实的一把枪。在我们出门坐上车之后，我兴奋地从兜里掏出一坨用作业本纸包住的东西递给他。二舅舅问我：蓉娃子你包的啥子？我一瓣一瓣地把纸打开，得意地说：早上吃的汤圆！我留了一个给你车上吃！二舅舅说：勒个小狗日的，幸好你没有直接揣在包包头喔，要不然你二舅妈洗都洗不脱。

　　我亲爱的二舅妈看上去像是一个大人，实际上不是。首先她长得很矮，皮肤比较白，像是一只小白兔。而且，我二舅妈不像是大人那样一本正经，她很好耍，我一逗她她就要哭。记得有一次，二舅妈来我屋头耍，她天天都和我手拉手去买五梅花蛋糕。有一天她没有去给我买，我就喊她爬，爬就是滚蛋的意思，是很没有礼貌的，小朋友千万不要学习。我二舅妈一听我喊她爬，就去守到我妈伤伤心心地哭了：呜呜呜，蓉娃子喊我爬呜呜呜……她拿起包包就要往门外头走，当年已经四岁的我成熟得可以去经商了，我说：慢点，你在我屋头住了两个月，先把伙食费算了再说。

就是这个二舅妈，听说我要去，头三天就在家里磨苞谷面面，炒红苕片片，这些都是我爱吃的。她还给我打了一件小毛衣，等着我去穿呢。

车开啊开啊，过了一匹山又一匹山，旁边就是一条流得飞快的大河，那条河我晓得叫做岷江。岷江河水打着卷向我身后的方向奔流，不时有很多上游砍伐的树木一排一排地顺着河水流下来，显示着大河的远处就是森林，有伐木工人在那里面工作。嘿嘿，我二舅舅就是在这样一个神气的单位，我不晓得他们单位的全称叫什么，反正有一个类似情报机构的名字：川林二处。

你说人多么聪明啊！晓得把木头砍了丢进河里，让河水把它们运走。我深深地被人类的智慧感动了，于是把这个感想告诉坐在旁边拽瞌睡的二舅舅听。他嘟嘟啰啰说：勒个小狗日的……不许吵老子睡觉……

我二舅舅就是一个没有艺术细胞的人，于是我放弃他了，我自己耍。看啊，这里的天多么蓝啊！蓝蓝的天上大朵大朵的白云啊，为什么成都就看不见呢？路上经过很多少数民族的村寨，他们的房子多么好耍啊，都是石头垒起来的，高高的一个方塔，要是我在成都的院坝头也能垒一个多么好啊，要是我妈打我的话就可以躲进去，在最高点用小石头丢她进行正当防卫……

车过了都江堰之后，就越来越好耍了，一路上都有老乡背着羌族背篼在卖苹果。这可不是普通的苹果啊，用我妈的话来说：这是全世界都有名的茂汶小金苹果。司机号召大家都下去屙尿尿的时候，我二舅舅就会给我买一衣兜，又脆又甜！三角钱一斤！

越往山里面走天气就越凉爽，在夏天，这种凉爽是高科技空调不能比的。都说皇帝到了夏天就要去承德避暑山庄，那么，我桑格格，作为一个货车司机的女儿也不差哈！到了映秀，进了漩口，我和二舅舅就下车了。这里住着我的金莲大姐，就是我二舅舅的大女儿。先到她家吃饭，我金莲大姐晓得我要来了，早就在屋头煮好饭等着我了！金莲大姐是个浪漫的人，她在当姑娘的时候爱美，经常化妆，但是她只是拼命搽粉不打胭脂，本来脸就又白又大，搽了粉之后更是掐白掐白的像一张羊皮鼓。我问她：金莲大姐，哪门你不搽红脸奔儿喃？她蔑视地从鼻子里哼出一小股气说：苍白才显得高雅！小虮子懂个屁！她在年轻的时候，据说谈过一次不成功的恋爱，她一直留着这位前任男朋友的照片，被我那当纪检干部的二舅舅发现了，他语重心长地教育我金莲大姐：这是个严重的态度问题，你是要犯错误的！很麻烦，你快撕掉！我金莲大姐仰着她那苍白而高雅的大脸：不！

　　金莲大姐已经嫁人了，就嫁给漩口水泥厂的一个工人——我陆哥，一个惊人沉默的男人。因为他的沉默，我到现在都不记得他的长相，但是我知道他会做一手好包子。因为这个手艺，在水泥厂经济效益不好，下岗之后，他还开了一家包子铺，享誉全滏口镇。

啊！我亲爱的川林二处！你那红砖砌成的大门瞬间在路的一侧显露在了我的眼前！我激动地跑下车，向在门口迎接我们的二舅妈还有勇哥跑了过去！二舅妈！勇哥！我来了！嘿嘿，我那现在嬉皮笑脸的勇哥，当年是多么的羞涩啊，他居然躲在二舅妈的背后，脸都红了。而且，他那时候是多么的清秀以及消瘦喔！哪像现在这么大个肚皮！我晓得外国有个著名的建筑叫做"蓬皮肚"，现在已经被我授予了勇哥。

我们高高兴兴进了川林二处的大门，大门后面是一个俱乐部，很多川林二处的光荣职工们就在那里打台球、下象棋，看见我来了，纷纷给我打招呼：耶——蓉娃子长得这么高了撒！嘿嘿，我说过，我每年夏天都来这里，对，就像皇帝一般避暑，当然人家都认识我啦！一路上我们经过的是粮店、宿舍一区、二区、洗澡堂……洗澡堂里面出来一个满脑壳都是肥皂泡泡的男人，光着上身，搭着一条毛巾，一边走一边嘴巴里头骂骂咧咧：妈哟！格老子洗到半截就停水了！二舅妈笑得喔，连忙打招呼：哎呀小陈你好，你快回屋喊娟妹给你烧水冲哈！怒气冲冲的陈叔叔经过我身边，一看我就笑了：咳呀，蓉娃得嘛！又来过暑假了哈，一会儿来你陈叔屋头喝酒哈！

　　整个川林二处大家都认识，女的都叫张婶、李婶、王婶；男的就叫张叔、李叔、王叔。比如我二舅舅就叫何叔。他抓了偷鸡摸狗的坏蛋审问的时候，那个小坏蛋就求饶：我再也不敢了，何叔！何叔！我再也不敢了！

　　转过幼儿园，就是我二舅舅家了。这个幼儿园我是上过的，并且在里面称过王。我打了班上所有的男娃娃以及女娃娃，为我的王位奠定了相当扎实的基础。我给班上每一个娃娃手上都写上了"桑"字，他们都是受我庇护的子民。我那是相当爱民如子的，除了发鸭儿糖的时候。那个时候，每个人都争相向老师哭诉：桑格格把我的鸭儿糖抢了呜呜呜桑格格把我的鸭儿糖抢了呜呜呜。我充满感情地看着幼儿园，这块几年前属于我的热土啊！我往窗子里探了个头，嘻嘻，一堆小屁孩坐在一坨，有的在流口水，有的在哭，唉！真是太幼稚了！

……

昨晚，我做了一个梦，梦见那里的山和水，还是那样的山清水秀：山不是一般的山，是大匹大匹青幽幽的山；水也不是一般的水，是青幽幽冰沁沁的水。一个美丽的姑娘，我们都喊她四婶，后来我想她其实就是四姑娘山吧。四婶，捧来了一大堆洁白的野百合，从山坳款款地走过来，给我们每个娃娃都发了一朵。她穿着淡绿色的的确良衬衣，每发一朵就抚摸一下我们的头，微笑着好看极了。

对头，二舅舅那里，名字叫做汶川。

※ 两个蓉

我曾提到一个女孩的名字，胡月，我说我曾捍卫过她。

但是细想怎么都觉得不对，不是胡月。她的样子明显就在眼前晃动，但是就不是胡月这个名字。今天，吃了几只特别辣的鸭脚脚，辣得老子想骂人的那种蠢辣，辣糊涂了脑筋一下子岔开了一道天窗：胡蓉，她叫胡蓉。这就对嘞。

对于我这个连在娘怀中吃奶都记得的怪人来说，忘记一个中学曾经要好的同学的名字，是很不正常的事情。但是，胡蓉就是那种实在太沉默的人，沉默到目不斜视，我都没有看到过她手臂张开这种比较大的肢体活动（对了，做操倒有）。她小心翼翼、轻轻慢慢活着，像一株植物。我们要好，只是因为我们在那段时间同桌，她就是一只大脑小脑都不发达的兔子，我就是她的窝边草。

事实上她很漂亮，眼睛大而无神，鼻子挺拔，小嘴肉嘟嘟的，留着中长的短发，头发多得吓人，一边就能遮了大半边脸。那个时候大家的审美还没有健全，一个女生美丽与否，主要与学习成绩有关，所以，我是个很不起眼的人，胡蓉更是。发数学试卷的时候，她最后一个去领卷子，然后默默地低着头回来，坐在我身边。我们的凳子是相连的，我能微微察觉她的颤抖。

个别发育超前的男生，还是看得出来她的美丽，就要来惹她。事实上，不是我特别好打抱不平，你说，你能看着一个脆弱得像张纸板一样的人，被人家捅来捅去么？然后我挺身而出。那个时候，我并不总是猛冲猛打，我抄着双手对眼前的男生冷冷地说：知道小汤圆不？我哥。

小汤圆就是住在我们楼下的汤红飞，当时我们420厂的传奇人物，我以他自豪。他被抓进去的时候，几十个兄弟在门口守了好几天。我还暗恋过他，很多女孩都暗恋过他。

然后欺负胡蓉的男生就知趣地走了。她看了我一眼，这是我和她同桌以来她第一次正眼看我，并且目光中有了点感情色彩。此时的胡蓉对我来说才真正活了起来。我们开始结伴回家，相约上学。一个大的厂矿区，大部分同学的家都挨得很近，但是很奇怪，就是没有人知道胡蓉她们家住在哪里。不过我知道了，她家就住在技校门口，一楼，但我也只是在门口等她。她家窗口种了一盆吊兰，没有开花。我是个话多的人，唯独和胡蓉在一起，我们都很安静，不知道为什么。

有一次，在上课的时候，我们的书排在一起，她说了一句话：看，我们的名字都有个蓉字呢。我说：嗯，有啥奇怪嘛。成都女娃子叫蓉的多嘛。她说：那有没有像我们这样两个蓉坐在一起做同桌的喃……老师大声说：后面的两个女生，不要讲话！注意听讲！

我就没有回答她的问题，其实我想回答她：可能就是我们两个。

星期天的下午，我去找她，带了一大叠她喜欢的翁美玲不干胶，希望这是个惊喜。她家门没有关，我就探了个头进去叫：胡蓉——屋里家具很少，但是却摆了好多大扫帚和铁簸箕，不像是家用的，铁簸箕上面还有"420厂某某车间"的字样。她刚洗了澡，穿着一条半旧的白色碎花的裙子慢慢走出来，头发湿淋淋的，看见我在打量她的家，突然用一种我从来没有听过的音量，大声喊道：我爸就是在某车间打扫卫生的！你看见了吧！你都知道了吧！你去告诉人家吧！！

她浑身发抖地站在这栋六十年代造的苏式老房子中，眼睛潮红。但是我也生气了，什么话都没有说，把不干胶往她手里一塞。她不接，就散落了一地。我转头就走。

那天晚上，我在被窝里哭了。她怎么能这么看我，怎么会认为我是个到处乱说的小人。扫地怎么了，她爸爸扫地但是她还是那么好看啊。想起她的样子，我把牙齿咬得咯咯作响，不是恨，而是发现她的样子在我心中很深刻，然后心里更是说不出的憋闷。

第二天一早，她从家门走出来，发现我依然站在往常的地方，她居然笑了，很开朗的笑，把厚厚的头发撩起来夹到耳朵后面，露出白生生的腮。她走过来，有点羞涩，却把手插到我的胳膊里，挽着我，说：走。

我们的话越来越多，她居然也可以唧唧喳喳说个不停，我变成了她的听众。那个时候，我已经开始在学校里很活跃了，各种文艺活动都参加，还和几个高年级的男生一起搞了一份校刊，照例，叫做"菁菁校园"。每次我在台上表演或者演讲的时候，都能看见她特别专注地看着我。你说，台下那么多人，我站在上面怎么就能一眼看见她呢。而且，大夏天的，人家都是短薄的短裙衬衣，她还不知冷热地穿着那件厚厚的牛仔外套。

要毕业了。她说，以她的成绩不想考高中了，家里情况也不好。我拉着她的手，看着指甲上的小斑点，问：那你想做什么呢？她瞪着眼睛憧憬地说：你知道吗，我表姐在成都饭店做清洁员，有时候，房间没有客人的时候，她就把浴缸放满水，然后自己泡在里面洗澡！我说：你也想？她点点头，一头蓬松的头发扑簌簌地层层叠叠地抖动。

她确实爱干净。我们那个时候一个星期才洗一次澡，她就经常洗。但是，我还是觉得这份工作听上去不怎么样，只是也说不出劝她继续读高中的话来，她的成绩实在太差了。我说：这样吧，老子以后开个全成都最豪华的温泉桑拿浴，你当老板娘如何？她嘻嘻一笑：说得我好像是你的老婆。

······

记忆就在这里断了，再次提起她，我连她的名字都说错。奇怪的是，无论是谁，快乐的、伤感的，都在我心中有着深深浅浅的印子。唯独她，飘在我心脏上面，没有重量，像片羽毛，却把心压得窒息。

※　赠送

　　谁还记得，日光灯管上面吊着的链子？那种链子连接天花板和灯管，是金属的，金黄色，一环扣着一环。

　　在我一无所有又想把全世界都送给一个人时，这条链子华丽的外表引起了我的注意。有句名人名言说得好：不怕贼偷就怕贼惦记。我暗中观察、详细计划、周密安排着，那不动声色的邪恶和冷静在初中二年级已经崭露头角。

　　与我的邪恶相对的，是我当时同桌的善良。她拥有让我心碎的脆弱，总是让我无法克制地去对她好。我像一个阔绰的成年男子那样，想尽办法把有点价值的东西送给她，博她一笑。这些东西包括：我妈炒的干煸四季豆，一只死掉的美丽的竹节虫，一张印着"第十二车间"的劳保毛巾，一颗来历辉煌的泰国椰子糖等等。

　　现在，是教室里这些金光闪闪的日光灯链子。

　　那天上晚自习前，我悄悄把一包冰冷的稀里哗啦的东西塞进了她的抽屉。她正要问这是什么，我堵住了她的嘴，只是抓着她的手，伸进去，让她慢慢摸。我说：你猜，这是什么……我们感人的赠送仪式还没有结束，教室里的日光灯突然一盏盏像得了病一样，开始嗞嗞作响，然后有几盏眨巴了几下垂死的眼睛，永远地闭上了。

同学们起哄，嗷嗷怪叫。老师嘶声力竭地大喊：安静！安静！

我和她的手还在抽屉里，那里有一堆莫名的珍宝在闪光。我们触摸着，在黑暗中相视而笑。一道微弱的幸福的光像蝴蝶那样，轻轻颤抖。

※　美貌绝伦的往事

我大概在四岁的一天，照镜子的时候，发出了"啊——"的一声尖叫，然后我惊惶失措地找到我妈，说：妈！我长得可真漂亮！

对于世界观、人生观并不健全的我来说，是需要一些必要的客观指导和纠正的，但是很遗憾，我的母亲不是一般的母亲，她拥有超乎寻常的乐观、浪漫的性格。她说：是的，宝贝，天底下没有比你更漂亮的小孩了！

就这样，我在四岁的时候，就拥有了一颗傲视群雄的心，并且誓死捍卫着自己是这个世界上最美女性的地位——我狠狠揍了很多持不同观点的小孩。她们啼哭着说：……嗯……嗯……我妈说我才是最好看的！呜呜呜呜！我帮她们一一纠正了这个错误的观点，和蔼又怜悯地掐着她们的脖子：说！谁是最好看的！说！

她们用整个身心呼喊着：呃……呃……是、是、是桑格格！

这样，我更加确信自己独一无二的美貌了。我妈更是，她看见电视上有小孩子演出，一定会用鄙视的目光看着那孩子：不知道是哪个当大官的娃娃，这么丑，还要上电视！我就过去安慰我妈：妈，是金子总要发光的，我一定是未来的电影明星！

这显然是又一次需要客观指导的时候，我没有得到。那时我七岁。

就这样，我八岁了，天天顶着那惊世骇俗的容貌，骑着一辆我妈骑旧的平凡的菊花二〇自行车，穿梭在成长的岁月中。我光着胳膊，一根粗大的辫子甩在背后，在人群中像一根泥鳅一样钻来钻去。期间，我曾在我妈单位的春节茶话会上演唱过一首叫做《小蝴蝶》的儿童歌曲，得到了多达上百人的掌声。我妈认为，在将来我作为电影明星写回忆录时，这是很有必要提到的重要一笔，要我好好记住。

但是，除此之外，我更多的是骑着自行车在学校和家之间，孤独地像风一样穿梭。我九岁了，慢慢地，有一种惆怅伤感的情绪渐渐弥漫上了我的心灵，我无法分辨这是即将进入少女时期的标志，还是因为美貌没有得到更多的赞许。这一天，我突然刹车，伸出一条日后备受争议的腿（有人居然说它短），踏在地上，目光落在了前方墙上的一张海报上——

海报上写道：成都木偶剧团招收演员。

我回家把这条信息告诉了我妈。我妈拍了一下巴掌，兴奋地说：去考！反正都是文艺团体！到时候可以调动嘛！显然，我妈把由幕后操纵木偶成长为著名影星看得相当简单。好在我已经十岁了，在智商和判断力上略微成熟了，甚至超过我妈了——我妈要是能倒立着生活，她会发现一切都是正面朝上的，她纯真得如同葡萄园一样，而我，已经历尽沧桑。

当我妈再对别人说，我家格格如何如何的时候，我基本上是捂住她的嘴，向对方歉意地笑笑，然后把我妈拖回家，把她甩在沙发上，指着她鼻子说：闭嘴！

在夜深人静的时候，我忧郁地照着镜子，抚摸着自己独自成长了十年的容颜，想起刚刚在小说《神雕侠侣》中学会的一个词：美貌绝伦。

我把滚烫的心按在冰冷的地板上，咬着小兽般的獠牙，思考该如何凭着自己的实力打入演艺界。我用仅有的零花钱订阅了在长春出版的杂志《电影世界》，给他们的编辑写信，苦口婆心地教导他们：在遥远的西南城市成都，有一所叫420厂子弟小学的学校；在这个学校的四年级3班，有一个如同百合花一般神奇的姑娘，她的名字叫做桑格格；你们不把她的照片登在下期封面上，那是很失水准的事情。

当然，编辑们不如我想象的那般有智慧，他们一次都没有登我的照片。我继续把心脏按在地板上。恰好，我表姐淘汰了一件裙子给我。那条裙子虽然是淘汰的，但是穿在我身上，基本上嫁给王子也是可以的——我很坚定地认为。

我穿着这条美丽的裙子，拿着地图，千山万水、风尘仆仆地出现在四川峨眉电影制片厂的大门口。我神情孤傲地默默朗诵着：我来了！我看到了！我征服了！我机智地避开门卫，潜入了居住小区，随便敲开一家人的门，严肃地对人家说：请问，你是导演么？上帝啊，对方说：是的，我是导演，小姑娘你找谁？

……

在十一岁生日前夕的一个早上，我醒来，冷静地对我妈说：妈，给我收拾几件衣服，我要去拍戏了，走两个月。我妈第一次没有高兴地拍着巴掌跳起来，而是过来摸着我的前额问：幺女，你没发烧吧？

※　小孩怎么啦

　　我把书包往酒保面前一甩：来一打嘉士伯！

　　那是一个环形的吧台，坐在我四周的都是西装革履的男人或者奇装异服的女人。我用刚刚学会的英文在心里默默地说：Fuck off！

　　然后我就拉开了其中一罐酒。酒保是个小帅哥，脸上却带着难以捉摸的老练的微笑看着我：你咋啦？被老师骂了？我抬起目光：老子有钱！

　　我皱着眉头灌下一罐啤酒，慢慢觉得紧绷的皮肤舒展了。我如痴如醉地闻着酒吧里女士们的香水味道和男人们的烟草味道，然后歪歪倒倒走在其中一个男人面前，努力把目光聚焦，认真地一字一句地说：给我支烟！

　　他给了，然后微笑着说：怎么了小姑娘？被妈妈骂了？还给我点燃了香烟。我呛了一口，瞪着疯狂又迷离的眼睛对他说：关你球事。然后，我回到自己的座位上，拉开了第二罐啤酒。香烟真是难抽，但是吐出烟子的时候，却格外轻盈、欢愉、芬芳。

这是什么地方？我从什么地方来到这里？是大风刮来的吗？为什么人人都看着我，好像我是从沙土里钻出来的一样，是一个陌生野蛮的小妖怪。我仰头喝酒的姿势不帅么？空中降下来一个铁笼子，里面有个女的光着屁股在跳舞。她从笼子里钻出来，从环形的吧台一端跳过来，快要到我这里的时候，我拉开了第三罐啤酒，递给她。她一面跳，一面惊呆了似的看着我，居然接了酒，并且扭啊扭的向前跳去了。她不断地回头看我，边跳边看——我拉开了第四罐酒，在震耳欲聋的音乐声中，笑着对她举杯。

我明显感到我快乐得要死。我从来没有见过海，但是我此刻觉得自己正狂叫着奔向浪花四溅的大海。所有人的笑声、说话声和大海的咸涩连成一片，形象、接触、语言，把我快淹没了！这个拥挤的舞厅一下子变得无比开阔而彷徨。每个大人都带着转瞬即逝却又无限温柔的腔调一遍遍问我：小孩，你怎么啦，小孩，你怎么啦，小孩，你怎么啦。

怎么啦？怎么啦！

我趴在吧台上大声哭泣起来，泣不成声：徐非要转学了！徐非……徐非要……转学了。巨大的音乐响起来，掩盖了我的声音。

※ 房客

在我九岁的时候，爸妈离婚了。这样我家就整整空出来一间上好的朝阳的房间来。作为一位要独立抚养孩子的单身母亲，我妈当然不会放过利用它的机会。这样，在我成长的岁月中，曾愉快地和很多位房客相处过。你想想，我可是房东的女儿啊，多么具有诗意的一个社会角色，在经济不富裕的日子中，这称呼听上去已经有了有产阶级的意味。再说了，我这抑郁的独生子女，能和一些意想不到的人接触，多么难能可贵呵。

烧腊姐姐

第一位房客是一位姐姐，这位姐姐叫什么我忘记了。记得她长得很美，高挑白皙，一双黑黑的眼睛，由于浓密睫毛的覆盖，眼神格外迷蒙。她说话声音又细又软，跟燕儿呢喃一样，而且一说话就脸红。她之前是在龙潭寺那边街上卖烧腊的，说是从小没有妈老汉儿，当时已经十九岁。一天，我干爹的朋友郑叔叔路过龙潭寺，看见了这个烧腊摊子，里头娇俏的女娃娃围着蓝布围腰，那真是红头花色、眉冠日月。他走过去，女娃娃轻声说：哥老倌，要买点啥子嗬？当时郑叔叔魂都不在了，身体酥软了半边，瓜了傻了都不晓得答白了。姐姐含笑又问：哥老倌，要买点啥子？嗯？这一声"嗯"，对郑叔叔来说，不是烧腊摊里传出的，而是来自百花深处。相信在郑叔叔抛弃了姐姐的多年之后，也还依稀记得。很显然，这就是传说中的初相见。

在看上一个烧腊小妹的日子里，郑叔叔还是相当有诚意的——姐姐每天卤好的肉一大半都被他买走了。据说当时郑叔叔看见熟人不问吃了么，直接说：哎，来，拿斤猪耳朵去，我这吃不完都要臭了！慢慢地，郑叔叔顺利完成了对姐姐烧腊摊子的整体收购。"整体"的意思就是，姐姐和肉都是郑叔叔的了。

但是，郑叔叔又是有婆娘的，这在九十年代初还是一件十分棘手的事情。他和我干爹，两位在改革开放中最先富起来的人，就在商量如何安置泪水涟涟的姐姐。我干爹这老不胎害的家伙就说，我有个干亲戚，是个孤儿寡母，屋头有间空屋，把妹儿安到那里住，你每个月给点租金就是了。郑叔叔点头连声说好好好。

好个球，住我没有意见，说我孤儿寡母老子就最不愿听。我有爸爸，只是不和我们一起住，哼。

姐姐搬进来第一天，欢天喜地的。郑叔叔给她买了新的床、梳妆台、组合柜，白色贴面的，这在当时都是高级得很的。姐姐自己在百货大楼买了一整套红色的被套、床罩、枕套，又自己扯了红色的纱做了窗帘。我把脑壳探进我家那间由于我爸离开而空空荡荡的房间时，震惊得半天都没有回过神来，那是一间恐怕神仙都住得的屋！姐姐一直都相当羞涩地坐在梳妆凳上，眼睛望着院子门口，郑叔叔说晚上在家把饭吃了就过来。她看见我鬼头鬼脑地在门口张望，就笑嘻嘻地招手：来，小幺妹儿！我就走进去，她抓了把糖给我。

之后，我妈没有让我吃那个糖。她压低了怒气冲冲的声音说：你干爹这个砍脑壳的瘟殇！没有说她是个……我妈不知道如何找一个恰当的词在我面前表述姐姐的身份。总的说来，我妈的意思就是，姐姐不是个好人，我不要随便和她接触。但是，我不同意我妈的意见，我很明显的被姐姐吸引了。她那么好看，为什么我妈就不喜欢喃。

当晚郑叔叔来得很晚，姐姐看见他来，高兴得像只雀儿，在他身上上下翻飞，唧唧喳喳。我妈把我拉进我们的房间，嘭的一声关了门。

半夜，我听见有人哭，然后就是有人起床穿衣服说话的声音，然后听见有男人的脚步声走到门口，开门，走了。那哭声嘤嘤嗳嗳的半天都没有消。我妈坐在床上叹了口气，穿起衣服去了隔壁。果然，姐姐披头散发地还在哭。我妈拉着她的手：妹儿，莫伤心了，你硬是命不好喔……她一开腔，自己也伤了心，眼睛也红了。姐姐像见了亲妈一样，扑在她怀里喊了声孃孃，就号啕大哭起来。我完全搞不懂状况，但隐约想起了那个让我不爽的词来：孤儿寡母。

这之后，我妈没有那么生分姐姐，但还是隐隐地对姐姐有种说不出来的隔膜。郑叔叔隔三差五地来，我妈的脸更是硬得来像刷了糨糊。一般来说，郑叔叔来都要给姐姐带点东西，有时候是衣服，有时候是项链，有时候没有带东西，就给她几百元钱。我表达过对这些物质的向往，我妈毫不犹豫地甩了我一耳光。但是不要紧，姐姐对我好。只要郑叔叔来过，第二天姐姐都要带我去吃北方饺子、麻辣烫。我和姐姐手拉手走在大街上，不停地吃，不停地笑。有些泼皮要来睄姐姐的皮，姐姐就把腰杆叉起：你娃娃是不是皮痒，晓不晓得郑三哥？！

郑三哥并不是姐姐永远的屏障。慢慢地，这位当时万般好话说尽的多情人出现得越来越少，钱也不怎么给姐姐了。姐姐很少出门，她在屋里给郑哥打的毛衣毛裤，都放在那里好久了。她床头放了一堆言情小说，啥子琼瑶、岑凯伦、席慕容，看激动了就要哭。有一次还把郑哥给她买的套装剪成了丝丝绺绺。我妈看不过去，就给干爹打电话：蓉蓉干爹！你喊你那个朋友心不要那么黑，人家好生生的一个姑娘家！最后我妈说，她借了我钱，还欠了几个月的房租，你娃今天晚上不送过来，就不要再进我的门！

晚上郑叔叔来了。他一进门，就阴着脸。一会儿就走了，留了一笔钱。

姐姐坐在红色的被褥上如同一只木鸡，我妈进去都没有反应。半天，她才说：喔，何孃，这是借你的钱，这是这几个月的房租……我妈把钱塞在她手中，说：瓜女娃子，孃孃不要你的钱了，拿这些钱去做个小生意！姐姐眼泪像断了线的珠子，手里捏着钱，一句话都说不出来。

半个月后，姐姐搬走了，只带走了衣服和细软，留下了一个洞房般的房间。之后的房客来看房间，一眼就看中了，说是喜气。

……

当年的床罩质量真好，现在我妈还在用。我问起干爹：你当年那个姓郑的朋友喃？干爹说：那个敲沙罐的，搞诈骗进去了，这两年可能出来了，不晓得在弄啥子，莫得联系了。我又问：当年那个姐姐喃？他哼了一声说：那个女娃子也凶得很！去了深圳当小姐，后来说是吸了毒，人嘛，恐怕早就不在了喔。

丝光棉叔叔

作为最先富起来的人，我干爹真是什么都没有落下，所谓是玩不尽的格，丧不完的德。

有一天，我在我干爹那两室一厅的"环球远东国际贸易总公司驻蓉办事处"，看见一个穿梦特娇丝光棉T恤的叔叔问我干爹：逮猫不？我干爹的三角眼瞄到我正用一双求知的眼睛望着他，就红着脸摇摇头：不，不逮！我十分遗憾。猫，是一种多么可爱的动物啊，为什么不逮喃？我对那个丝光棉叔叔说：叔叔，给我逮一根猫儿嘛，求求你了！丝光棉叔叔居然也红了脸：乖哈，嗯，你、你养不起！丝光棉叔叔无法知道，二十年后的我最多的时候养了十几根猫，他说的应该是一种特别珍贵的品种。

这个丝光棉叔叔居然成了我们家的房客，还有丝光棉太太以及八岁的小丝光棉。我干爹的表述是，他有一对在大学教书的夫妇朋友，单位房子紧张，暂时在我家租下房子过渡。对于教师这么一个稳当职业，我妈是很有好感的，说好嘛。

当这对夫妇出现在我妈面前的时候，她觉得有点异样，碍着面子也没有说什么。事实上是，丝光棉叔叔赌博把房子输进去了，不得不在我家住。大学如果真的有麻将系，我相信，丝光棉叔叔当个系主任那是绰绰有余。虽说如此，丝光棉叔叔还是天天去赌局上班，有时候回来手上拎得有东西，水果啊糖啊衣服啊什么的。丝孃孃和丝娃娃就雀跃着猴上他的身，大的摸上衣包包，小的检查裤带，也是一派阖家团圆的喜庆景象。但是，当丝光棉叔叔铁青着一张脸回来，两手空空，一家人就悄悄眯眯的，八点一过脚都不洗就睡了。有时候，半夜还要吵架。印象最深的一次，半夜丝光棉叔叔回来，脸都肿了，外套也不在了，大冬天的，冷得牙齿咬得咯咯响。

那夜两口子是打了架的，我妈去劝了才好。关于丝嬢嬢嘛，我终于晓得她就是丝叔叔曾经说过的那种珍稀品种的猫科动物，但是丝叔叔真的喜欢上她，弄来做了自己的婆娘。

总的来说，只要丝光棉叔叔手气好，房租还要多给。有一次，叔叔心情好，还在边边上看我和小丝娃写作业。我在写：春天来了，柳树发芽啦，小鸟向南飞……丝光棉叔叔面色突然黯淡了，抱着小丝娃说：你要乖，好生学习，莫学爸爸喔。

有一天，丝光棉叔叔又赢了，带婆娘儿子去商店，看我站在角落里把他们看着，也挥挥手：来，幺妹！一起！那天他给婆娘买了一件狗皮大衣，给丝娃儿买了两套运动服，给我买了一件毛衣。他给我挑毛衣的时候说：幺妹，你穿个粉红的好看。造孽；你爸也不打扮你！一般听见这种话我都会极有风度地"愤然离席"，但是那天，那件毛衣真的把我迷住了，一件梦幻般的粉红毛衣啊，我摸了又摸，收下了，第一次叫了丝光棉叔叔的本名：谢谢殷叔叔。

殷叔叔除了喜欢赌，一颗心基本上还都在他的婆娘儿子身上。有一次，他去参加儿子的家长座谈会，回来后很沮丧，小丝娃子觉得他丢脸，对人家说他不是他爸爸，是他们家司机。

慢慢地，丝光棉叔叔也不赌博了，那个实在没有什么前途，还是搞点实业好些。有一天，他拿了两瓶五粮液孝敬我妈，我妈像捧着手榴弹一样惊风活扯地问：小殷，不得是歪货嘛？！丝光棉叔叔弹了弹一身笔挺的崭新西装，说：拿去喝嘛，大姐，不得喝死你。好歹我现在也是"人生梦"酒业集团的老总了！丝光棉孃孃也跷着戴了八个金戒指的手指抚摸着我的脑壳：哎呀嘞大姐，这年头啥子真的假的喔，弄到包包头才是资格的！

之后他消失了一段时间，他们交了三个月的房租都没有住。他们走得匆忙，凉台上还挂着丝孃孃做的过年香肠。

有一天，两个穿着警服的男人光临了我们家，把我妈的魂都要吓掉了，又开始一把鼻涕一把眼泪地诉说：我们孤儿寡母的，咋个晓得他们是做假酒的嘛！警察叔叔走后，我妈赶紧去他们科长家把送的五粮液要了回来——那是丝光棉叔叔的杰作。

那年的"严打"，说是要枪毙很多人。我在一张打上叉的、签上法院院长名字的公文上看见了丝光棉叔叔的大名，就是殷叔叔，殷秋云。我告诉了我妈。我妈晚上吃饭的时候，切了盘香肠，吃的时候，叫我搁下筷子，喊了声：小殷，你走好。

刘叔叔

我妈觉得我干爹找来的房客都很可疑，她决定自己找房客。

但是她的生活圈子很窄，最大的可能性就是每周六在白果林婚姻介绍所翻检下看有没有合适的。如果用精神分析来分析我妈，就是——空了的房间好比她空了的心，找的不仅是房客，更是一个能长久停留的人生伴侣。但是我妈不抱很大的希望，她说：都是些暴眼子老头！

那么，好吧。

这是一个春日的下午，白玉兰开得像是要燃烧起来一样。我妈，一位三十八岁上下，风韵犹存的单身女性，上身穿着嫩黄色镶玻璃纱毛衣，下身穿撒摆黑色百褶毛线裙，脚蹬黑色斜襻扣高跟鞋，款款走进白果林婚姻介绍所，娇声高喊：泡碗花毛峰！我妈的前职业是音乐老师，花腔女高音，她完全懂得在生活中如何运用这把专业嗓子发挥出其不意的效果。

一个中年男子端着茶碗转过头来。音乐起：阳光轻抚着你的脸，忘不了那唯美的画面，却发现我已经深陷，对你淡淡的迷恋……茶端歪了，他也浑然不觉，任由茶水一条线地往地上倾泻。他看着我亲爱的妈咪，眼睛深处腾起一股小小的火苗来，爱情戴着桃红的手套，抓住了他那颗曾经沧海桑田的心脏。他颤抖着问婚姻介绍所的周导演：这个女的是哪个？周导演一看就知道中午饭有人请了，马上一脸微笑地介绍道：这个啊，这个是我们白果林的小白果，人家是音乐老师，有房，收入中等偏高，三十八岁，有孩，条件好喔！和你很合适喃！

这个中年男子姓刘，离异孩跟妈，曾经的大学物理老师，现下海做生意，四十二岁。

中午时分，果然在馆子里，刘先生殷勤地不断给介绍人周导演夹某：来来来老周，今天简直要感谢你哈！然后转向我妈，用颤抖的手舀了一勺汤，柔声说：来，小何，喝点白果炖鸡，润肺的……

他正好没有住的，离婚的时候一切都给了婆娘娃儿。我妈听到这里，终于抬起头来仔细端详了下老刘，含笑道：你要不要租我的房子嘛，房租好说。老刘想晚上就要搬过来，我妈没让，说是还要考察几天。

刘叔叔搬过来的日子，不是我们找了个房客，而是找了个保姆。家里的衣服、做饭都是他包揽，做得比我妈好一万倍，带着爱心工作就是不一样。我永远记得刘叔叔做的盐煎肉，他拴着围腰淹没在厨房的油烟中，抬头看我：哎呀蓉蓉放学回来啦，去洗手，一会儿吃饭。

下海是下海了，生意不是那么好做的，刘叔叔有时候完全没有事情，就在家里发毛。因为他曾经答应过我妈，买一辆嘉陵摩托，带她去兜风，要开到最大马力，让我妈从后面紧紧把他的腰杆抱住。虽说刘叔叔的收入不太稳定，但是每月的房租他都不缺，还要多给。时不时地给我和我妈添新衣服，还有我的书包什么的。

我妈是个会折磨人的人，她对老刘说：你就是我的房客哈，不要多想！刘叔叔不愧曾经是大学老师，他会念诗，皱起痛苦的眉头对着我妈吟道：问世间情为何物，直叫人生死相许。

日子就这样平静地过去了，我妈和老刘的关系一直处在冬春之交的那种乍暖还寒、欲说还休的状态中。比较确定的是，刘叔叔的存在，让我感受到了一种身边有父亲的假象。他的能干和细腻，比我亲生父亲更让我觉得温暖。有一次，我外公生病在成都，他在身份未明的情况下，尽到了比儿子或者女婿更加周到的责任。他以一米七一的身高，把身高一米七八的魁梧老人从一楼一口气背到了四楼。把外公放在床上之后，我妈第一次允许他在房间而不是在阳台抽了一支烟。他喘着粗气看着我妈说：安秀儿，说实话，你到底要不要嫁给我？很遗憾，我妈始终觉得她能找到更好的。

有一天，我在电台做节目，警卫告诉我外面有人找。我到大门口，看见寒风中刘叔叔抽烟的背影。他看见我出来，像抓住救命稻草一样：蓉蓉！快去劝一下你妈！她嫌弃我鼻子太矮，非要喊我去隆鼻！不然要喊我搬出去……说实话，我妈比我认识的任何一个人都要浪漫，浪漫得不着边际。

那么，好吧。

爱情的力量是巨大的，刘叔叔为了得到我妈这一颗芳心。在九十年代中期就成为了整过容的男性，不能说不时髦，但是，等纱布拆了之后，我妈兴冲冲地只看了一眼，然后就失望了：咋个还是那么丑喃，一点都不像……

刘叔叔终于资金周转不过来了，有半年都没有交过房租了，不仅交不出来，吃饭都困难。这一天，他终于开口找我妈借钱了。我妈借给了他。他说，他一定要实现他的诺言，但不是嘉陵摩托，而是桑塔纳，孬死，也是奥拓。

但是，很遗憾，刘叔叔再次商场折戟。他留了一封信还有一千块钱，说：安秀儿、蓉蓉，我对不起你们，你们好好过，等我有钱了，一定回来让你们过好日子！

……

很多年过去了，我总念起刘叔叔，而我妈总要加上一句：他还有三千块没有还给我。我很少呵斥我妈，但是这一次说了重话：妈，你亏了良心！我妈发怔：……那你现在去把他找回来嘛……

我带着我妈，从最细小的线索找起。刘叔叔曾经住过的地方搬迁了，我还是不死心，通过邻居的回忆去摸索，通过户籍查找。终于，我们在成都郊区的一处廉价回迁房小区某栋的顶楼，敲开门，看见了一个头发花白、模样极其憔悴的中老年男子。他穿着破旧的家居衣服，眼神有些涣散了。他努力聚焦了半天，颤抖着叫出来：哎呀，这是蓉娃儿得嘛！

我妈一直低头，没有说话；他也偷偷看我妈，没有敢多说话。

晚饭了，他说：来，刘叔叔再做一顿饭给你吃，你最喜欢吃我做的盐煎肉！他挣扎着要站起来，我按住了他，他已经是直肠癌晚期。

看上去他的子女对他并不经心，这个时候，他身边都没有人照顾。我一直强忍着眼泪，和他说些开心的话。他说，我每天就去茶铺打牌，中午就在茶铺吃碗面条，有时候晚上回来还要赢点钱！他问：安秀儿，你安家没有嘞？

我妈摇摇头，强笑：没有，你是不是还对我有兴趣嘛。他摇摇头：不得行咯！我现在这个样子，就是拖累！

晚上出门的时候，我把身上所有的钱一把塞在了刘叔叔的身上。他连手机都没有，我马上在楼下电器市场给他添置了一个，并且决定回家再汇一笔给他。我再三嘱咐他，按时吃药，不要吃刺激食品。最后没有说的了，三个人站在黑暗中沉默。良久，他打破了沉默：蓉蓉，你是好人，你妈也是。

回家的路上，我和我妈背对背，一句话也没有。

春节，我又回成都，问起刘叔叔，我妈说他的手机打不通了。我试了试，果然，电话里说：对不起，您拨打的用户已停机。对不起，您拨打的用户已停机。

我第一次给自己买衣服是十三岁那年，以我当时的财力，选择很有限。

我骑着我亲爱的菊花二○放学回家。这是我天天走的一条路，但是我天天都看不够这路上的风景，特别是经过夜市路摊的时候。我像一个中年妇女那样，斜推着自行车，眼睛东看西看。这天，有一个摊儿特别爆棚，好多人挤成一堆，我也凑上去看了一眼。这一眼应该载入桑格格史册，我完成了人生中的第一次购物行为，虽然成交金额有点小，才两块五。

我掏出这两块五，人家把东西塞给我。这一进一出的交易中，我瞬间觉得自己长大了。我在自己决定一件事情，不是买糖，而是买衫。我清清楚楚记得那质地，是翠蓝色的仿绸，上面有火腿纹的暗花。我刚刚学过《翠鸟》这一课，特别向往这种颜色。要知道，我们都是没有见过真正翠鸟的孩子。

上中学，意味着什么？相当于茜茜公主第一次参加成人舞会吧。开学的前几天我什么都没干，就是把我那几件衣服倒来倒去地进行搭配，我要确保自己在中学第一周的亮相，每天都有不同的衣服穿。这里面还有好几件我妈的对襟扣绸缎外套，也许式样有点成熟，但胜在颜色十分美丽，浅紫。我幻想着自己翠蓝浅紫地如梦如幻地走过教学大楼（天地良心，这样的色彩搭配，放在现在也不过时嘛），楼上的男生们集体向我行注目礼……我抚摸着自己买的那件翠蓝仿绸，写下当天的日记：少女的情怀，十三岁的梦，明天，就是明天。

天还没亮我就醒了，仔细地洗脸，趁我妈不注意抠了一坨她的胭脂，抓了一把"紫罗兰"散粉涂在脸上，真漂亮啊！又红又白，眉冠日月。我觉得自己浑身散发着少女的魅力，忍不住思念了一小会儿偶像蔡国庆。我背着书包，走出家门，清晨的空气真好啊！我的脚步如此轻快，小鸟在前面带路……

到了学校，我心跳得嘣嘣嘣，等待着有人注意。终于，和我分在一个班上的张琪发现了我今天非同寻常的装扮，招呼大家前来参观：嘿！你们来看，桑格格这个瓜儿戴了匹假领！还是翠蓝色的！！！

笑啥子嘛笑！我说过，以我当时的财力，选择，嗯，很有限。

※　性安宁

我曾经很钟意一个男同事，那还是无敌变态桑格格在成都主持夜间广播节目"性医药天地"的时候呢。

这个男生，天生好嗓子哟，真是让我心旷神怡。最令人心旷神怡的是，我接他的班。每天，我带领着一或两位"性医学专家"在导播间等候，看他戴着耳麦，对着话筒侃侃而谈的样子，就觉得接下来的一个小时也许不是那么难熬。

一次，接班时，照例要说那么几句话：你好、来啦、今天气色不错哈。然后，不知道为什么，他会说这样一句话：格格，你这种身材穿旗袍应该很好看。

那天晚上，性医学专家们交头接耳：咱们又不是摇滚乐节目，这主持人咋这么亢奋？然后好心提醒我注意夜间节目优雅、安详的特点，还说，要不要试试我们的新产品"性安宁"？

　　第二天，成都大街小巷的服装店有一个疯狂的身影在移动，她专门瞄准旗袍，千挑万选，万选千挑。她想要一条什么样的旗袍呢？是这样：要稍有弹性的布料，但弹性不要太大，没有弹性的布会显得笨，弹性太大会夸张线条，有失大方。不要缎面的，缎面太舞台感，太张扬，没有生活气息。花色呢，一定要碎花，最好是浅蓝、浅绿、浅紫的底，起同色系的小花，花要细密有致。款式呢，领口不要太高，小小的立领，镶浅浅的边，一定要恰合大小，领口太大，旗袍的贴合感就损失一半。剪裁不要太夸张，可以适度的在腰部放松些，走动起来有若隐若现的褶皱，其实比线条毕现更动人。不要长，不要短，长度在膝盖处，衩口也分到大腿中部即可。边缘都镶上细边，精细的边。对了，短袖，千万不要垫肩。

　　我失魂落魄地寻找了一天，拖着沉重的步伐，双眼呆滞、大脑涨疼地行走着，行走着，脑子里轰鸣着他的那句话：你这种身材穿旗袍应该很好看！穿旗袍应该很好看……旗袍应该很好看……很好看！！！！！嗡嗡嗡，嘤嘤嘤！！！！

我跌坐在步行街的椅子上，思索着人为什么要从猿猴变成人。要是猿猴的话，大家都一身毛，也没有这等含辛茹苦的事了。又没有成就感，伟大感，不就是一件衣服吗？不就是一个男人说了一句话吗……我的眼神突然亮起来！前方十米一家小店，塑料模特穿着一件和我描述的一模一样的旗袍！上帝真主菩萨！人当然应该从猿猴变成人啦！要都是一身毛的话，哪里能体会为了一句话去买一件衣服的疯狂呢？我走进店，按捺住狂喜的心，故意表现得有些随意，但声音却是颤抖的：这件旗袍多少钱？店主说：一百二。我说：八十。

晚上，我穿着这件旗袍出现在电台。我心中的那位重要人物看见了，说，你好、来啦、今天气色不错哈。我搔首弄姿地穿着旗袍走来走去，期待着他再说点别的。果然他说：你这件旗袍不错，哪儿买的？我想给我女朋友也买一件。

那天晚上"性医药天地"我主持得相当急躁。一个听友打电话进来：主持人啊某专家啊，我最近，嗯，好像有点对老婆……没有兴趣了啊？我不等专家回答，恶狠狠地对着话筒就说：让她好好打扮打扮，买件旗袍穿吧！性医学专家们又一次交头接耳：咱们又不是投诉节目，这主持人咋这么亢奋？然后好心提醒我注意夜间节目优雅、安详的特点。我咬着牙说：把你们的"性安宁"拿一盒来。

※ CI

是不是有一种专业术语叫做"CI"？就是给企业做形象策划的那种工作？

请允许我把面部遮住，羞愧地处理一下心理活动……OK，好了，我可以继续说话了，我、我、我也做过CI！有一种勇敢叫做敢于承认，桑格格，要从过去中走出来！

好吧，我给一家快餐店设计过服装和取过名字。那家不幸的快餐店位于成都火车站这么一个倒霉催的地方，听上去就不是一个长久的买卖，但是无疑我的CI加速了其多舛的命运。先来说说服务员的服装设计。那时候我也知道服装的色彩搭配不要超过三种颜色，也知道最好从接近的色系中找灵感，但是我对于能决定一个特定群体穿什么这一创造性工作太过于激动了。我严肃地对裁缝说：上衣要绿色，下装要黄色；绿上衣的领口要一个黄色的领结，黄下装的裙摆要做一对绿色的口袋；对了，还要顶前黄后绿的帽子以及一双左黄右绿的布鞋！裁缝的眼珠散了黄，他短暂晕厥之后，迟疑道：小姐，你的意思是，让员工们一个脚一个颜色？我充满先锋感地点头：对！要充分把这两种和谐的颜色巧妙地打散，然后通过艺术的搭配再结合到一起！

　　裁缝把脸转向坐在一旁的快餐店老板，一个当时还对我有点追求意向的半老小伙子。他看见我们都盯着他，毫不犹豫地下达了最后的命令：就听她的！哦买嘎的，当时我对他一点感觉都没有，现在想起来他作出如此果断的决定，心里居然涌起一阵歉意的柔情。就这样，成都火车站附近，曾经十分短暂地出现过一群活像韭菜炒蛋的四处流动的服务员。大家对我的服装设计颇有微词，但是不得不每天一个脚一个颜色坚守在自己的岗位上。

小老板充满深情地问我：你看，我这家快餐店叫什么好呢？我凌厉地给出了一个名字：巨杰！巨大又杰出！而且你的名字有一个"杰"，多么有意义啊！好了，巨杰快餐店就这么诞生了。

唉，巨大又杰出的巨杰快餐店开张后生意很不好。显然，南来北往的旅客们没有心情欣赏这一艺术杰作，轻易地拒绝了它。拒绝，巨杰，谁知道这之间有什么该死的关联呢？人生总是这样一语成谶。

我很快离开了CI界，并且，和那个小老板再也没联系过。

※ 有情人终成家属

有一个意大利牌子的衣服，叫啥子名字我说不出口，反正质量还多过硬的。有一次打折，我就给我爸我妈一人整了一件，款式和颜色都一样，反正冬天家穿的黑外套，不咋分男女。

我回到成都的那天，我爸和我妈不约而同地站在我家院子门口迎接我，而且不约而同地都穿了这件意大利黑外套。在离婚十八年之后，他们以身着情侣装的姿态，齐崭崭出现在我面前。

我下了车，一口爸，一口妈，然后心就酸了。

分手十八年之后的这个中秋，是我妈和我爸第一次正式见面。为什么，还不是因为我啊。如果他们是两条分开的线条的话，我就是他们那个相交的点，"丫"下面那个"1"。

我回家的时间紧，但是要同时检修他们的身体，号就挂了同一个医生的：十五号、十四号。都说十八年后又是一条好汉，这两条"好汉"无声地坐在医院过道上，中间隔了一个我，身体都往外侧着，基本无话。我左手拉了我爸的手，右手拉了我妈的手，哎呀，这个中秋过得值，算是阖家团圆了。

……

二十八年前，四川省遂宁市拦江区红星小学的音乐教室传来一阵阵清亮的女高音。当时是盛夏的下午，可以想象，柳叶都在打卷儿的时候，这嘹亮的《北京的金山上》对世界无疑是一种拯救，而这歌声对于一个刚刚从部队转业的年轻小伙子来说……世界本身已经不存在了。

我年轻英俊的爸爸啊，我多么理解你的心情啊！我继承了你全部的风流倜傥，我继承了你全部的热情开朗。你是天上的蜻蜓飞，我是你的虫儿跟着追……好了，我那年轻的爸爸，眼睛冒着小火苗，耳朵立得像张果老的毛驴，循声找去……就是这间教室。他捡了两匹砖（砖砖，我向你致以崇高的敬意），垫着脚往窗户里看。啊！多么美丽玲珑的背影啊！请原谅，我爸没有什么文化细胞，我代他在这里严肃地有文化地抒下情：你是我的心儿，你是我的肝儿，你是我的肚脐眼儿你是我的人儿……

我妈听见声音，停下脚踏风琴，收了歌声，回头一望——各位，这件事对我来说太重要，请原谅我总是激动地跳出来解说：我年轻的妈妈的这一回眸是历史性的，当我还分身为卵子和精子时，就感到了这一重要性……但是，我妈这一回眸，直接引发了年轻的桑国全同志从两匹砖的高度摔向地面，造成了局部的表皮擦伤。我妈哈哈哈哈哈，我爸嘿嘿嘿嘿嘿。

……

要说我有什么特长，我可以自豪地说，我记得我吃我妈奶的场景。我就吃奶的一些细节找我妈进行过核实，把我妈惊了一跳。我吃其中一边，另一边就要用手抓住，以防别人吃跑了。我的担心不是没有道理的，我爸说：她吃老子还是要吃！伸手就要来抓，我哇的一声大哭，我妈一脚把他踢开了。我妈哈哈哈哈哈，我爸嘿嘿嘿嘿嘿。

……

生活是这样消磨人啊，爱情是什么时候变了的呐？如果没有我会不会好一点喃？他们总是为了我吵架，我爸打，我妈护。其实还是我不对，有些事情我还不能客观公正地对待，两岁就抄起晾衣杆帮我妈和我爸对打。其实，现在来看，他们都有不对的地方，我应该分别进行劝阻、疏通，以批评改正、温和教育为主，不要搞极端嘛！都是我的错，我八岁那一年，居然对我妈说出这样超失水准的话：妈妈，为了你和我的幸福，请和我爸离婚。其实，我要稍微大一点点就好了，他们真是着急，不等我长大就要拉豁。

……

父母终于离婚了，爸爸要领走一半家产，他开了架东风货车来，院子里好多人围着看，我也围着看，还很高兴，嘻嘻地笑。看着那辆东风车越装越满，那些我熟悉的立柜、五斗橱、沙发、椅子……在车厢中被摞成一个小山，我开始着急了，那是我的家啊！我爬上东风车，把拿得动的小东西一件一件丢下来，一边丢一边仰头往楼上喊：妈——快下来啊，我帮你又抢回一些东西……我舅舅劝我妈不要要我，要我好好再嫁，但是我妈不，非要把我带在身边，这大概就是"弃儿不舍"吧？

这次回成都，我爸又告诉了我一个细节，那就是我当时虽然说得顺口，但还不能很好地理解什么是离婚——我爸走了之后的半个月，我在街上远远看见他骑着自行车过来，跑上去把他的车龙头拉住：爸，这几天你咋不回家喃？！

……

一转眼就是十八年了，他们终于又一次整体出现在我的视线中，我一时还有点不习惯。短暂的不适应之后，我的本能告诉我，这是好事，应该觉得幸福。我叫：爸，妈，你们坐一下，我去交款！你们看——"爸"和"妈"我是连在一起叫的。但是，我妈马上就像弹簧一样站起来：我和你一起去！

我爸在离婚之后一年就结婚了，而我妈到现在一直待字闺中，嫁妈是我的重中之重。曾经，我和我妈还有几个亲戚一起看日本青春偶像剧，最后，男主角为了救女主角不惜爬过一条悬在山崖中的铁索桥，人家越爬越近，她离电视也越坐越近，最后终于搭救成功了，她眼睛也迸发着光芒并惊呼：这就是爱情的力量啊！一起看电视的米阿姨用十分疑惑的表情看着她，我心里却一下子十分难受。

我用生命保证，我爸是我妈这辈子唯一爱过的男人，而且，一直爱着。是不是因为有了我呢？如果娃娃是爱情的防腐剂，如果爱上一个男人，不管结果如何，先生一坨防腐剂摆起是不是个办法喃？我觉得吧哈，我很羡慕我妈能如此长久无望地爱一个人，我甚至有点敬佩她。

……

我把我妈按回座位：你坐到！我跑得快，你去我碍事！我爸终于说话了，他指了指前面靠窗的座位：那边通风，空气好些，我坐那儿去。我远远地看见他们，一个这边，一个那边……哎呀，管他的哟，反正都在我的视线中。人家是泛珠三角，我们家是泛团圆。

妈妈，爸爸，我又满了一岁了，你们放心，我已经长大了，除了脾气有点急躁，其余发育基本成熟。我的眼睛眉毛嘴巴像爸爸，我的鼻子耳朵嗓音像妈妈。你们虽然是两条分开的线条，但是我是你们那个相交的点，"丫"下面那个"1"。有我在，你们就永远有着扯不开的血缘关系。虽然不是眷属了但是你们是家属，眷属可能会分开，家属永远在一起。我觉得你们离婚离得好，至少我爸现在还算幸福。现代社会嘛，婚姻自由，好说好散……但是，如果我嫁了，还是尽量不离婚。

值此中秋佳节之际，我们全家给大家拜个早年：祝天下所有家庭和睦美好，幸福永远，有情人终成家属。

※　超级女声

我在家看成都分赛区"超级女声"。我看"超级女声"的整个心理过程是这样的：郑州赛区——既然这样都行，为什么不去试一试？！杭州赛区——如果我小三岁一定去试试！成都赛区——靠，幸亏老子没去。是的，成都的妹妹们实力太强了。看着台上演唱得巧笑倩兮的女孩们，我突然想起一个人来：一个叫做铃铛的成都姑娘。

把当年的铃铛和印象中所有优秀的"超女"相比，她都毫不逊色，甚至更强。不知是不是记忆有美化的作用呢？五年前，我和铃铛都二十出头，她比我小几个月，长得不太像生活中真实的人：身材凹凸有致，肤若凝脂（实在找不到别的词语），五官无法形容。我曾经放过一把火柴在她睫毛上，一根都没有掉下来。她是四川音乐学院学琵琶的，但强项是唱流行歌曲，声音清甜有韧性。我在"蓝吧"听她唱邓丽君的《翠湖寒》，下巴当场掉了。

红宇，何红宇，某银行年轻处长。长得说不上英俊，但清秀，说话幽默，身材瘦筋唧长，看上去还有点理想。当时在"蓝吧"听铃铛唱《翠湖寒》，不止我一个人下巴掉了，坐在旁边的何红宇先生整个魂都掉了。他马上送了一筐玫瑰，并且在之后一个月天天送一筐。他下一步的策略就是天天守在四川音乐学院门口徘徊，等铃铛一出门他就惊抓抓地打招呼：哎呀——咋个在这儿把你碰到了喃？！铃铛是个好姑娘，不卑不亢：何哥来这边办事哇？何红宇一张脸笑得稀烂：就是！我在你们隔壁办点事！成都人都知道，四川音乐学院的隔壁，是著名的成都市殡仪馆。

等我们再次见到何红宇先生的时候，是在染坊街(妇女用品一条街)外面的车载麻辣烫边边上。他看上去表情恍惚而幸福，单脚向前稍息，两只手上拎的购物袋几乎把下半身淹没。而铃铛正红口鲜鲜地在吃红油藕片。他拎了一万个袋子却不晓得从哪里腾出一只手来，适时地递上一张餐巾纸：铃铛，好生看油滴到胸口上！

我们迅速地和铃铛熟悉了，尤其是我，喜欢铃铛一点儿也不亚于何红宇。现在想来，我可疑的性取向在那时就有点苗头——没有办法，那么一个可人儿，不爱过不得啊。我和铃铛在一起时，主要任务是充当她的保镖，哪个敢睄她皮，可以搞定的我就直接上去扇耳光，不能搞定的，就用步话机和当时我的男朋友黑社会取得联系：泰山泰山我是黄河我是黄河，某某某街上，有人睄铃铛的皮，请求增援请求增援！Over！

大半年欻欻欻过去了。一天夜里，我接到一个电话，头皮马上就爆炸了。铃铛在电话里哭：格格，你帮我告诉红宇，我到死都爱他……声音有点让我发毛。我套上衣服，脚踩风火轮直奔她家。进门之后，她镇静地站在屋中间，我放下一颗心来，但马上就发现了她手腕上在滴滴答答淌血。我冲过去把她手扭住，她倒是不挣扎，突然放声大哭：告诉红宇，我到死都爱他！我四下寻找可以包扎的线，看见地上的电话线，二话不说扯了一截，在铃铛伤口上部狠狠扎住，然后，掏出手机打了120。

红宇和黑社会从牌桌子上赶过来。黑社会懂医，看了看伤口，没有伤到要害，已经不流血了。红宇气急败坏：又来这一套！铃铛脸掐白，像冷冻库的霜，定定地看着他。红宇继续说：还打120！是不是要让院子头所有人都晓得？！铃铛气若游丝：你是怕你老婆晓得吧？气氛马上僵住。看大家不说话，铃铛挣扎着站起来，我去扶也被她推开。她走进卧室，拿了一个小包，还有她的琵琶背在背后。她对我笑笑：格格，有空还来听我唱歌哈！推开门就走了，红宇追了出去……

……

直到现在，我再也没有见过铃铛，据说她去了厦门，间或和红宇还有联系。红宇后来埋怨过我：啥子线你不好扯扯电话线，好麻烦才装起喔！我说，你去死。

成都确实是一个美女如云的地方，但我再也没有见过铃铛那样美的女孩，又会唱歌。当初的她，坐在一把高高的吧凳上，握着话筒，有些羞涩地轻轻唱：我曾在翠湖寒，留下我的情感，如诗如画，似梦似幻，那是我那是我的初恋……这才是我心中的"超级女声"。

可怜那辆被我叫来的120急救车，没有人接应，可怜兮兮地在街上开了好多个来回：呜——呜——呜——呜！像只没头的苍蝇，找不到事情的来源。

※　在很久很久以前

自从有了"艾破特"之后，每天上床前我都要听会儿歌才睡。昨晚上听了点齐秦，他那好听的不男不女的声音把我带回了九九年（可能是）。那一年，他在四川绵阳开演唱会。

九九年的时候，我是这么一个人：开车走在成都蜀都大道，突然想看乐山大佛，车一掉头就去了。得知齐秦在绵阳开演唱会，我打电话给当时的男友黑社会，口气大概是这样的：少他妈的给我废话，现在我要去绵阳听齐秦，你、我、红宇、铃铛！

绵阳大家知道吧？生产著名的长虹彩电的基地，是偶们四川的骄傲，纳税大户。绵阳人看见成都人安逸的生活，总是有一丝哀怨：我们哪是绵羊，明明是你们成都的奶牛。不知是不是和地名有关，绵阳同胞说话口音中有一个"咩"的尾音，比如：是咩？好的咩……

我们风驰电掣地飞奔在通往绵阳的高速公路上，将车上CD音量开至最大，将车里车外所有灯光打开，开始进行情绪预热。我和铃铛哪需要预热喔，嘻哈打笑吹口哨，强烈要求坐在前座的四十岁的董事长黑社会、三十岁的银行白领经理和我们一起GO！GO！GO！喔嘞喔嘞喔嘞喔嘞，双手挥动，双肩扭动，开车的可以只摆动头部。而且要求每个人说话都要入乡随俗，必须"咩"，不"咩"的人要挨打。远远看去，我们的车应该像一部快速移动中的吉卜赛大蓬车。

演唱会在绵阳体育馆，这样的事件在当时的绵阳还是比较难得的，人很多。票贩子站在人群中不停地问：有票咩？有票卖咩？可见票房还是很火爆的。演唱会开始了，一切很顺利，齐秦站在烟火中唱《垭口》：我不爱说话因为我来自垭口——此声一出，我就安静下来了。安静了大概十秒钟，我开始用苏式高倍望远镜细细看他的穿着：细细的小腿喔，饱满的屁股喔，一张一合的嘴巴喔，额头上的汗水喔。第二首《我拿什么爱你》：如果我失去了你，看见的不过是幻影。铃铛立马伏我肩上哭了：唱得太鸡巴好啰……我给前任男朋友打个电话，你帮我挡住红宇！第三首是《原来的我》：给我一个空间，没有人走过，感觉那心灵的伤口。我一把把黑社会脑袋扳过来，语气严肃地说：以后不许监听我电话不许派人跟踪不许搞调查，听见没有？！给我一个空间！！！！！他频频点头。在黑暗中，在体育馆星星点点的打火机火苗中，在齐秦的歌声中，他说：我错了咩……第四首是《狼》，我们四个倒没有什么事情发生，齐秦唱到一半，栽到舞台边边上一个洞里头了。正常的演出歌声中传来一声奇怪又真实的"嗷——"我们一致认为那一声十分像狼。他爬起来继续唱，一点也不懈怠，我觉得齐秦是个好人。

嘉宾齐豫出来的时候，气氛又一次达到高潮。她穿着吉卜赛式的长裙，亲切地打招呼：大家好！哎呀，绵阳是个多么可爱的小城啊！这么多人来听演唱会，是不是所有的人都在这里啦——会场里响起一阵雷鸣般的回答：咩！！！！！

《大约在冬季》终于响起来了：轻轻的，我将离开你，请将眼角的泪拭去，漫漫长夜里，未来日子里，亲爱的你，别为我哭泣……我知道红宇和铃铛这一对冤家是不得长久的，而我和黑社会也基本看不到可持续发展的远景蓝图，但四个心有各想的男男女女在这首歌声中站起来了，手臂搭手臂地一起歌唱着，眼睛里闪亮闪亮的。台上台下气氛融洽得吓死人，一片火苗的海洋，所有人都站起来了，并且不得不在这一刻想起些关于爱情和别离的事情——大家都知道，演唱会要结束了。

回来的路上，城市与城市之间的高速公路上，我们老实多了，谁都不说话，CD音响一样开得很大，看路边的风景不停滑过。

……

多年以后，南国有一部"艾破特"在黑夜里响起：

在很久很久以前，你拥有我，我拥有你；在很久很久以前，你离开我，去远空翱翔。

02

【诗】

暗恋

亲爱的，我在这里
我是那坨倒霉的黑色小圆面包
你的手划过我，但是没有停留
我带着翻涌的笨拙感情

看着你在柜台结账的背影

我很好

我基本上是个保姆
有一群神仙、部分魔鬼把小孩
交给我，全托
这帮小崽子，鼓嘟着双颊
有肥有瘦
我心情好，就给他们
梳头、洗脸、剪指甲、讲故事
心情不好就宰一个吃
他们的爹妈来信问
我就蘸着翠绿的血液，写
爸妈，我很好
桑格格很好
寄钱来。

突袭的晨雨

下雨的时候

大滴大滴的雨

跌落在凉棚上

那声音

和水无关

倒像是

天空毕剥作响地

猛烈燃烧

夏天，我想你了

夏天，不小心碰着了一只壁虎

它的尾巴马上就脱落了

我拿起它的尾巴

跟着追

你的尾巴不要啦

你的尾巴不要啦

它害怕地跑啊跑

我就把尾巴放在地上

说

我不追你了

尾巴放在这里

等会儿你自己来拿哈

问答

盛极一时的夏天

问，你的爱有多深

我正要认真回答

他却呼啸一声

立了秋

反光

我面前的这些
花、草、人、虫、车、楼、路、猫、汽水、蛋糕
你们好

求求你们
用你们骄傲吝啬的大脑
记得我吧
我是一闪而过的反光
我暂时有活的血液但我会死
而你们将一直一直地存在

与其等我死了，才想起我
不如现在赐给我一个
温柔的目光
我贪婪地迎合你们的每一个律动
内心是不舍、怨恨和热爱

颜色

红色——锣声、鼓声、出嫁的声音

紫色——锦衣罗裙曳地而过的声音

白色——梨花，轻轻飘落在刚刚翻犁过的微湿的土地的声音

黄色——一根刚刚从冰桶里取出来的柠檬冰糕，还嘶嘶冒气，却不小心"啪"

掉在地上的声音

蓝色——一个游泳圈抛在海面上的声音

绿色——巨大的蜗牛在雨后静静地爬过的声音

黑色——整瓶墨水被打翻在白色的裙子上，还顺着小腿滴滴答答流淌的声音

橘色——咬一瓣果肉，从嘴角"哧"地溅出果汁的声音

如果

如果，我突然大声叫的话
有哪个天使会听到吗？

乌克兰民谣

在开往东欧的列车上，有一对父女

爸爸是个中年乌克兰男人

女儿还穿着稚气的彩条毛衣

牛仔的连身裤

由于睫毛过长

半个脸颊都是阴影

她手里不停地抛着三个苹果

女孩的父亲拉开一个车厢的自动门

那是另一个旅途中无聊到悲伤的人，男人

他们说了句什么，然后把少女拉过来

让男人看了一眼，他点了点头，女孩进了包间

那扇门就关上了，唰——喀嗒

金属快速闭合的声音

乌克兰中年男子站在列车过道上

沉默地来回踱步

如一匹行进的马，突然间逡巡不前

他的外套口袋一边装着三个苹果

从另一边，他掏出一个口琴

贴在嘴上，看着窗外

吹起了一曲

缓慢的乌克兰民谣

机翼受苦了

机翼，你一直带我飞
这是冬天，我们飞去的又是北方
你一直裸露在外面
外面那么冷，空气又稀薄
我在机舱里很舒服，有吃有喝
你却受苦啦——
现在，降落了，等我们都走光了
你就把翅膀缩进机舱里
自己好好搓搓，哈口气暖和暖和吧！

云

有一大块云

飘着飘着，就分离出了

一小块云

就像生了一个小孩

但是

生了就不管了

大云继续飘

小云太小，飘不动

慢慢就散了

小云吃不着奶

就没有了

死了。

·

萤火虫夫妇和他们的孩子小路灯

有一对萤火虫夫妇离婚了

他们的孩子是一盏小路灯

每天夜晚来临的时候

萤火虫爸爸和萤火虫妈妈

就分别去给小路灯充电

他们可不愿意见面，一人负责一天

然后，你就能看见在路的尽头

一盏忽明忽暗的小路灯

很乖又沉默，不哭又不闹

但是有一天，一个小男孩用弹弓

瞄准——嗖！小路灯哗啦一声就碎了

那天是萤火虫妈妈去充电

飞到小路灯面前，她的翅膀就凝固了

很久之后，萤火虫爸爸也来了

他看见了碎掉的小路灯和呆在那里的萤火虫妈妈

那天晚上，人们却依然看见了小路灯亮起来

这是为什么呢？小路灯复活了么？

没有，萤火虫爸爸和萤火虫妈妈紧紧抱在一起

在小路灯碎掉的灯泡里

用最大的努力发着光哩

书签

捻死了一只向光的小飞虫

在诗集的某一页

合上书本垂下眼睑

今晚，用死亡

做了一回书签

终于

终于看见一只鸟飞回巢里
就像回应一个许诺了很久的爱

决定

为了避免经过你的家门

我决定绕地球一圈

无题

·

我在沙滩上退着走

一边走，一边俯下身体

擦掉脚印

等到涨潮

我就跳进海里去

03

[散文]

鼹鼠

●●●●●

捷克斯洛伐克的小鼹鼠，你好，今天我看见你了，你笑得咯啊咯、呵啊呵的，我也是这么笑的。你家很漂亮呢，一片繁花的地毯，花的品种很好，其中有一种是风铃，我要来你家就摇这串风铃哈？丁零零！我来啦。

你家的摆设就是我喜欢的那种，你的床上用品一看就很高级，十分蓬松，你在哪儿买的？贵不贵？打折没有？还有，你居然有一块床边用的踩脚垫，好高级喔，你生活太欧化了嘛……喔，你本来就是东欧人哈。

你的朋友我细数了一下，刺猬、兔子、耗子、鸟鸟、熊熊、鹿子、蝴蝶、蜗牛、青蛙，我认为我都可以和她们成为朋友，你说嗬？我们用不着谈恋爱，我们用不着伤心，我们不用喝了中药又摔一跤，又苦又痛。我们天天手拉手在森林里跳舞唱歌，笑得咯啊咯、呵啊呵的。我们永远相亲相爱。你知不知道，我昨晚在同济新村看见你们了，你们远远地在树林里聚会，我企图以一只猫的身份来参加。我"喵唔"一声，你们就不见了，我很伤心。

捷克斯洛伐克啊，请接受我的敬意。我昨晚咳嗽了，以表示对这片遥远土地的思念，咳、咳、捷克斯洛伐克。鼹鼠，这么多年以来，你都住在那里吗？我一直认为我要是来看你，可以和你一起睡在你的小床上，感受一下东欧的床上用品之细腻，你们那边喜欢纯麻哈？我现在长得有点大，不知还能不能钻进你的小家。

哈哈，我喜欢你到处打洞，让在地面上找你的人晕头转向地抓不着你，你真了不起啊！哟呵，我在这儿呐！样子帅惨了！仅次于李宇春。对了，我们这边在看"超级女声"，也是一群可爱的小动物在聚会呢，你来不来？你每次出门都用小木棍挑着小布包袱，扛在肩上，齐步走，一二一！一二！你带了些什么？牙刷？换洗衣服？还是给我的礼物？如果可以，我想让你把你门前的风铃花采一朵来。牙刷我有的是，你不用带了。

鼹鼠，我还是忍不住问你，捷克斯洛伐克那片森林没有被工业工厂占领吗？你门前的花花草草没有被杀虫剂污染吗……最后，问你一句，你是不是小男生？你长大了吗？你会胡子拉碴、西装革履地出现在我面前吗？

那一场雨

•••••••••

你说你想看我写写那场雨，但是现在可是晴天啊，雨已经过去了。既然你说你想看，那么就让我在晴天写雨天，就像是你不在我身边，我回忆你在身边。

雨是这么来的：它们在天上恐吓我——天像是沥凉粉的纱布，包的是深黄色的泥浆，垂得都快挨到地了。像是世界末日。你不在我身边，我可不能这样死了，我要出去找你。

刚出门，雨点就下来了，猛烈得如同粗鲁的男子拿着拐杖戳着我的伞面，我吓得大气不敢出，只有努力举着，忍气吞声地走。你在阳光里，是永远无法想象的。地铁都从大海深处开来，每个人从地铁口的电梯上来都是湿漉漉的，然后一个猛扎，撑开各色的鱼鳍又跳进大雨里，有塞尚的蓝，格列柯的灰，梵·高的黄。

一对高跟鞋跟，交叉躺在阶梯上，一行水迹像是逃走的公主留下的。两个女孩在吵架，因为其中一个把伞上的水滴在了另一个的衣服上，看得出平日都是心平气和的好女孩，一个说：看着点！另一个：怎么啦！一个说：水！另一个：不是下雨么！然后各自涨红了脸，向着两个方向走了。一个妇女迎面走来，她胸前有一只闪石组成的大蝴蝶，但是翅膀随着胸部的曲线塌陷了。她杀气腾腾地拎着一大包馒头疾步，在人群中造成了一小股猛烈而滚烫的风，比世界上一切事物都质朴。

从地铁里上来，有地铁人员在发免费的简易塑料薄膜雨衣，临行密密发，唯恐挨雨淋。大家拥堵在一切能够遮蔽风雨的地方，我想起了里尔克说，我的上帝，我的头上没有屋顶，雨落在我的眼里。你知道么，据说这个世界上第一个建筑形态，是下雨时，男人用身体为女人做了一个挡雨的结构。我抬头看这个城市，一片高大的建筑笼罩在黄色的雨中，雨是亿万年来就有的，给这个躁动簇新的世界裹上了一层宇宙微弱的尘光，如同海市蜃楼般遥远而隐约可见。你在其中的一扇窗子里吧？穿着一尘不染的白色衬衣，看着茫茫尘世中撑伞走过的姑娘。

哎呀，一个白领青年摔了一跤！他的电脑包！有人降下车窗观看，小声说了句揶揄的话，又关上了车窗。生活的第一层是诙谐，第二层就是残酷……我的双腿走在雨里，像是一对吸管，已经把水吸到小腿处了。当我扬起伞看看前面的天，已经薄起来，有光从破裂处透出。我深深呼吸了一口腥甜沁润的空气，树叶真是绿得叫人直咬牙。雨终于停了。

我不知道自己在做什么，为什么在这样的天气站在这里，并且有毅力等到现在。好像是等你漫不经心地说，给我讲讲那场雨吧。

醉

●◆●

关于我为什么会喝醉，我怎么知道？！对于我这么一个怪物，在最普通的日子，无论走在路上，还是坐在窗前，好端端的便会失魂落魄，会心如浮云，飘飘忽忽。你说，一个小孩跑过去，有什么稀奇的？但是，这个世界上就我看见了。他，大概十二岁，趿拉着塑料拖鞋，四肢刚刚抽条的样子，瘦长像只螳螂。我帮他保存着这个记忆，但是以后他并不知道从哪儿领取自己的青春，完全没有根据，没有来源，没有出处。

我走着走着，身轻如云，你以为我看见的仅仅就是你从夕阳中跑过来吗？

好好的我还恨不得把心揉得碎碎的，撒在地上。你说，聚了这么多朋友，我能不沉醉吗？没有什么大不了的，一切都正常，不会损耗什么，我只是被生活中那些每时每刻在积累的平凡、显而易见、永远真实又始终如一的柔情眯了双眼。

我醒了之后，就可以像抖落了一身水珠的水鸟，重新打量这个世界。

宝贝

●○○○○○

亲爱的宝贝，我的宝贝，宝贝。

只有叫你的时候，"宝贝"才具有这个词所拥有的全部意义。甚至还不止，你以及这个词，代表着大地还没有被探索过的风景、一切可以转化为诗歌的珍贵事物、在心里想说而未能说出的只是在胸中翻滚的话语，宝贝。说这些话时，外面下雨了，我从遥远的地方来，淋湿了全身站在你的门前，手里抓着拧得出水的毡帽，嘴里都是烧焦的草的味道。

你不在。

宝贝，让我看看你的院子。你的花草凌乱，显然都是风偶然播下的种子，被你的土壤吸收了，慢慢生长起来的，这是一个随意组合又自动获得结尾的事件。这是你第一个让我着迷的特点：你的简单的工具，铁铲、玻璃盆、一小段绳索，它们不是什么贵重的器物但也不是廉价物，都是你纯粹有用的和必需的东西，质朴而纯真。我知道，你心灵的一小部分是给予这些东西的，我不在这里时它们在的，我可以和它们交谈。宝贝，我唯一不喜欢的是，你的居所离大海太近了，波浪的声音不分昼夜，像一个余音袅袅的蓝眼睛的妖怪。唉，宝贝，是的，我毫无情趣，生起气来却是认真的。你可以讨厌我，但请求你不要离开。

你什么时候回来？宝贝，我的衣服被我的体温烤到半干。有一只蝴蝶飞进来，不知道它在哪里烧焦了翅膀，终于飞不动了，在我面前像光秃秃的蚕一样爬来爬去……宝贝，你是不是不回来了？

十一月是一个贫瘠的月份，我去捅了一个蜂窝，找足了一整罐蜜来放在你的门口，这次只有这个了。宝贝，我是一个狡猾而健壮的女子，没有人肯娶我做妻子，但是这不妨碍我迷上你这世间最美好的男子，不妨碍我叫你：宝贝。没有人可以伤害我，我可以在可能的时候就欺骗，在必要的时候就战斗，但是上帝啊，我心里还是有温柔。没有人知道我现在脸上的这奇怪的含情脉脉。在你成为我的宝贝之后，我事实上变得小、疲惫而苍白，这你不会知道，我支气管里破碎的深情。

宝贝，我想我该走了，我亲吻了你家门上的铜把手。下一次，我还是会专门挑选你不可能回来的时间，来看你。

我们永远在一起

——给金子美玲

●●●●●●●●●●●●●●●●●●●●●●

冷冷的，冷冷的，土里，

金鱼在想什么？

想着在鱼贩担子里认识的，

很久，很久以前的，伙伴。

——金子美玲《金鱼之墓》

喂！写这首小诗的人儿，你好！听说你死了七十七年了，好长喔！果然人一死就死很多年，一点都没有错。不过你其实一直都在。你看着我们，就看谁能感受到你，突然叫出你的名字来：金子美玲！然后你就在坟墓里笑一笑，就像你写的冻疮，有一点点痒，在暖暖的冬日里，后门外的山茶花开了。

你一定后悔了，你这个冒失的小孩，干吗要死呢。你不死，就可以和我喝酒，我叫桑格格，我会抢着埋单，拥抱你，和你哭作一团。前段时间，我有个叫做浅吟的朋友，眼睁睁看着自己的金鱼一条一条死去，估计她也会和我们哭作一团。让我摸摸你，金子美玲，你的皮肤一定像第一层雪一样冰冷。月光照了七十七年，我把你裹在我怀里，嵌在我肉里，看你怎么能去死，去离开我们。

我知道，你是日本人。我听不懂你说话，没有关系，你也听不懂我说话，我们在一起不需要说话，我们有我们说话的方式。有一次，我妈打了我，因为她在洗衣机里发现了很多小石头，哐哐哐地把洗衣机打坏嘞。那是我一条裤子里装满的小石头。我一路走，一路看地上的小石头——它们太可怜了，一辈子都不能离开待的地方，我想带它们见见世面。美玲，你就不会打我，我们一起蹲在路上，和石头说话，它们真的很需要说说话，我们也是。

美玲，我有个朋友叫做小变态，有她在，你一定死不了。她会说：你死就死咯，把钱给我！或者：你眼睛好小，值得一死！但是，和她手拉手走在春风里，看小树和小树他妈大树，最舒服不过了。她有一次把一只小仓鼠放在阳台上，晚上回来的时候仓鼠死了，被晒死的，她也哭了的，然后肿着一双眼睛对我比画：乌东（仓鼠的名字）死的时候，睾丸肿得这么大！

我还要介绍一个朋友给你认识，她的名字叫做张敏。如果她知道即将和一个日本友人见面，会卑微地幸福而死。她在开服装店，生意不怎么样，大部分时间都在店里发呆，有时候去搞搞男生，但是，还是有很多时间发呆，想着我们十五岁的时候放掉的那只风筝，落在了哪里。它是一只燕子风筝，它还是那么俊俏吧？

金子美玲，你是没有亲娘么？你是阁楼上缝衣服的小学徒么？你是卖火柴的小姑娘么？其实，我们都是，每一个都是，我们是机器人妈妈养大的。我们都是蒲公英，风把我们带走，我们就走了，再也不知道谁是妈妈，哪里是故乡。

这么说来，你是真的死了。咖啡丁说你身世很悲惨，找了个坏老公。我立刻把头深深埋在沙土里，我太羞愧了，我居然找了个不错的男朋友！但是，没有关系，我可以把他包装在礼盒里送给你，扎上美丽的蝴蝶结，并且定期检查他是否对你好，不好就拿鞭子不断轻轻地打在他身上。别哭，金子，会好的，一切有我在，我很有本事！

金子，我的乖金子，你在哪里，和风儿在一起哈？和云儿在一起哈？还有金龟子、竹节虫、枯叶蝶、好人红蚂蚁、坏蛋黑蚂蚁、小鹿、猫、兔子，所有落去的花朵和叶子，它们都簇拥着你，你不会寂寞的，不会……但是，如果真的还是寂寞，就寂寞吧，我们都死了，怕锤子怕。

金子，你死的时候二十七岁。告诉你一个秘密，我也二十七岁啦！我要不要去死呢？！下次告诉你吧。低头看看表，几点了，明天这个时候，你还来陪我，我舍不得你，舍不得。总有一天，我会和你在明亮的王国里，睡在一朵花蕊中，还长着翅膀，永远不分开，永远不。

走吧，夏天

●●●●●●●●●●●●●

很多事情我都不想面对，比如，夏天走了。

我企图用不告别的方式留住这个夏天。深夜，风儿在十字路口迷了路，盘旋着带下一片叶子，我就点点头，好吧，你走吧。这句

"你走吧"，宛如一个刚刚裂开的玻璃杯子，玻璃是无色，伤口却是幽蓝。哎呀！非要我说！那么，你走吧，走吧，夏天！下完你的最后一场雨，走吧！把我留在这里！

你的雨扑簌簌地砸下来，是和我告别么？别骗我你明年还来，明年的你不是你，我也不是我了。我生你的气呢，你就不能不走么。你的身体那么结实地拥抱过我，那热度能让我发狂。你给我带来那么多花儿、虫儿，浓密的树荫，午后的蝉鸣，那个时候一切都那么无边无际，你真实得血肉模糊，现在，都要收回去么？

你难道忘了，清晨，我伸出手向你要第一缕阳光，透着光，我的手指像小小的火苗。

我固执地在深秋还穿着夏天的衣服，接下来的天气，你的另一个弟兄要冻死我，你就看着不管么？我咬着牙，站在树下，没有一点儿心情欣赏金黄的叶丛露出的几处蓝窟窿。看着还残留的一点绿，心突然就软了。你不得不走，我亲爱的夏天，我知道，你也没有办法。你和我一样，用完了最后一点热情。明年，你回来，我不知道能不能再次去爱。

我不哭也不闹，我很忙，就在这分手吧。天色渐晚，你收起你的黄金色折扇，而我要赶去看一只竹节虫，它明天一早就要死去。

另一封情书

●●●●●●●●●●●

我给你写了不少信，都被我撕掉了。因为写完之后重新看，发现那不是扭曲了的事物就是过分雕琢的感情。没错是我写的，也是写我们之间的事情，为什么完全不是我想表达的呢？我为它狂热的表面感到恼火。我越来越不相信自己心目中所构成的形象：我提到你的感情时，就把自己的感情放在了上面。这就像蓝色遇见黄色，变成了绿色，这不是我也不是你，可我一直认为这就是我也是你。

不得不承认想象对于严重感情渴望的人类而言，是得心应手的，且具有短促的激奋功能。所以那么多普通人在爱情的折磨下，能爆发出一生中最感性的瞬间。比如我，一度在写了几封这样的信之后，居然确信你能懂得我从你那里获得的痛苦，以及对你的渴求。好吧，我不应该迷失在曲折的情节中，北京冬天的室外风景对我无益，所有抽象细节都是我臆造你的企图。我说点什么呢？细节和细节之间，有那么多沙漠。

昨天我问一个学问渊博的人：二〇〇八年永远过去了？他说：是的。我再问：是在人类史上永远过去了，就是说，我作为人，再也没有第二个二〇〇八年了？！他点点头。我继续问：那么我们这个星球有时间以来，或者全宇宙中，就这么一个二〇〇八年么？他嗯了一声，我终于沉默了。时光一去不复返，人死了不再醒来。而我那么沉湎于我们的过去，是因为我们没有未来。

但是我还是很想能把永远消失了的日子，用什么办法留住个大概的样子。所以，虽然我在描述你的时候，叠加了自己，不能做到尽量客观，好在这样不停地写啊写啊，我们混合在一起慢慢地、至少在文字中分不开了。绿色不也很美么？象征了新的生命？现在你在做什么？我不在你的身边，我无法知道你的模样，你在说话？吃饭？打喷嚏？如果你破天荒打个电话来问我：你好么？我一定会第一时间坚定地告诉你：我很好。放心，我很好，我会好起来的，我越来越好，好得不得了。

其实，我和别人谈话不能超过十分钟，哪怕对方是个卖保险的，我也会控制不住哭哭啼啼兼诉苦哀叹。不知道我这么突兀地揭示自我，对方会不会有兴趣知道我是谁，然后听我讲讲你？一天中大部分时间，我的躯体就是一些狂热癖好、纠缠不清的念头、精神迷乱的总和；而这个躯体的一天，就是在发呆和随意倾诉之间的障碍赛跑。朋友们看见的是一个狂热又冷漠的人，要么感情用事要么毫不讲理。我脸上的表情变化极大，好像总是在好几种表情中选择最外露的一种。对，有时候，我会哭，但是我知道哭一点用都没有，于是因为白哭而哭得更加厉害。友情提示，这个天气在北京，不适合在室外哭泣，天太冷了，滴水成冰。

今天你出来和我喝了一杯咖啡。从你来到你走，整整五十三分钟。你要走，我要求你再留一会儿，你又多留了一刻钟，我赚了一生一世。你站在阳光里，对我挥挥手告别，好一个风度翩翩的专制者啊！我站在街对面，觉得空气中有爆炸前引线嘶嘶作响的燃烧声，压抑了那么久的精神迷乱会不会突然产生扭曲你的欲望？我握紧了拳头，把指甲认真地慢慢地插进了掌心的肉里，我洒脱地对你笑了笑，有种可笑的孩子气的英雄气概。然后你上车，载着你的会快速移动的钢铁机械体消失在视线尽头。我想，我们从此变成了不再见面的永远的朋友。

旧园

●●●●●●

推开门，我把穿着木屐的脚轻轻落下，双手按住裙裾，在闪动的水光中慢慢地抬起头来。这里，就是见面的地方了。

呜呜咽咽的箫声，有烟袅然直上，白鹤拍打着翅膀贴着池塘的水面掠过。翠蓝的凉亭下，他的背影伫立，白色的袍，青黛的帽，竖着的紫箫。乐声停，他卷起半幕竹帘，手复又落下反剪于背后，有气缓缓叹出，双肩格外零落。目光眺出去，远远看那睡莲开出艳丽的粉与初生的黄，暗吐娇尘软雾。

他说，这旧园里最值得一看的就是枫叶，深秋的时节能染出伤口一般的颜色。枫树下，三杯两盏淡酒，黄昏到月出，你来是不来？但是这日子有点晚了，红叶堆满了小径，凋零的枝头挂满了露珠，木屐踩上去，发出肺腑破裂的声音，叹息般的神色消黯。

我站立于他面前，盈盈拜下，又颤颤然将双目与他对视——当初鸦色浓发的鬓角也生了白发，目光却依然如潭。不禁低声探问：你，怎么又站在风口？他什么也看不见，什么也听不见。他不知道，虽然我十年前已去世，却天天都在他身边。

南泥湾

◆◆◆◆◆◆◆◆

我看见你了，你才十三岁。你根本不知道，和成年后的你相比，这青涩的小身体更像是暗藏在心里不能表达的尖锐结实的情感。我知道这枚种子会发芽，多年后长成大树，我的想念就是树叶中镂空的部分，剔透而虚无。

我去了你的学校。你在暗哑的天色中沉默地坐在双杠上，不知道是黎明还是黄昏，那天仅有的一点亮光正好压在你低垂的头上。你双腿蹬在对面的杠上，用细长的胳膊弯曲地抱着自己的身体，军绿色的书包挂在一侧，摇摇晃晃。你面前是空旷无人的操场，矩形的球门下面，稀稀落落地长着一排淡紫的蒲公英。我就站在你面前，看着依稀可辨，一切之初的脸庞。你正好抬起头来望着远方，我低下头叹气。远远的尽头，人渐渐多了起来。

我去了你的房间。亮光从两扇窗子倾泻进来，把少年小小的床挤得更小了。是那种蓝白格子布的床单，深秋了，你怎么还盖这么单薄。我抚摸着菲薄的被褥，仿佛触摸着你同样菲薄的肩胛。整个房间弥漫着肥皂和汗味以及书本还有橡胶足球的味道。墙上有你用钢笔画的素描，班上谁也不知道你会画画，那是一个女孩的轮廓，你取名叫做《南泥湾》。为什么呢？很多年之后我问你，你说，什么南泥湾？我画过这样一幅画么？

门开了，你站在我面前，头上冒着蒸汽，汗湿的背心贴在瘦瘦的胸前。你惊讶地张开了嘴：……你是谁？怎么在我房间里？我侧身对你轻笑：你在做梦，男孩。然后你真的从床上爬起来，恍恍惚惚记得有一个笑容，在盛夏的蝉鸣声中，想得头痛。

你十三岁的呼吸如此平静而绵长，完全不知道，我曾经来过。

婴儿

●●●●●●

我们每个人身体里都住着一个婴儿，男人也是，老人也是。

我们在外面的时候，就是我们现在大人的样子，回到家或者一个人的时候，就是那个婴儿的样子。坚强的时候是大人，而委屈了哭了，就是你的婴儿在哭啊。有时候，时间越晚婴儿的样子就越清晰，所以，喜欢晚睡的人，很多人在等待自己的婴儿出现。

我也是。有时候我也会哄她：睡觉了啊……婴儿就撒娇：一下下，再玩一下下。我就同意了。也有不同意的时候，我一巴掌打在婴儿——也就是我自己脸上：还不睡觉！傻BB地想成仙啊！然后我们就相拥而睡了，我负责流口水，婴儿负责做梦。

有时候，在外面如果没有人，我也会放我的婴儿出来玩耍一会儿。不过你看不到的，只有我知道。但是你要是远远地看见我，基本上会认为我是个神经病：怎么一个人就又说又笑又唱又跳呢？一会儿跳上台阶，一会儿又跳下来；一会儿和花儿说话，一会儿和猫儿打招呼；一会儿蹲下玩树叶，一会儿和蚂蚁比赛跑步。那都是我的婴儿住在我的身体里太久了，不通风，要出来透口气呢！嘻嘻！

有一次搭公车，我突然就捏着嗓子奶声奶气地说起话来：宝宝，还有几站下车呢？当然，我身边没有人回答我，我自己回答我自己：还有一站了喔，不要又坐过了！这一次有人看见我的婴儿了，那是一个被妈妈抱在怀中的小男孩，他惊骇地看着我，两只眼睛圆又圆。我的婴儿命令我扬起拳头做鬼脸，然后那个倒霉的小孩被当场吓哭在妈妈的肩头。我和婴儿邪恶地怪笑着下车，下了车，又对窗边的小孩扬了下拳头，哈哈哈，哭得更大声嘞！

所以，有时候，作为大人的我在电话里发脾气说：滚开，不要理我！永远不要理我！事实上，有个很小很小的声音在身体内部说：不要离开我啊，不要。

看见你回来

●●●●●●●●●●●●●●

我看见你回来了。

我知道你有时候向往孤独的激情，喜欢一个人根植于世界，去感受某种无法言传的东西。我也知道，你不能随心所欲地使自己遁形匿迹，令你深感遗憾，所以你总戴着那顶能藏着眼睛的渔夫帽。你行走在都市中，如同行走在原始森林的水塘边，看上去寂静，水面下却有一只鳄鱼在眨眼。

那么多的聚会，我看你都在。别人说你妙语连珠，但是我能看见你在一角默默地嚼一块馕饼。厚厚的白面饼，无盐无油无糖，你埋头认真地吃，嘴唇的一角挂着一丝白色面粉，表情严肃地抬起头来告诉大家，好香。

你的家，和我去过的所有人的家都不一样，无缘无故地就感到有东西在暗中燃烧。我们经常长时间不说一句话，这个时候我就听见那燃烧嗞嗞作声。我们偶尔会交换一个眼神，我们知道，那是时光流逝的声音。过一个通宵之后，我们就去什刹海跑步。朝云起，淡天一片琉璃，海中建筑仿佛在水汽中颤动。你步伐矫健，我步伐踉跄，如同一个人的两个灵魂。你的睫毛敲击着早晨的轻雾，呼吸很重，路在我们身后越来越远。

你回来，很好。既然都是要散的，何不聚个痛快？尽兴而归，岂不快哉？不聚，即是不散，那不辜负了这人生？但凡真实的人生，皆是相遇。所以，不要动不动就说离开，除非你是特别淘气的小孩，贪恋不舍的眼神和伤感。

再转一下

●●●●●●●●●●●●

怎么可能寂寞嘞？怎么可能孤独嘞？亲爱的小孩，看你哟。

万花筒都可以看一天啊！转啊转啊，看啊看啊，一天都过去啦。看吧，转一下，这是孤岛上的琴声；再转一下，这是俄罗斯乡村冬夜，玻璃窗上的花纹；再转一下，洁白的粉蝶从菜地飞起，飞得慢，用手都可以抓住哩；再转一下，是那个法国的什么旺，一眼望不到头的薰衣草，你骑自行车载我，从山坡滑下；再转一下，是一群小母鸡惊恐地跳上栖架；再转一下，巨大的棕榈树树冠，挂着一个银色的月亮；再转一下，月亮掉进水里，你用脚尖搅一下，就碎啦……

转啊转啊，小孩，你就睡着啦，去梦里吧，更多美丽的图案，变化万状。

还有桂花香，在梦里飘。

妹儿，我们牵着

●●●●●●●●●●●●●●●●●●●

妹儿，过来，听我给你说。

虽然可能你比我大得多，但是，我还是坚持叫你妹儿。请你原谅，我在对你献殷勤之前，确实和男子谈过恋爱，原谅我好么？那是上帝交给我的第一份工作。事实上，这份工作给我的心得是，越与男子交往越懂得你，妹儿。一桩完美的异性婚姻存在于瞎眼妻子和耳聋丈夫之间，而一段女子间的情谊，都是两颗如雪宝顶上的莲花，一香凝然，不焦不竭，郁勃氤氲。妹儿，他还记得初相见时，你那小鹿一般的目光么？数年来，你文火细烟、小鼎长泉的心意，是否已经变成千丝万缕纠缠的樊篱？

妹儿，别。

记住你的独特，珍惜你悄悄给予的宽容，别中了善良的毒。这世间万物，若要得到，必先有舍弃的勇气。舍得，舍和得。可是，我们都是这么孤独的人，兜里能有什么呢？我有几片植物的花瓣和根茎，能治得了你的痛么？谎言、人造的天堂和幻想生活，你选什么？别贪恋着他的目光，这虚无之物，本来就是人世一千年开花一千年结果的许诺，你真的要等么？并借此存活！我亲爱的妹儿，上帝造你，可有掺入一种叫做坚强的金属？如果没有，我的目光一直看着你，再也不离开。

夜又开始了，来，妹儿，我们牵着。

返回人间

●●●●●●●●●

眼看着世界一点点亮起来，黳黑、墨蓝、灰靛、蛋青，丝丝缕缕般
的亮色从内部慢慢沁出来，把外面的深色顶得越来越浅，那亮色有腿
也有腹部……终于，它撞破了母体——于是，有了光。天亮了，稚气又
茫然地醒来。

这是亿万颗星球中的一颗。唯有这一颗，可以在黎明的时候，在
我面前铺排出晨练的人们，塑料袋装着的鲜肉大包，上学的孩子，晨
风中摇曳的梧桐树。我，亿万人中的一个，从黑暗到光明，君临一切
地看着这世界，仿佛昨夜是最初之夜，今日是最初之日。

为什么，一定要返回人间。

猫儿，我最亲爱的

●●●●●●●●●●●●●●●●●●

我最亲爱的。

每当我面对的是一只猫的时候，我只能使用最高级，而不是比较
级。猫儿，看着我，抓紧我，你来到的是人的世界。你才生出来，我

生出来很久了，又是个人，总比你有办法。我来保护你。

亲爱的，你是个活的啊。

我把你摊在手上，你像一小坨黄油，会化掉。我微微把手心窝起来，你在里面就不会流出来。我告诉你，最亲爱的，你是这个六月中最真实的一块实物，我所有的柔情都绕着你发芽，在你酣睡的时候，柔情的枝蔓就慢慢地爬满了你的四周。你在做梦，你抽动着小鼻子，你不知道，第一朵藤蔓上的花炸开了。

我有什么呢，你就这么来到我身边？我握着你的瞬间这么轻易就发生了。

猫儿，我这个卑微的人可以吻你么？我把嘴唇轻轻贴在你的小脑袋上，微弱的热量传递给我触感，眼睛就潮湿了。你不知道，毫无意识地咽了一下嘴，又闭上了。造物的，你怎么能把这么脆弱的生命裸露在空气里。

猫儿，没有人知道我们曾活在这里，上帝。

天下无双的亲人

●●●●●●●●●●●●●●

我要从所有的时代，从所有的黑夜那里，从所有的金色的旗帜下，从所有的宝剑下夺回你……我要从所有其他人那里——从那个女人那里夺回你……我要决一雌雄把你带走，你要屏住呼吸。

——茨维塔耶娃把这句诗送给了苏三

茨维塔耶娃降临南京，苏三在城门外接她，整个南京城的千家万户都还在沉睡。下着雪，苏三望着远方，像一只冻僵的麻雀。远远的，茨维塔耶娃越走越近了。她扑过去，未曾开言心好惨，哭泣着拥抱，这天下无双的亲人。

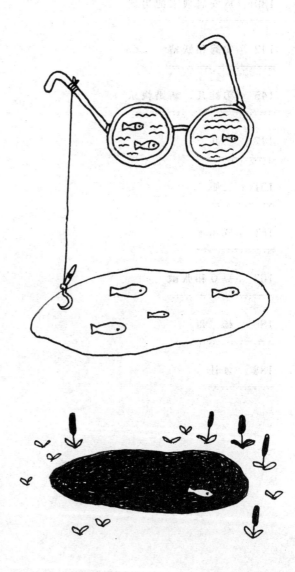

田满满

田二河，我妈要喊满满（四川方言，伯伯的意思），田二河的二娃，我要喊满满。

田满满去年到我家来耍，对我妈说：嘿，何安秀何小妹崽，你本来是要嫁给我的！今天来，我都打算给你带朵玫瑰花来，我婆娘又不让！

我妈挥挥手：格格，快送你田满满去搭车，看一会儿晚了赶不到了。

山歌田二河

有一天，田二河看见何小妹崽在街沿上耍，就上去逗她：嘿！何小妹崽，你屋头老汉儿今天回不来了！何小妹崽吓疼了：咋喃？！田二河慢条斯理地说：他今天在街上把人家的秤砣踩烂了。

何小妹崽一路哭喔，回去找她妈，妈在砍猪草，她哭兮流了：妈嘞，人家说我老汉儿今天回不来了！呜呜呜！何小妹崽妈停下手里活路：为啥子喃？何小妹崽说：人家说他把别个的秤砣踩烂了……何小妹崽妈笑了：瓜妹崽，秤砣哪门踩得烂嘛，锭子那么大的一坨铁！哪个砍脑壳的瘟殇给你说的嘛？

何小妹崽扯起嗝嗝：嗯、嗯，是田二河满满！

第二天，何小妹崽又在街沿上耍。田二河又路过：耶！何妹崽，你还在耍啊，你老汉今天又回不来喽！何小妹崽：咋喃？田二河：他把人家炒盐的石锅烧了个洞！

何小妹崽又一路哭喔，回去找她妈。她妈在挑水，她哭兮流了：妈嘞，人家说我老汉儿今天回不来了！呜呜呜！她妈问：又哪门了嘛？何小妹崽：人家说他把别个炒盐的石锅烧了个洞！何小妹崽妈放下水桶：石锅是石头的，厚得很！哪门烧得烂喔，瓜女子！人家哄你的，哪个塞炮眼的给你说的？

何小妹崽扯起嗝嗝：嗯、嗯，是田二河满满！

第三天，何小妹崽依旧在街沿上耍，远远看见田二河满满着着急急跑过来：嘿！何小妹崽快点去喊你妈，你老汉儿在街上遭哒到盐井头，淹死唠！说完他就匆匆忙忙跑了。

这下，何小妹崽魂都飞了，哭得嘶声力竭、屁滚尿流地回去找她妈：妈耶！妈嘞！人家说我老汉遭哒在盐井头淹死了哇！哇哇哇哇！何小妹崽的妈正在沥凉粉，双手沾满了米粉，何小妹崽一头就扎进她衣兜，她连忙说：瓜女娃子，盐井只有拳头那么大一坨，脚都插不下去，哪门得淹得死人咯！是不是又是田二河那个坐班房的给你说的？！

何小妹崽扯起嗝嗝：嗯！

何小妹崽的妈拉起何小妹崽，就去后田坎上田二河屋头算账，老远就扯起嗓子开始问候田邻居：田二河——你个砍脑壳的瘟殇！田二河——你个塞炮眼的！田二河——你个坐班房的！你一天吃了饭胀饱了莫得事就来逗我屋头小妹崽！逗傻了你娃要负责！

田二河坐在门槛上抽旱烟，笑眯眯地说：哎呀嘞，何大嫂，着啥子急嘛，回把回就逗傻了嗦？小娃娃家就是要逗！逗傻了二天给我当媳妇，我屋头二娃不得嫌弃她！嘿嘿嘿嘿！何大嫂我不逗你屋头么妹，你哪门有空走到我屋头来耍嘛！！稀客啊稀客！说罢还嫌意思没到位，居然用歌声补充：

> 大嫂你住在对门岩耶，
> 时时看见你出来！
> 早晨看见你挑水哟——
> 晚上望见你砍柴。
> 恨不得大风刮拢来！
> ……

田二河是远近闻名的赖死汉，爱唱山歌，一天嘻哈打笑，唱唱闹闹。

有一天，何小妹崽家里最漂亮的一只公鸡不在了。何老汉带领何老大、何老二、何老三堵在他屋头，非要喊他交出来不可，把个田二河的婆娘急得喔，"扑通"一声坐在院坝头，哭：田死鬼，你就把人家的鸡还给人家嘞！嫁给你日妈的老子的老脸都给你丢完嘎唠！咿咿咿咿，哇哇哇哇，呜呜呜呜！你个矮冬瓜！

啥子都不能激怒田二河先生，只有说他矮，他是真的会伤心的。他瞪起眼睛呵斥婆娘：矮？！老子个子矮，雀雀儿不矮嘛！龟儿死婆娘！

最后，田二河只有把何家大小四条怒气冲冲的汉子带到后院地头上，指着一个土包包说：在这嘞！挖嘛。一只英年早逝的公鸡瞬间就暴尸于光天化日之下——是遭田二河把脖子扭断了死的。他本来打算晚上来烧起吃，还要下点酒。何家四条汉子捧着死鸡，沉浸在痛失爱鸡的忧郁情绪中。田二河居然很认真地过来打商量：我至少要吃个鸡把腿！

田二河没有吃成鸡把腿，倒是激怒了青春叛逆期的何家老三。小伙子果断地抄起扁担砍在了田先生的大把腿上——都是把腿惹的祸。田先生不得不郁闷地在床上睡了一个礼拜。在没有田先生身影及歌声的这一个礼拜中，村子别提多么祥和安静了。大家都在说：田二河是不是真的去坐班房了喔？这个老不胎害的……

田二河先生怎么能忍受在床上的寂寞生活呢？他有自己的办法证明自身的存在，他扯起响亮的鸡公嗓放声歌唱，表达着对人生由衷的热爱，歌词大意如下：

　　吃菜要吃白菜头哟，
　　嫁郎要嫁大贼头！
　　半夜是听得钢刀响嘛——
　　妹穿绫罗哥穿绸！

他看没有人理他，一步一爬挪到窗子边上，加大音量继续讴歌：

　　生要恋来死要恋咯，
　　不怕亲夫在眼前！

嘿嘿，见官如同见父母噻——
坐牢如同坐花园！
……

　　家家户户的主妇都在第一时间把未成年人的耳朵堵上了。何小妹
崽奶声奶气地对她妈说：妈耶，我长大了要嫁个贼，好穿绸！我外婆
一记响亮的耳巴子扇在了我那年幼无知的妈妈脸上——是的，何小
妹崽就是我那亲爱的母亲，而她妈，就是我亲爱的已经去世的外婆。
　　……
　　我妈妈擦了擦眼角笑出的眼泪，说：哎呀这个田二河的龙门阵
多得很，三天三夜都摆不完！我问：妈妈，他后来到哪里去了嗬？我
妈嘿的一声，清了清嗓子，说：记得有一天，街上来了一群修公路的
劳改犯，中午做了活路就在路边上搭起锅儿煮饭。他龟儿子跑过去一
看，耶！还吃的是干饭！他就问人家：你们还缺不缺人嘛，我也来参
加一个！人家说：我们做不到主，你去问背枪的！他去问背枪的：
咳，你们还收不收人嘛？背枪的把他上下打量一下说：你以为这个随
便来得到嗮？要犯错误才进来得到！于是，他就想方设法去犯错误。
犯点啥子错误好嗬？他想来想去，最后去调戏了人家镇长的女，终于
遭抓进去，就再莫得下落了……也不晓得吃上干饭没有。
　　据说，田二河的老二长大后，和他老汉一个样，天天在牛背上对
着过路的女娃唱歌，声音比他老汉还要响亮——

哥哥生来爱唱歌哟，
要几多来有几多！
树上挂得歌成串嘛，
是岩里绕得起坨坨。
妹妹你要喜欢听噻，
哥哥的调子一脑壳……

从安居坝来的男孩

．．．．．．．．．．．．．．．．．．．．

春天来了。六岁的安秀儿脱了厚棉袄换了夹衣。夹衣是红底起白点点花的，有补巴但是补得很好，针脚之细，她自己补的。安秀儿觉得翻了年了，自己又大了，就把原来的冲天炮头发梳成了两边各一个的羊角辫，甩啊甩的，好耍嘛。

她婶婶……喔，她婶婶就是她妈。安秀儿从小病多，大人害怕带不活，就喊她改口喊妈喊婶婶，喊爸喊伯伯。她婶婶叫她去田坎上挖野折耳根，她就晃着羊角辫子提起篮篮儿去了。妈坐在院坝头宰猪草，一侧身，看见小妹崽出门走在青幽幽的堰塘边上，背影是个红的，走得一跳一跳的。她嘿嘿一笑：个小短命的，硬是长大了耶。

安秀儿很用心地挖，挖啊挖，春天的半上午，田坎上的野折耳根多得很，眼看一会儿篮篮儿头就堆起半边了！她一直低头，一只手拿镰刀刨，一只手扯根根，忙得满头一层细汗。一只小麻雀儿俯冲下来，差点啄着安秀的头发，安秀挥着镰刀去追：看老子抓到你丢到灶孔头烧起吃！看老子……看老子……小麻雀吓得飞到不知道哪里去了，她又继续挖折耳根，碰到刚刚开开的野花，她都小心地摸着蔸蔸摘下来，一会儿也有一小把了。有紫色的翻浆花，黄色的太阳花，白色的野豌豆。她找了两朵开得最繁的太阳花，在羊角辫上一边插了一朵，在水塘边上照了照，自己瓜兮兮笑半天。

突然，她觉得眼前黑了一下，然后又亮了。她忙撑起来看，但是起猛了，半天眼前都是黑的。慢慢地，她看清了：是一个男娃娃，多高大的，脸儿干净，穿了身明显不合身的洗得发白的蓝布衣服——刚刚从她篮篮边上跨过去，在几步路外看着她。

她跳起来，喊：咳！哪家娃儿这么不讲礼！从我篮篮儿上过！这个阵势加上来回猛烈摇晃的羊角辫，吓得那个男娃娃脸都涨红了，结结巴巴地说：不是哒，不是哒……我、没、没、没……口音明显的不是本地的。

安秀儿被他"哒"啊"哒"的逗笑了：哈哈哈，我问你是从哪里来——哒！叫啥子名字——哒！男娃娃听出小女娃子在学他，脸更红了：我、我叫吴、吴文举，从安居坝来，要去发财垭找何铧铁学铸铧……哒！最后那个没有忍住的"哒"让他痛苦地闭上了眼睛。

安秀儿捶着土地大笑，在地上打了三圈滚，把装了折耳根的篮篮儿都碰翻了，折耳根翻了一地，辫子上的太阳花也掉了一朵。吴文举连忙上来帮忙扶起篮篮儿，把折耳根往篮篮儿头抓：硬是的喔，有啥子好笑的嘛……

安秀笑得脸儿通红，上气不接下气：吴、吴文举！那你有没有找到何铧铁屋头嘛？吴文举摇摇头：没哒！安秀笑吟吟地挽起篮篮，另一只手捏着她摘的野花，脆生生地说：来！跟我来！

……

远远的，在院坝里宰猪草的婶婶看见自家安秀儿回来了，红色的身影后面还跟了一个蓝色的大一些的身影，像是个男娃儿。她"咦"了一声，就听见安秀在喊：

婶婶——

有人找我伯伯——

从安居坝来的！

从这天起，安秀就多了一个哥哥，为了和自己四个哥区别，她叫他吴文举哥哥。这个称呼从来都没有被简化过，连名带姓加哥哥，一直都这么喊。喜得好小女娃子嘴皮利索，天到黑都听到安秀在喊：吴文举哥哥，我们都去堰塘洗红苕嘛！吴文举哥哥，你给我做根红缨枪嘛！吴文举哥哥，你教我唱首"东方红太阳升"嘛！

吴文举人聪明又肯吃苦，慢慢成了何铧铁最喜欢的一个徒弟娃儿。从他刚进门的十二岁，一直留他到十五岁，吃住在家头，活路手把手地教。安秀也是越长大越能干，家头喂猪做饭洗衣服样样都得行，特别是洗吴文举哥哥的衣裳，那是洗得巴巴适适又补得巴巴适适。

每次他们两个从田坎上过，吴文举都要说：看哒，安秀妹儿嘞，我来那天就是在这里碰到你，你对我好歪哒！安秀瞪起圆眼睛：哪个喊你从人家篮篮上过！没得礼貌！哼！

日子过得快，转眼就是安秀十岁的生日了。这一天，吴文举哥哥亲手铸了一把小镰刀，送给过十岁生日的安秀。

安秀高兴得喔，一下子跳得老高，但是吴文举哥哥又说了一句话，让她又呜呜呜哭了起来，也顾不得过生哭不吉利。吴文举哥哥说：安秀妹妹，我要回安居坝唠，你伯伯说我出得师了，我老汉儿也打信来说要我回去，屋头要我去帮！

走的那天，大家都找不到安秀，做了一锅瘦肉面条，她也没有来吃。吴文举吃了面，像往常那样把碗端到厨房里洗了，然后恭恭敬敬地给何铧铁和师娘磕了三个响头。他都长胡子了，说话变得瓮声瓮气：婶婶、伯伯，你们待我就像自己儿子一样，你们也是我吴文举一辈子的爹娘！我走了，我还要经常来看你们！

安秀躲在梁上唧唧唧地哭了。

……

三年自然灾害，家家都没有吃的。安秀都十三岁了，还是穿着她那件红色的夹衣，用各种颜色的布加了边子。反正今年过年啥子都没有盼的。

远远地公路上走来一个高大的影子，熟悉得很，又半天想不起来。伯伯打起哈哈说：哎呀，文举娃儿得嘛，都长得这么大唠！

安秀不晓得咋个的，脸就红了，没有迎上去，站在婶婶身后抿嘴抿嘴地笑，拿眼睛瞟，哎呀，硬是长得来——好……安秀"扑哧"一声又笑出来了：你们看那个憨包！吴文举脖子上拿麻绳拴了两坨莲花白菜，一边吊一坨，远远就喊：

伯伯——婶婶——

我来给你们拜年唠——

……

安秀就是我妈。吴文举叔叔我没有见过。我妈后来出去读书，嫁给了我爸；吴文举叔叔结了一个安居坝乡下的婆娘。

我妈都中年妇女了，还是叫他吴文举哥哥。

有一天，我妈接到一封信，狠狠地哭了一场。她去打电话，在电话里我听她和舅舅说：吴文举哥哥去塘里炸鱼遭炸死了！

她好几天都精神不好，就打算回老家去了。

她回来之后，领回来一个小男孩，农村穿着，一身洗得发白的蓝布衣服，躲在我妈后面。我妈把他推进家门来，指着我说：这个就是格格妹妹！你自我介绍下，勇敢点！那个小男孩涨红了脸，小声地说：我、我叫吴、吴安荣，从安居坝来……哒！听见那个"哒"，我"扑哧"一声就笑了出来。

安秀和妖精

何安秀和陈妖精的恋爱推迟了十三年才到来。

这一天，是个下午，上了点年纪的何安秀女士从医保定点的大药店买了点药出来，听见后面有人慢条斯理地说：耶，前面的，好像是何老师得嘛！何安秀转身一看，笑了：嘿嘿，这不是陈……陈老师得嘛。多年不见，何安秀还是有点不好意思，"妖精"这个显然不是学名的称呼即将冲口而出的时候，被她咽回去了。这种不好意思，不仅仅是因为年辰久了没见，还有一件往事，两人从瞬间的羞涩和尴尬都能感觉出来——大家都还记得嘞。

十三年前的一天，从不愉快的婚姻里走出来不久的何安秀的个人条件是这样的：中年，肤白显年轻，正派，当过音乐老师，能歌善舞，又是国营大单位的热门科室的正式职工（那时通过她能搞到些紧俏物资），有房，虽然有一个未成年女孩，但女儿是出口货，总有一天要嫁出去。在她经常光临的"白果林婚姻介绍所"，她是可以骄傲的，是可以当得起介绍人周导演赋予她"白果林的白果"这一美誉的。虽然，她有点偏胖，但也基本符合一枚白果的美好形象。

这一天，何白果被介绍给一位据说是学哲学的老大学生，在厂矿子弟校教书的陈老师：刚离婚，有一男孩随母，也有住房。何女士自己也当过老师，对陈老师颇有好感。他们在茶铺里泡了两碗"青山绿水"，就开始了交谈。何女士问：陈老师，你饭量有好大？陈老师略一沉吟：

嗯，就拿面条打比配吧，一斤干面，还要加点菜，稀捞松活！何女士暗暗咂舌，就在心中为他量身定做了一个名字：妖精。虽然吃得多，但是人家也是有正式工作、有工资的。她觉得可以进一步交往，于是，就很正派地要求去看看陈老师的家和离婚证。陈老师很坦诚地答应了。

看来陈老师哲学有点没学透，有一个重要哲学思想都忘记了：心急吃不了热豆腐。何安秀女士刚一跨进家门，他就按捺不住，欲对白果女士不轨，想剥了壳壳吃米米。这简直是在挑战何白果女士的心理极限。说时迟那时快，还没有靠近的陈老师觉得腹部被一样硬物抵住了，他脚杆一颤：何老师，那是啥子？！何安秀冷笑一声：啥子？！弹簧刀！你娃娃给老子放老实点，老子敢上你这儿来，就是有准备的！据说，此后，陈老师还是一五一十地把大学毕业证、教师证、离婚证都拿给何安秀女士看了的，只是看了之后，何女士拂袖而去，去了之后就没有了下文。不能不说，这是一个有阴影的记忆。

他们下一次见面，就是十三年后。这个时候，他们见面一聊，居然两个都还是单身，不胜唏嘘。何女士再称为"白果"显然不合适了，她年近老年，越来越发福，虽然依然肤白，但是皱纹一大把了。陈妖精饭量虽然不减当年，但是由于学校精简机构，他当初费尽心机调去的一个部门，恰恰被精简了，他莫法，被安排去守大门。守大门，他那么大的饭量就养不活自己了，就还要去打一份工，如果想要吃饱了还要有点其他花销，就得打三份工。他白天在茶铺倒水，傍晚去帮馆子倒泔水，深夜再回学校守门。

这个期间，如果不是当初读了点黑格儿、海德格儿，他是不好意思在那天下午把曾经的白果——何安秀女士从背后叫住的。他的身体还是很好的，他的目光是依然热情的，他的精神是依然充满期待的。他叫住何安秀女士，二人并肩走过大街小巷，在夕阳西下的时候，他甚至背诵了一句：夕阳无限好，只是近黄昏啊——何老师，你还没有吃夜饭吧？走，我请你吃砂锅米线！

就是这一碗砂锅米线之后，这一段推迟了十三年的恋爱开始了。何安秀原谅了陈妖精，并且坦言当年因为对他有点成见，给他取了这么一个不太雅致的名字。陈老师一点都不生气，说：取得好！何安秀说：那我就这么叫你咯？陈妖精点点头：要得！

妖精！哎——

妖精！！哎——

妖精！！！哎——

一问一答的黄昏恋，还是多美好的哈。

陈妖精交了女朋友，希望能更多些外快，就凑钱和人家打伙买了一个歪三轮，怕城管逮，只敢在城边边上转。这一天，何安秀对他说：妖精，80路那边在修路，车站搬开了，好多人不晓得坐不到车，你去那边拉生意，一定好赚！陈妖精就去了。那一天，果然就赚了一百多元！他晚上回来之高兴喔，去提了副猪蹄子，喊安秀炖上。安秀想到他辛苦，基本上都给他一个人吃了——一斤干面，加猪蹄，还有些菜，他一个人稀捞松活。

他们两个人都是节约人，就算日子宽余点了，也不得乱花。但是安秀毕竟曾经是能歌善舞的人物，还是在乎外形的。妖精的发型多年来是那种"地方支援中央"的"地中海格局"——中间秃顶，边边上留起多长，然后覆盖全球。风一吹，就像张学友唱的：乱了乱了头发乱了，喔耶喔耶。安秀说：来，妖精我给你剪一个头发，不在外面花钱。妖精说：要得！剪嘛！剪完之后，陈妖精忙着去学校交班，匆匆忙忙就下楼了。安秀在楼上远远欣赏了一眼自己的手艺，就倒在阳台上——她笑岔气了。那一天，妖精所到之处，没有一个人是可以保持正常表情的。他委屈地打电话来告诉安秀：好讨厌嘛！我们学校那些婆娘都笑得钻到桌子下面去了；街上的汽车都不开了把我看到，车上的人都在笑，堵了一长串！还有门口守自行车的王跛子都笑我，笑得一扑爬，把他守的自行车推倒你妈的好长一排……事后，安秀对人们形容她亲手缔造的杰作：你们晓得梯田嘛？大家一边擦着笑出来的眼泪一边点头：晓得！安秀继续说：那个发型就像是探照灯打在梯田上！那个光影效果是层层叠叠、坑坑洼洼……

总之，两个人相处的时光是有很多值得记忆的事件的。

两个人的儿女都在外地，这一年的春节他俩就在一起过。安秀把年夜饭剩到的卤菜用饭盒装起，再抓了点花生瓜子糖和水果，带几张报纸，和陈妖精顺着府南河一路转耍。累了，就把报纸垫在河边，把吃的拿出来，两个人拿牙签签起吃。妖精说：离婚这么多年来，这是我过得最幸福的一个春节。何安秀说：我也是。

但是，陈妖精毕竟是妖精，妖精的心是有点妖的。他在茶铺里倒水的时候认识了个开火锅店的款姐，人家看他身体好还是个大学生，就喜欢上了他。款姐虽然长得来宽度超过长度，暗部多过亮部，但是有钱噻。妖精心动了，他不用再那么辛苦就吃得饱了，不仅吃得饱而且吃得好了，不仅吃得好还可以有点钱去打麻将耍公园了。当一些好心人告诉何安秀女士，说她男朋友和另一个女人在公园排起走的时候，她没有太多反应，说：他这个时候了还有人包，该去。

但是，陈妖精再上门的时候，她再也不开门了。

一晃又是几个春夏秋冬。这一天，电话响起，有一个似曾相识的声音犹犹豫豫地响起：小、小何……我是妖精……何安秀很冷静地问：你有啥子事嘛？陈妖精说：我、我裤儿烂得来瓢瓜都舀不起来了，只有你手艺好，帮我补一下嘛……何女士没有立即答应，只是沉吟着说：你喊我帮你补裤儿，那你也要帮我一个忙才行。妖精一连声：好好好，你说，小何你说！何安秀说：我楼下那个荒废的院坝头，有棵树儿，眼见就要被野藤藤缠死了，你吃得多力气大，去救下那棵树嘛！

何安秀站在阳台上，看着楼下院子里的陈妖精，认识他怕快有二十年了。这几年不见，头全秃了，这个角度看上去好明显，再不用剪那个探照灯照梯田的脑壳了。她指指那棵树，陈妖精心领神会，拿着早就准备好的镰刀，对着攀附在树儿上的藤蔓，唰唰地砍了下去。

弟娃儿，新婚快乐

弟娃儿，你要真真切切和之前不一样了。

通过日积月累的时间，你终于要问鼎大人的奖杯——婚姻。你的姐，我，却依然用近乎于动物的那种本能生存着，不打算承认在人类文明中婚姻这一形态和自己有什么关系。但是，我打算在你的婚礼上拿出我曾经作为一个蹩脚主持人和艳俗文艺交际花的全部本事，让所有人都知道你有一个疯癫姐。大家或褒或贬都没有关系，我们何家总算是有人不是？你姐我还可以现场表演翻跟斗，弟娃儿，只要你需要。

我不是一个好姐姐，我们几乎有八年没有见面了，我也是刚才才听说你要结婚，并且从你姑妈我的妈那里知道你的电话号码，居然是有四个八的号码，你小子混得不错嘛。在你勉强还是一只幼崽的时候，我带着刚刚长齐的牙齿去看过你。现在你是一个军人，我的弟娃儿，你裹在一身军绿的制服里，我们都很拘谨。

你很迷人，我猜想你是可以引发军校里那些稚嫩女性的心灵悸动的。后来一些事实证明了，这不完全是你姐小市民心态（觉得自己家的人什么都好）作祟。那些女生啊，别误会，我只是他姐，大他半岁的姐，但是有些事情你们是可以羡慕我的——我见过这个男孩小时候嘎嘎作响的小皮鞋；我捏过他瓷绷结实到要裂开的小脸蛋；我抢走过他刚剥开皮的鸡蛋；我和他在没有任何原因的情况下却发誓要采光山坡上的荆条；我和他埋伏在草丛里，看一只蝉完整地蜕皮。

他拉着我的手，哭丧着脸：格格姐，什么时候再见到你啊！

弟娃儿，你再次见到你姐，我他妈的都十八岁了！完全不好意思管你要回五岁那年你欠我的五元巨款，虽然这么多年这件事情让我耿耿于怀，屡次在睡梦中醒来。是的，我们离开共同采伐的小树苗，去各自成长了。那树苗的枝条多么坚韧啊，它在大自然的土壤中吸取了足够多的生命力，我使出了吃奶的力气都扯不断！而四岁半的你，我的弟娃儿，你就显示出了一个军人该有的清晰思维和判断能力:姐，不要扯，要折。是的，你天资一直比我高，自然而不矫揉造作，感情真挚内敛并知恩必报——你说五岁的时候从我那借过一笔钱，现在还记得。

那么，弟娃儿，显然你现在是见过世面了，知道每一个男人注定有一天会知道的那些事情。我有点失落，不知道怎么依然在你面前保持大你半岁而拥有的自豪。我甚至可以看见你独有的莞尔微笑中流露的宽容的讥诮，你长到一米八了，我——只有一米五九点五。

不过你姐我现在喜欢念诗，也许这能吓你一跳！你姐可以在你的婚礼上念么？作为一个"疯癫全能五项"的夺标者，我想对你，我的弟娃儿念：

我回到我的城市，熟悉如眼泪，
如静脉，如童年的腮腺炎。

我想对你们，我的弟娃儿、弟媳念：

不要触摸它们，它们是仁慈和爱情，
散发着忍冬草的馨香。
它们是第一个男人，是第一个女人。
黎明正在来临。

弟娃儿，新婚快乐。

三儿
······

她是一个什么样的女孩？

我现在才意识到她是一个女孩，认识她的时候，我们都还在没有性别概念的童年。说她是一个女孩也不准确，因为如果我现在见到她的话，她应该整整三十岁了。那时候，我叫她三儿。有人说听小娟的歌，一下子就觉得天蓝了，我想起你，三儿，我的天也蓝了。不，是灰蓝，成都那种鬼天气。

三儿之所以叫做三儿，是因为她前面的两个姐姐。说实话，她两个姐姐简直可以用"大美人"这个现在已经贬值的字眼来形容。大姐修长端庄，二姐娇小俏丽，而三儿呢，又修长又端庄又娇小又俏丽。我觉得用一切美好的词来形容她都不为过，谁不同意，出去单挑。

她的妈妈是一个十分可怕的女人。同时，据说她也是我们这个厂区有名的美人。她可能是觉得作为一个工人草草了生是十分可惜她的容貌和抱负的，所以看不起三儿的爸爸，一个老实的工人。然后，三儿的大姐在二十岁的时候嫁了一个台湾人，远走了，从来没有回来过；二姐混社会，她妈早就管不住，用她妈的原话来说：烂B不值钱，远远的，别回来。那么，只有我的三儿，是她妈最后的希望了。我因为是个小女孩，可以经常守在三儿身边玩耍，校园里那些高年级的男生，就只能在放学的时候远远地跟在后面了。

三儿是一个不怎么开心的人，我怎么也逗不笑。她的话也少，但是她的学习成绩那是数一数二的。我很喜欢欣赏她干净的铅笔字和全部是红钩钩的作业本。她总是认真严肃地给我讲题，我就看着她，开始还知道她在说什么，后面慢慢就不知道了。

我们两家住对面，我家是四楼，她家是五楼。我们经常在阳台上无声地用手语进行交流。我指指她，再指指自己，就是"你到我家来玩"；三儿就会摇摇手，指我，再指指她自己，就是"不，到我家来玩"；然后，我改变了计划，指指自己指指她，然后指指楼下，就是"我们一起到下面玩吧"，然后她点点头，我们就分别迅速地消失在阳台上，两边的楼道里都响起"咚咚咚——扑"的脚步声——我们从来都不会好好地下楼梯；一段楼梯前几级都是跑的，快到底了，都是抓住扶手，跳下来。

我们在楼下会师，然后手拉手，调整为同一个节奏蹦跳着走，这样又好玩又快。我们要去旁边俱乐部我们的基地，没有人知道，就我们俩知道：那是一间废弃的刨花板做的蓝色屋子，搭在半空中，在傍晚的时候夕阳可以打透一段锈迹斑斑的楼梯。我们打算玩过家家，事实上我不大喜欢玩这种琐碎的游戏，但是我喜欢看三儿在夕阳中摆弄那些瓦片和草叶。她脖子细长细长的，上面好多小茸毛，耳朵是透明的，对着太阳，小茸毛金灿灿小耳朵红通通。她说话声很细，不紧不慢：格格，你去找些瓦片，我们还缺些碗……然后你再去采些灰灰菜的果果，我要做肉丸子。我说：好！保证完成任务！

我远远看着半空中的三儿，一块光斑正好照在她小小的肩上，她的肩头一动一动的，一定是在搅拌灰灰菜肉丸子。这时她又在楼梯上对我喊：哎呀！没有水了，你去打点儿水！我站在一片野草中大声说：好！保证完成任务！

我回到家，一身都是野草的籽，鞋子也陷进泥里了。这是一顿十分丰盛的晚餐：有灰灰菜肉丸子、凉拌桉树叶、蜻蜓翅膀炒蚂蚁、猪草花汤。都是贤惠的三儿做的，她辛苦了！她也说，你辛苦了哈！我们俩高高兴兴地一起吃晚餐。她端起一块瓦片温柔地说：你喝点汤吧！她的小脸上都是毛茸茸的汗，眼睛弯弯的。我说：好的，谢谢！

那天，我们恋恋不舍地离开这间废弃的刨花板房屋时，把我们的大餐都捣毁了，为了不让别的娃娃知道。

虽然一直是我在照顾三儿，但是她比我大，这一点我很沮丧，好在我有彪悍的外表弥补和她两岁的年龄差距。哪个要是敢欺负三儿，有些事情就要发生了。有一次，三儿上学回来哭了，我问怎么啦，她说班上有个男生打她。我气得肚皮一鼓一鼓的，像只青蛙：我明天去理麻他！！三儿怯怯地说：他好高喔，又黑！我说：不怕！第二天，我挂起鼻血回来了，对三儿说：老子把他打了一顿，你以后不要怕他了！三儿敬佩地看着我：格格你真行！其实，那个黑胖娃儿把我打了一顿，但我一直表现得很英勇，这一点是肯定的。

她升上初中了，就再不愿意和我一起上下学了，只是在回家之后才和我玩，也不准我去她们班找她。但是，我总是在校园里寻找三儿的身影。我看见她在校门口的黑板报前站了一会儿，墙头的七里香藤从我这个角度看，就像是从她头上蔓延出来的。然后，三儿慢慢走出校门，纤细的背影停留在韭菜馅饼摊摊前，透明的手递给老板五角钱，老板递给她一个塑料袋装着的馅饼。三儿转过身来，左右看看街道上的车辆，眼睛在素白的脸上像两颗大黑葡萄转动，然后一边把馅饼往嘴里塞一边快步过了街。现在，三儿进了校门，走过黑板报，走过小操场，走过第二教学楼，在夏风里，她淡黄的头发飘动着。她一边吃一边走，脸上的表情十分让我着迷。当她走进我们年级的教学楼时，我出现在她面前，递了一张餐巾纸，说：给你！

三儿嫣然一笑，说：今天放学来我家耍嘛。

我去三儿家的时候，从来都是和她钻进她们家的八仙桌下。里面她垫着报纸，四周还有垂下来的桌布，我们都觉得那样的环境十分浪漫。三儿的房间是红色油漆刷的地面，蟑螂色的家具，蓝色劳动布做的沙发套，上面搭着三角形的白色透明花边纱布；而三儿的床，是一架木质的单人床，浅蓝色的格子床单，有时候也是浅红格子。我们踮着脚穿过客厅，那里有可怕的大人（尤其是她妈妈）。过了厕所基本上就安全了，然后就是她的房间了。我们一进去就关上门，偷偷锁上，大笑，张嘴却不发出声音。

三儿会把手上拿到的任何东西变得和之前不一样，变得神奇。她会把信纸折成传说中象征爱情的"方胜形"（好像是鲁迅说过的）；她会用两条绳子编花样手链，哪怕一条绳子也行；她会突然从兜里掏出一颗糖，塞进我嘴里，告诉我好好吃，注意中间会有酒心。三儿，围绕你的事件像一些卫星，而你，笑得纯洁无瑕，安坐中央。

过家家的事情，经常会在脑海中完整地再现。三儿，我们有一次扮演在海边游泳，你展开双臂作划水状，一边划一边转头对我喊：格格，水在我腰部，格格，水淹过我胸口啦，格格，水完全把我淹没啦……我远远地在原地大喊：别怕，公主！我来救你！

三儿，然后我们是不是就没有再在一起玩了？其实从舅舅家回来我找过你好多次，你都不理我了。我和楼上的邓佳玩，但是我没有和她好，更不是不和你好了，在我心中没有人代替你。我天天在阳台上等你出来打手势，你都不出来。

后来，我知道，有个男生每天都在一棵泡桐树后面等你，等你来。你跳上他的车，两个人就骑远了。

……

三儿，这么多年来，我经历了很多事情。每次我回成都，我妈都说，你要去看看三儿么？就是你小时一起耍的三儿？她说你很多年前没有考上大学，好像又被一个男生抛弃了，然后就多年来把自己锁在房间里不出来。我妈去你家找你妈打麻将，回来跟我说，那个三儿啊，看见生人来了，"嗖"一哈就钻进房子里了，像只耗子！

有一次在院子里，我看见你浓妆艳抹的妈，还是怕得要命，就要躲开走。可是她眼尖，一眼看见是我，忙跑上来拉住我：格格格格，你去看下我们三儿嘛，你们那个时候耍得那么好！我没有去。我为什么没有去？我知道你在那里，依然坐在当初的房间里，世界都变了很多了，你的房间应该还是当初那样。而我们小时候过家家的基地早不在了，现在那里是一个叫做"幸福时光"的楼盘。你知道吗，我去过当年我们过家家的位置，现在是样板间，不过，装修得一点儿都不好看。

深夜，尖厉的警车警报声吵醒了整个院子，还有凄厉的哭喊声。我妈披上衣服跑去阳台看了一会儿，回来钻进被子里说：唉，对面楼下的三儿，疯了，举起刀要砍她妈。一会儿，哭声、喊声、说话声慢慢弱下去了，大家散了，我一直在黑夜中咬着下嘴唇。

第二天，是我走的日子。我拖着行李箱，咔咔咔地走出了院子。

三姐
······

（一）

我想再写下我的三姐。

我三姐长得比我像我妈，是我大舅的女儿。关于她们俩的相似，我那风格不羁的三姐这样给出了假想：老子恐怕是你妈当姑娘的时候生的私娃子喔！我妈就会半怒半笑地去撕三姐的嘴，三姐彪悍肥硕的身躯就会灵活地腾挪躲闪。我呢，当时不晓得啥子叫做私娃子，觉得那是丝袜一类的女性用品，就嘻嘻地笑，内心觉得我妈有我以及三姐，就有一双袜子了，是很美满的事情。

确实是的，我常年在外，三姐在成都郊区，我妈有任何事情我也只有喊她帮忙，就像当年我们俩互相地帮忙。那个时候，我很想亡命天涯，嘿嘿，我就给她说：何三妖怪，我要是有事情，就在传呼机上给你打一个"5"，一个"5"就是老子有点心烦想你出来摆龙门阵；

两个"5"就是我心情十分爆炸，需要你的及时安慰；三个"5"……香烟快要点燃了哈，更要跑快些！

离开成都那天，我和男友黑社会发生了流血冲突，打了五个"5"，三姐出现的速度比110还要快，看见我一个人站在一摊红色液体中发呆，果断把我拦腰抱起（还不忘帮我收几件衣裳和拿证件）一趟子冲出小区拦住一辆面包车，把我塞进车里，拍拍双手对司机说：开快点，谢了。一路上都是弯弯曲曲的血迹，我忍不住唱起一首歌曲：一条小路弯弯曲曲细又长，一直伸向迷茫的远方。我愿随着那条迷茫的小路去，跟着我的爱人上战场……我这边还没有抒完情，她已经把机票塞在我手上，说：思想有多远，你娃娃就给老子跑好远。

然后她一个人面对追兵的围追堵截。人家带起人来围住她的"玉林何三姐拌菜"摊子的时候，她把菜刀砰的一声往菜墩子上一插，围裙解了往地上一丢，双手叉腰：龟儿子的哪个敢上来？！唵？！不想活的就往何三奶奶这里来！！根据围观群众反映，说她当时眼睛是血红色的，水桶般的腰杆肉腾腾的，头发都炸开了，活甩甩的一个母夜叉。

其实何三妖怪最初哪里是母夜叉嘛，她是我们兴隆场镇发财垭最美丽的一个姑娘。

（二）

小琼，林琼，这个让人魂牵梦萦的名字，曾经是令这个镇上许多思春少男梦中苦涩的名字，前面再加上一个"何"字，我那少女时代的三姐就全须全尾地站在了面前：不高不低的身量，白皙细腻的皮肤，苹果脸，一双眼睛不大但是亮而无邪，小小微翘的鼻子，眉不画自黛唇不点自红，最好看的算是她那一口糯米小银牙，在上个世纪七十年代风靡一时的四环素黑牙中，尤其显得突出。她从小身体壮实得像头小猪，哪有机会吃到四环素这么高级的东西。她又一天到晚笑嘻嘻的，看见人就喊：赵叔！去钓鱼撒？王幺娘，去赶场嗦？我妈每天从学校回来，总是要给小琼带个咸鸭蛋。小琼在大门口抱只大白鹅，还没有鹅高，流着鼻涕，笑得只看见白牙看不见眼睛：嘿嘿！秀娘！嘿嘿！秀娘！

小琼六七岁的时候，她的表妹桑格格出世了，这下她除了大白鹅，还可以抱一个婴儿来玩耍。我有一张照片，在泥土田中，一个梳冲天炮的小女孩抱着一个褓褓中看不见脸的娃娃，表情很严肃，俨然一个母亲——虽然很多时候她都把我头冲下抱着，听见我嘶叫啼哭，她就嘿嘿地笑：嘿嘿，好耍嘛。

但是在我懂事之后，就开始看见她举着菜刀追杀镇上的男娃子，因为人家说她妈有一只眼睛是瞎的。那是一个事实，但是母亲在三姐心目中地位的崇高性决定了这是一件不能被提及的事情。

她有举着菜刀追杀男娃子的一面，也有躲在被窝里看琼瑶小说流泪的一面。在有月亮的夜晚，她就拖着我去公路上去散步，同时大声演唱歌曲，比如：月亮走我也走，我送阿哥到村口……或者：只要人人都献出一点爱，世界将变成美好的人间。她的胳膊之重，压在我幼小的肩膀上，真令人不堪重负，不过那都比欣赏她完全不在调上的歌声要好些。

她真是让镇上的男娃子又爱又恨，不晓得从哪里下口。有一个心急的，在三姐十五岁那一年，给她写了一封情书，估计情书里名人名言抄多了，把三姐吓得从此不敢去上学。

她来到成都大城市见世面、打工。她曾经是罐头厂的工人、地毯厂的工人、小零件加工厂的工人、啤酒厂的工人、毛巾厂的工人、搪瓷厂的工人、化肥厂的工人、珠绣服装厂的工人……她第一次拿到工资，回去请她妈老汉在遂宁城里坐了一次出租车，从城最东边到最西边，花去车资五元。她妈妈还剩下的一只眼睛流下了浑浊的泪水，一行，又一行，拉着她的手喃喃地说：哎呀嘞我的三挂面我的三女娃子喃……

她忙碌地来往于那些工厂和我家之间，在周末的时候赶往我家来吃点好的。有一次，她过来，在厨房舀了一大斗碗雪豆炖猪蹄，一边站在厨房门边吃，一边问我妈：呜秀娘，我找你嗯借条裙子，要好看点哈！

她那天从我家出门的时候，我和我妈在楼上看着她：她穿着我妈当家的一条豆沙绿柔姿纱长裙，脖子上挂了一串白色的假珍珠项链，脚上是一双白色半高跟凉鞋。她回过头来对我们挥了挥手，然后嫣然一笑，我妈摇摇头：这个鬼母子不晓得要到哪里去！

她摇曳生姿地推着自行车，上车的时候，却像是男人家那样从车座后面一骗腿，把个豆沙绿柔姿纱抖出一个完美的半圆形。

（三）

三姐给我展示了几张照片，照片的内容是一对青年男女在公园的花丛中、游船上、木椅上依偎呢喃。虽说是花前月下风景怡人，但是两人眉目之间都有一丝忧愁。她说：这个时候，我们的时间是以分钟来计算了……

照片中的女娃当然是三姐，而男娃就是三姐穿着我妈的豆沙绿柔姿纱长裙去见的那个人：刘哥。刘哥微胖肤白，中等身材，戴金边眼镜，文质彬彬，是兴隆镇信用社能干的年轻干部。他家境贫寒，全靠自己的聪明读了大专，有了一份前途不错的工作。他会作诗，喜欢文学，在他的帮助下，三姐的阅读档次从琼瑶升级到了三毛，并且从此喜欢穿长布裙子。不是我说她，脚杆本来就不长，弄那么大一堆在脚面上堆起，视觉效果实在不咋个。咳，但是刘哥每次看见我三姐穿着长布裙子总是要双眼放光：……小琼，你——来啦？

他们两个约会的时候，我三姐有时候也会带我去，跟到吃点喝点耍点。

有一次他们去一个浪漫的湖中岛去耍，夕阳西下了，刘哥温柔地对三姐说：小琼，你看天色已晚，不如我们归去罢？小琼姿态万方地拎着她那长得不便于行走的布裙子说：嗯，好嘛！刘哥手一指：小琼，你看最后一班客轮来了，载我们驶向幸福的彼岸……这边厢，小琼已经把玉手伸给了意中人儿：走，我们一起上船……

船儿拉起归航的汽笛，一轮红日映在黄昏的水面。

突然，刚刚离岸的船上有人指着码头喊：哎呀，还有个小女娃子没上到船！在岸上哭！大家往岸上一看，一个八九岁的女娃娃坐在地上，双腿蹬蹬起地哭，哭得哇哇哇的，一边哭一边高声叫着两个人的名字：呜呜呜呜呜何三妖怪呜呜呜呜呜刘二麻子呜呜呜呜呜何三妖怪呜呜呜呜呜呜呜呜何三妖怪呜呜呜呜刘二麻子……

刘哥皮肤白，脸上有几粒雀斑就特别明显，我不高兴的时候就喊他刘二麻子。

刘二麻子紧急喊船老大靠岸，塞了两包"红塔山"。我上船之后，两个人轮流给我道歉：哎呀蓉娃子哪门会把你搞忘了嘛！错了哈错了哈，带你去买新衣服。别看我哭得脸都肿得像猪鬃嘴，但是一听到买新衣服，马上就严肃认真地和这对当事人敲定了具体执行买衣服的时间、地点。

刘哥不愧是金融界人士，很讲信用，我得到了一件粉红色的毛衣。那是我人生中第一件不是我妈打的，而是买来的高级的毛衣：通身是粉红色的，胸口到背后有一圈各色锯齿形花纹组成的美丽花边，衬托着桑格格那少女的面庞，经常让她沉浸在自己惊人的美貌中，久久不能自拔。

（四）

但是，三姐每当在刘哥为她或者为她身边的人花钱的时候，总是表情格外严肃，一句话都不说。有一次我听见她和刘哥在吵架：你到底有没有拿国家的钱？你晓不晓得那个是要敲沙罐的？我要你清清白白的……刘哥就像鸡啄米一样点脑壳：我没拿我没拿真的真的。

……唉，刘二麻子啊。

我现在来解释一下那几张三姐说"我们的时间是以分钟来计算"的照片的拍摄背景和时间。刘哥拿了信用社一笔钱，被发现了，公安局要缉拿他归案。他带着不明真相的三姐去了贵州"旅游"，在花溪公园的游船上，他终于痛哭流涕地对三姐坦白了这件事情：小琼，我对不起你，恐怕现在抓我的警察都在、在公园外头了哇！三姐眼泪哗哗地流：你啊！我早就说……两个人哭得来桨都不要了，船儿就在湖中心打旋。

但是，稍后，三姐却出乎意料地镇定，她把自己的眼泪擦干，又把刘哥的眼泪擦干，说：我们去拍张合影！

然后就有了提到的几张照片。三姐握着刘哥的手：你听我说，回去自首，男子汉敢作敢当，不管啥子后果，我何林琼等你！三姐停了停，眼泪又包不住了：你这个人啊！你晓不晓得，我可能、我可能有了！

刘哥回了四川，一笔现在看来并不算什么的款项，判了二十年。

在他去往监狱服刑的时候，一个男婴呱呱坠地，那是他的儿子。三姐因为坚持要生下这个婴儿，整个家族都认为她没有继续姓何的权利，这意味着她要独自抚养这个婴儿。怀孕期间她一个人在外面租了间单房，每天也满怀着期望以及思念，在窗子下面打小毛衣。就是她妈，我那只有一只眼睛的大舅妈，时不时背着人，给她送点营养品。她把东西放下之后，看着家徒四壁的房间，用还剩下的一只眼睛流下了浑浊的泪水，一行，又一行，拉着她的手喃喃地说：哎呀嘞我的三挂面我的三女娃子嘞……

三姐不晓得从哪里来的力气，尽量保持着乐观，并且用她阅读琼瑶以及三毛的文学功底，给还没出生的儿子起了一个名字：恋儿。

（五）

我觉得恋儿这个名字不好听，对三姐说：琼瑶阿姨的风格这二年不怎么受欢迎了，而且"恋儿"听上去不符合男性风格，二天人家长大了，要遭同学笑话！三姐沉吟了片刻，抚摸了一下肚子，说：好嘛，那就来个威猛点的，嗯……叫何占彪！

唉！

不晓得为什么何家的人都这么喜爱这个"何占彪"，我二舅也企图给他的孙儿取这个名。我摇摇头说：三姐，除非你想他长大了混黑社会，要不然最好不要叫何占彪。三姐说：那叫啥子好嘛……我说：叫苗苗吧，何苗，希望他像禾苗一样健康成长。

苗苗，你好，我是你的小姨。其实我也很茫然，你突然来到这个世界上，搞得大家都手忙脚乱，我和你妈何林琼讨论了很久，才确定根据我们的亲缘关系，你应该是我的侄儿，我是你小姨。你觉得我陌生么？我好几次对你伸出双手，说：来姐姐抱！这个还不算什么，你妈好几次对你伸出双手，说：来，三娘抱！

然后，我们俩才反应过来，拍着巴掌笑得眼泪都出来了。你个小奶娃娃，听见我们笑，也岔开嘴巴咯咯咯咯笑个不停。你刚出生的时候，拍了一张照片，你穿的粉红色的小衣服那是你妈打的，粉蓝色的披风是你小姨我买的，被放在嫩绿的草地上。你又白又胖，那么小五官就很突出，小小的翘鼻子和你妈一样，白皙的皮肤和你老汉一样。你爱笑，一笑两个小酒窝，跟秀兰·邓波儿是耶、模、耶、样！这张照片寄往了监狱。照片背后，你妈妈歪歪扭扭的字迹：恋儿，现在叫苗苗，某某年某月某日下午两点出生，重七斤八两。

据说你爸爸看了这张照片之后，又重新燃起了对人生的激情，扬起了生命的风帆，他很激动地找到干事倾诉：报告政府！我要坚决好好改造！发挥自己的余热，争取早日回归社会重新做人！他利用自己的专业知识，在里面担任了监狱厨房的会计，有时候还会出去采买瓜果蔬菜，逢人就把照片拿出来给人看：看！这是我儿！

唉，但是我的刘哥啊，三姐一个人没有工作带活个娃娃好难喔。但是这句话，我看了刘哥辗转寄给我的信之后，我就咽下去了。

（六）

刘哥那封信的中心思想是，蓉蓉你在社会上有办法，救救刘哥吧我想早点出去，哥哥在里面好苦闷喔。当时，蓉蓉是一个初中生，确实开始闯荡社会了，但是仅限于四川影视圈，在几部猪饲料以及面向农村的酒广告中扮演村姑角色。

我回信说：刘哥，我现在确实找不到什么关系帮你，但是，有我在，苗苗和三姐你不要担心。随信，我寄出了一双厚厚的手套，说：冬天来了，想必那边很冷吧？

接下来的时光，三姐、苗儿和我相依为命。前几天我妈还在说，狗日的蓉娃子之大胆，上学的娃娃就敢借钱给她三姐开馆子。嘿嘿，实在8好意思，那二年生，在下曾经荣任过一段时间的班长，不是我有官瘾，主要是看中了这个职位可以保管几百元的班费！几百元！我具有挪用公款的天资，并且像身材一样有前有后，绝不出错。这几百元的班费，作为三姐川菜馆的启动资金那是相当重要的。

　　唉，不是我说三姐，开馆子嘛就好好开，她又没有管理和长远经营才能。星期天，我在馆子里跑堂，三姐在厨房里主厨。人家点了一个鲫鱼豆腐汤，我把汤端给客人之后，远远看见三姐厨房里笑眯眯地给我招手：来！来！我把毛巾搭在肩头，笑脸对客人说：几位大哥慢吃哈——就梭进了厨房：三姐把鲫鱼汤留了粘粘的一碗，对我说：来，蓉娃儿，你喝！我严厉地批评了她。作为一个诚信经营的商家怎么能这样呢？！最后，这碗汤还是苗苗喝了。但是，由于何老板的经营不善，馆子很快就倒闭了。

　　接下来，何三姐觉得自己智力不够，不如干点体力活。班费不能继续挪用了，还好我正好接拍了"杠上花"牌猪饲料广告，收到片酬三百元整。我去给三姐报名参加了一个保安培训班。三姐在这个培训班上那是佼佼者，打靶、走正步、出操、上杠，男人都比不了她。作为当年女民兵连长以及举着菜刀砍人的光辉历史，让她出类拔萃。再说了女保安很少，她还在培训期就有用人单位来预定她了。这很是让我欣慰。

　　但是，有一天晚上，我去看她，她在寝室里抱着恋儿哭得嘤嘤嘤的。我问了半天，她也不说，最后甩给我一封信，我捡起来一看，原来是另一个女人写给她的，信的中心思想是：刘二麻子是我的男人，他一直瞒着你说他是个未婚男子，现在这个男人进去了，是不是给了你好多钱，老子要来找你算账。

　　（七）

　　看来，琼瑶、三毛在这么复杂的内心情感世界起不了支撑作用了。

　　我给三姐听了贝多芬的《命运交响曲》。但是哪哪哪哪、哪哪哪哪的声音一起，就把一边安睡的苗苗吓哭了。我赶紧把收录机关了，手握三姐的手，清唱了一曲：他说风雨中这点痛算什么，擦干泪，不要问为什么！我觉得可能还不够，还要演唱一首《阳光总在风雨后》，被三姐制止了，她说：蓉娃儿，你三姐我没有做过对不起人的事情，我不后悔，再难我也能过下去，你莫担心我。

接下来，三姐拒绝我的帮助了。她喊我好生读书，不要像她这样文化少、眼光浅，总看不清好人坏人。她当了一段时间的保安，又去卖了一段时间的水果，还在馆子里当过领班……我们各自忙着，我有时候去看她和恋儿，她越来越老，越来越黑。

有一次，她说她骑着三轮去卖水果，走在三环路某个路口的时候，遭城管逮到了。城管非要收缴她的三轮车，她急得一头的汗，眼泪就在眼眶里打转。这个时候，两岁的苗苗坐在三轮车前筐里，已经会说话了，他哇哇大哭，在筐里一双小手忙起事给城管作揖：猪猪、呜要打窝妈妈！猪猪、呜要打窝妈妈！

翻译过来就是：叔叔，不要打我妈妈！叔叔，不要打我妈妈！周围围观的人无不流泪。城管在群众的呼声中，放过了这一对母子。

之后，三姐还绘声绘色地给我讲述了当时的场景，故意夸张其中的喜剧成分，想让我笑。我并没有笑出来，只是说：去屙尿。我躲进厕所，伤伤心心哭了一场。然后，我决定，这一对母子的命运，要紧紧和我捆绑在一起，我是苗苗的小姨，三姐，是我的三姐。

（八）

日子一天一天地过去。

桑格格同学也慢慢长大了，上学的同时她拍广告，在广播电台当主持人，但还是没有能混到有能力把刘二麻子从监狱里捞出来。自从三姐接到那个女人的来信之后，再也没有提到刘二麻子，只是一心抚养苗苗。

她靠自己的能力，一点一点攒钱。她通过周密的市场考察，决定要开一家凉拌菜铺子，并且潜心拜"玉林小妈凉拌菜"的小妈为师，练就了一手独特的手艺。她每天早上五点钟就起床拌菜，用料新鲜味道充足，享誉红牌楼农贸市场。有时候，我去看她她都搞不赢，苗苗乖乖地在一旁写作业，有时候帮妈妈收钱。她这样，天天不停，一直要忙到深夜。

这一天，我面带神秘地递给三姐一瓶搽脸的香香，特别嘱咐她好好用，这是好东西。三姐问：好多钱一瓶嘛？我嗯嗯嗯了半天，说不贵就几十元钱……三姐跳得八丈高：狗日的死娃娃！买那么贵的东西！其实，那瓶香香价值五百多元，是雅诗兰黛的特润修护露。那个时候，我已经在成都广播界做了有几年了，有了点微薄的群众基础和宣传力度。我经常在广播中声情并茂地播送：一位叫做蓉娃的小姐要把这首张惠妹演唱的《姐妹》送给成都红牌楼市场A区13号"何三姐凉拌菜"的何林琼小姐，祝她生意兴隆，万事如意——

> 春天风会笑唱来歌声俏，你就像只快乐鸟，
> 夏天日头炎绿野在燃烧，你让世界更美好。
> 记得你的笑，记得你的好，是山林里的歌谣，
> 我是一片草被温柔拥抱，我想你一定知道。
> 你是我的姐妹，你是我的baby……

她千珍万贵地把我送给她的"几十元"的香香拿来用了，还问我，蓉娃子你看我的脸是不是皱纹少点了？我仔细端详三姐：她站在我的面前，穿着一身沾着油泥的衣服，散发着凉拌菜的味道，身材发胖了，一双备受摧残的黑色皮鞋套在有点浮肿的脚上。但是，她的眼睛，除了周围的皮肤变皱了变黑了，眼眸里的纯真一点没有改变。三姐你是我的姐妹，我记得你的娇，记得你的妙，我怎么可以忘掉。我认真地说：三姐，你还是那个样子，没有长大的娃娃脸。

后记：
刘二麻子减刑五年，已经出狱了。
三姐原谅了他，但是没有和他在一起。
三姐现在已经找到自己的爱人，对方也姓刘。新刘哥也没有什么钱，但是对三姐很好，很体贴，并且很爱苗苗。
苗苗十五岁了，很健康，正在读高中。

罗小平

⋯⋯你猜我是哪个？我是罗小平！我在广州！锤子，连我的声音都听不出来了嗦！我给你摆嘛，你晓得我那个伙子噻？昨天拉豁了！我现在打算去长沙。不，不是一个人，跟一个老头⋯⋯哎呀！我慢慢给你摆嘛！我那个伙子是我在白宁KTV上班的时候的客人噻，开始大家觉得对方喝酒多爽快的噻，才认到的噻。你咋不晓得喃？喔，你可能是不晓得，我们开始才十个月。是这样的：开始喃，他觉得我这个人多爽快的，喔，后来就慢慢来照顾我的生意，经常就来订我的房。慢慢熟了以后，他就开玩笑给别个说，这是我女朋友，我就喊他不要乱说，他就问我你有男朋友嗦？我说莫得。他说对咯。有一天晚上喝多了，就去消夜噻，他多殷勤的噻，小伙子长的喃又有点帅，后来本来说打车回去了，他说他真的喜欢我，妈哟，老子脑壳一热，就和他去开房了。后来，他多温柔的，喊我把烟戒了，酒少喝，然后去医院好生检查一哈，有啥子毛病医了，开开心心当他女朋友。然后，还是多大方的，经常三千五千的甩给我，我就觉得这个人多对的。爱喔，爱得死去活来的。真的，老子觉得我实在是太瓜了！太鸡巴好骗了。几个月之后，他说经济不好，然后钱越来越少了，以前嘛每个月总有个七八千的，后来就两三千这样子。你晓得我这个人手又散，存不到啥子钱，喔，请朋友吃饭啥子的，你问张敏嘛，那段时间我带她香辣蟹没少吃嘛！前几天我租那个房子到期了，房东不租了，我就说搬房子噻，他说莫得问题，到时候再说嘛。锤子，老子把房子找好了，给他说，他说，晓得了，再说嘛！我毛了，给他宗了几个电话，他说，你真的要租啊，你可以住你同学那儿嘛！你说，我咋个不毛？我就说，你到底啥子意思嘛？！他过了几个小时，来了，我说是两千六，他摸了两千五，我说不够，他又摸了一百。我说，不买家具嗦？我搬去啥子都莫得，床总要买嘛！他有点不耐烦：再说！我觉得有点伤心，毕竟还是多爱他的，他答应过的嘛！就流了两滴眼泪。嗬哟，这哈他更烦了，冲起来就要走。他走到门口，我冲出去，把两千六照他脑壳一把就刷过去了！说，拿你的钱走！我回头砰的一声把铁门关了，再砰的一声把木门也关了。一分钟后，老子出去，看见地上的钱莫得了，人也莫得了。我又后悔了，一个电话接一个电话打喔，这娃居然不接。老子又发短信，骂喔。开始老子威胁他，说，不要以为我不晓得他婆娘的电话。他不理，我又忍不过，又发，说，算了，我罗小平莫得那么心黑，不像他那么做得出来。最后我只有那么鸡巴贱了……我说了你不要笑我哈，我给他道歉，说，对不起，亲爱的，我不要你的钱，我以后自己上班赚钱，只要能跟你在一起，能天天看见你。他还是莫得回音，这哈我就瓜了！彻底瓜了……正好有个老头一直在扣我噻，喊我跟他去长沙，钱喃可能有点，但是狗日的看起来实在有点，有好大我也不晓得，反正还是有点头发嘛，还是黑色的。今天老子跟他在过来的火车上，心里好鸡巴难受啊。车在樟木头，你晓得有一站叫做樟木头噻，老子装到拽瞌睡。看到你们广州的阳光好鸡巴灿烂喔，老子好想跳车喔。你看过《一米阳光》噻，里头那个女的，人家还是个成功人士，为了日你妈的爱人，喔，都可以跳；我罗小平一个小人物，为什么不能跳嘞？想到想到我就忍不住流泪，又怕老头看到，就装到打哈欠……你说，我好瓜嘛。我刚刚给我那个男的发了个短信，多缠绵的，他还是没回！这个老头现在还没有动我，我对他还是忠诚的。你说，我现在该咋个办？我晓得这个关系莫得未来，但是我跟哪个又有未来嘞？我真的觉得自己简直瓜完了，简直是瓜完了！

　　……

　　这是我的同学罗小平，很久没有看见她了。

　　据说前几天她喝醉了，偏偏倒倒地在凌晨五点回的屋。饿了，翻遍了整间屋，确定除了一块香皂没有下肚的东西之后，她，一个都市时尚女性，在凌晨五点半，宿醉未醒的情况下，把韭菜洗了，肉、面找出来，开始叮叮咣咣剁声震天地包饺子。

　　她一边醉一边包饺子还要一边问：哎——球赛好久开始嘞？

　　罗小平，二十五岁，双鱼座，深圳某夜总会业务经理。

豆豆和张敏
············

1. 这个夏天，在深圳这个匆匆忙忙的城市的褶皱里，藏污纳垢地生活着两个女人，一个叫做豆豆，一个叫做张敏。她们不是一起来到这个城市的，在这个云朵居住的地方，她们各自飘来。先是张敏——

2. 张敏大家晓得噻？桑格格的小说《小时候》中的女二号（女一号是我妈），频频出现在我的各类重要文献中的人物。但是，我亲爱的张敏，空有一身的特异功能（迅速点出任何馆子中最难吃的菜，以及一巴掌打死七个蚊子等本领）和如兰似麝的淡泊名利的气质，在《小时候》出版之后的一切推广活动中却只能露一小脸。对此，我深表不安。

3. 所以，我的第二本小说要是出版了，我打算让她出席一切宣传活动。她说：是不是喊我去倒开水？一脸的甘于平凡的单纯，让我的心都碎了。我说：不是，我是让你去冒充我，让一切荣誉归于你！她点点头：好嘛，那要给我置几身好的……嗯，每一身至少要超过二百五十元。

4. 广告插播——张敏，昨天我上街买了个巨巴适的胸罩，由于是打折的，人家不准试，拿回来穿有点小了，我给你留到哈。原价一百二十八，现价十九元。玫红色，暗花，芬迪的，形状好。

5. 我和张敏在成都，一定都在茶馆里打发余生。她坐在坝坝头，端起茶碗吹了吹：我今天无论如何也要把脑壳洗了，我上次洗头还是在贵州哩……喔，不是贵州，是安顺。她这天居然还插了根葱在鼻孔里。她说她感冒鼻子不通，她妈说这样很有效。

6. 张敏有时候还是很勤快的，这表现在她鼓起勇气洗内衣内裤以及做一餐饭的时候。她长着一张世界上第二挑剔的嘴巴，第一是豆豆，这决定了她的手艺在我们中间尚处第二的段位。我带她去吃我顶礼膜拜的"小肥羊"，她夹了一筷子，就放下了：一般，不好吃。我恨不得把锅儿端起来给她醍醐灌顶，但是，她岿然不动：就是不好吃，好鸡巴难吃喔！

7. 张敏是从容和敏感的。有一次她递给我一个四方形的杯子，然后平静地看着我喝水。我几番调整，终于找到了一个可以下嘴的地方——从四方形杯子的角上，顺利地喝到了水。她才开腔：你不瓜嘛，晓得从角角上喝。好多人从边边上喝，直接就成了"遥看瀑布挂前川"了……看，她还很有诗意。

8. 有段时间她打算把头剃了去当尼姑。不是因为看透红尘，而是发现尼姑和尚在春节期间逛庙会居然不要票。她买了个娃娃头冰淇淋舔来耍，说：龟儿子的青春咋这么短喃？我举起手指：短？有我手指短么？

9. 由于淡泊名利的缘故，她一直高尚地在深圳这个物质社会中囊中羞涩着，但是她对于金钱的态度一直是鄙视的，以至于有一次猫儿毛疯发了，买了个八百多的布包包，布的哟不是皮的，要八百多！这件事情给了我相当大的震动和刺激，我发表评论说：个龟儿子脑壳有包！她傲然回答：管球得人家的！但是，有一次我们在女人街，她买了一件五十元的T恤，样子难看得虎啸猿啼、天地动容，我给予了同样的评价。这一次，她笑嘻嘻地看了看这件T恤，说：我还是觉得我脑壳有包！看，多么具有自我批评精神的同志啊。我为你骄傲，朋友。

10. 但是，最近据说她不打算淡泊名利了，要顺应潮流、与时俱进地找点钱钱，或者优秀的男朋友。请大家抓住这个机会，尤其是男士们。顺便说一声，她长着一个肥大无比的臀部和窄小立体的脸部，是个有反差有张力有潜质的女人，难得。

11. 她，张敏，这个隐藏在人间的天外来客，现在准备从冰山上下来了。她不仅从冰山上下来，而且一下来就要立刻搅动人间——她说她要开家店，要我起名字。

12. 给别人起名字这种事情，我都是很慎重的，一般会将我认为这个世界上最重要的最可爱的涵义暗合其中，比如，前段时间给广州好友阿萍起的"一只猫仔"。

13. 那么，张敏，这么重要的一个人，而且"一只猫仔"已经使用过了，我拿什么奉献给你，我的朋友？最后，我一脸超然地决定奉献自己。我告诉她：这样，你的店名字就叫"桑格格卖东西"好嘞。我告诉她，要充分利用五六十平米的空间做好宣传工作，遍贴我的博客，做好经营店堂文化的第一步。当然了，使用我的名号，当然要做到童叟无欺、诚实经商……

14. 她没等我说完，就甩了一句：给老子爬！然后，她说她有点胸闷，出去散步了。

15. 张敏把开店的第一站定在了长沙。长沙的人民你们好，请注意最近有一坨肉黑心红的人将要降临贵地。她没咋受过磨练，可能口味刁钻，不过人很好，会为长沙人民争光的，至少不会影响市容，听说最近她减肥了。

16. 她那家店，分七个月亏掉了本钱，十分干净利落。她又回到了深圳，继续淡泊名利，甚至打算把年少时候的梦想实现：出嫁，或者出家。

17. 再来说豆豆。豆豆好像一生下来什么都会，生下来就苍老了。她鄙视一切，至少认为没有什么好稀奇的，比如，饭，理所当然就应该会弄的。她带着一股厌恶俗事的神色站在厨房里的时候，充满了成都人对生俏食材的不屑一顾，做饭又快又狠，弄完了，摆到桌子上，她用她那粗莽的声音招呼我和张敏：快来屙痢！

18. 我们讨好地围过去，为了有一顿美食到嘴而暗自欣喜，还假惺惺地说：哎呀，你也来吃噻！她把围裙一拎，点了支烟，站在窗台边：龟儿子的，吃球你们的，老子闻都闻饱了。

19. 豆豆说：最近去成都有没有打折机票？我说：前几天有，这几天要过节了，涨了！豆豆说：喔，有便宜机票你说一声哈，便宜的话我回趟成都把婚离了。我说：不着急嘛，这几天天气冷，开春了热和了回去离婚也不迟。豆豆说：也要得。

20. 在生活层面，豆豆是个老手，但是一旦到了爱情层面，豆豆就永远是个少女。她在成都结束了让她头疼的婚姻来到深圳。首先这里有张敏，第二这里的天空看上去又高又蓝，白云很大朵。不过，作为一枚离异的女士，在每一次疑似爱情来临的时候，她都慌得像是第一次面对这个命题。

21. 她很少抒情，但是某天早上起来的时候，她目光迷离、风情万种地靠在床头：我做了一个梦……我和张敏在刷牙，满嘴泡沫跟螃蟹一样：说，说来听下。她用手指绞着发梢，笑得抿嘴儿抿嘴儿的：嗯，人家梦到擎天柱了！咳呀，那个擎天柱喔长得来之高大，身身儿是机器的，钢铁的肌肉一坨一坨的！但是脸嘛，又是人的，长得好撑头喔！好巴适喔！嘻嘻嘻！嘿嘿嘿！把我啊，放在手上，我好渺小喔……

22. 我和张敏汩汩汩汩地在漱口，一不小心，都吞了点带牙膏的水水下去，直打干呕。那天晚上，豆豆破天荒地答应带我们去大梅沙吃海鲜。她说：去大梅沙的路上要经过盐田港，那边大货车多，都是擎天柱啊！

23. 人生下来，长大之后总要做点什么有成就的事情吧？这个关于生命存在意义的问题同样也困扰着她们，于是她们很认真地做了一些事情：用一下午慢慢给一个柚子剥皮，或者，彼此拔拔汗毛。

24. 她们做完这一切正事之后，突然想到：要不然我们一起开一家小店吧！

25. 一个月后，豆豆、张敏两位女士共同盛开在南国深圳的女人街：她们合伙开了一家叫做"格阁屋"的时装小店。这个名字显然是纪念不在场的我，但是豆豆的阐释有别的意思：桑瓜儿你必须投点资。唉，女人花，摇曳在红尘中，女人花，随风轻轻摆动。只盼望有一双温柔手，能掏出现金抚慰她们内心的寂寞……

26. 如果你漫步在女人街，就会远远听见成都口音的椒盐普通话响起，比如：这边选这边看，过了这个村没有这个店！又比如：走过路过不要错过！再比如：龟儿子买不起就快些爬……呃，基本上，她们都是和蔼可亲的哈，童叟无欺的哈。

27. 豆豆在电话里热情洋溢地给我描述了她俩在深圳的创业生活：她和张敏一人买了一个砣子那么大的小自行车。早上，太阳初升的时候，她俩都戴着时尚头巾，穿着时尚热裤，斜背着时尚挎包，骑着砣子那么大的自行车，嘻嘻哈哈行进在人海茫茫的深圳街头，引无数路人竞折腰。豆豆的声音里充满了对新生活的超越性体验：好鸡巴安逸喔……

28. 我流着口水哀求：你们也带我耍嘛！

29. 谁说女性生了娃娃就要在家当黄脸婆？谁说离了婚就要天天在角落里泪水滂沱？豆豆，我的新偶像，你超越了我对一个女性的性别期待，打破了社会的固有规则。女人不是那水啊，男人不是那缸，在内心深处打瞌睡的命运女神啊，醒来！光彩照人地强有力地骑在生命白驹上，挺起那腰板也像十七八！我们要手握自己的命运长矛，所向披靡地对着未来呼喊：啊臭男人再见！啊臭男人再见！啊臭男人再见吧再见吧再见吧！

30. 豆豆听见我的慷慨陈词，嘬起樱桃小口，发出一个长长的单音节：吁——她在电话里摇摇脑壳：胎神，你又发病啦？！她接着说：你娃头少给我拽那么多词语，听球不懂！不过嘛，我现在还是有点心得，可以拿来说哈子。她在那头点了根烟，啪、嘶、呼，吐出一口长气之后，说：这个失恋啊，不在于失恋本身，而在于——失恋之后的青黄不接！

31. 我拿着电话几乎就要卑微地跪下了：姐姐！再多说几句！

32. 豆豆那头声音开始杂乱起来，她哼哼哈哈地胡乱应对着我的崇拜和激动：老子要做生意去了……记到，要自己赚钱才是真的！我嗯嗯嗯，那边传来无比熟悉亲切的成都口音的椒盐普通话：这边选这边看，过了这个村没有这个店！走过路过不要错过！

33. 在我的反复要求下，两位女士终于批准我成为格阁屋的临时店员，为此我感到无比兴奋和光荣。

34. 刚把铺子掇开，豆豆吩咐我去洗茶杯、倒茶叶渣渣，说水池在出门左拐的一堆垃圾空调的旁边。我穿起拖板鞋就去了。半天之后，我毛焦火辣地回来，手上还端着茶叶渣渣和杯子：龟儿子的！老子半天都没有找到你说的那个瘟殇水池！豆豆和张敏微笑着把玉手一指：去，把杯杯儿放到，里头有个你的粉丝，去签名。

35. 粉丝好奇地问起我们那挂砣子那么大的小自行车快不快嘛？豆豆

说：骑快点就快了噻。

36. 旁边精品店的小弟，一天到晚戴顶鸭舌帽，不厌其烦地诉说他爷爷当黑社会袍哥的当年往事。没人理他。

37. 对门红英专卖店的肥妹阿英，平均五分钟过来我们这边晃一下。不过来的时候，就在对门直勾勾地看着我们三个，说：你们眼睛长得真好看。我们就用她的贵州口音回答：刻死（去死）！

38. 前面有家专门卖A货的铺子，听说又遭工商开罚单了。豆豆把我们拉到铺子深处，笑得喔，说：龟儿子洋盘，一天到晚还放个破丝机在店子头刷来刷去，这下对了嘛，多刷点！

39. 没有客人，我们三个就在铺子里泡茶、抽烟、化妆。豆豆正在给我勾眼线，说：闭到！我没有听，她又说：把眼睛闭到！我直勾勾地看着前方，用手指了指：闭锤子闭，那边有个眼镜帅哥！

40. 我坐，张敏站，她肥硕的小腹正好和我的视线平齐。我说：美女，你还是收哈腹嘛。张敏说：我是收了的啊。她怕我不信，就松了气把腹部放开——她刚才果真是一直收着的啊。

41. 我们坐了半天都没有客人来，就各自耍手机。张敏失落地说：你们的手机响个不停，咋我的半天都不响喃？豆豆头都没抬：莫得事，一会儿我给你发一个。

42. 黄昏时，我终于卖出去一个发夹，用小袋子给人家装好，说了一万多个谢谢，欢迎下次再来。然后扬起一张钞票，对张敏大声武气地说：收到！张敏咬着牙，一双凤眼都要飞起来了：十五的发夹你十元就卖了，还有脸得意！

43. 晚饭前的半个小时，老板豆豆和老板张敏不动声色地去市场门口切了一张山东大饼，招呼忙碌的我：来来来，之好吃。我憨厚地整了好几块，味道是不错。老板豆豆和老板张敏还多殷勤地端起都泡白了的茶：来，喝口茶，不要哽到哈！

44. 然后就收档了。她们一边搬架子一边问我：晚上你想吃点啥子嘛？不要客气！我吃力地把模特举进去，打了一个饱嗝：呃——饼子整饱了。 .

45. 从这之后，我就迷上了作为一名店员的生活。在广州工作之余，我一有空就跑去深圳贱兮兮地接受豆老板和张老板的盘剥，所以，要问我去了哪里——我不是在深圳格阁屋卖东西，就是在去深圳格阁屋的路上。

46. 豆豆爱吃榴莲，我从广州背了一个上好的给她。苍天啊，我真他妈的缺心眼加没公德，低估了榴莲散发味道的威力——我用报纸、包包把榴莲裹了里三层外三层，但火车上周围五米之内还是没人敢靠近。

47. 终于到了深圳，我屏住呼吸把榴莲甩给了豆豆：拿去！老子都要吐了。豆豆眉开眼笑：哎呀，还是我们桑瓜儿有孝心。

48. 少顷，豆豆又说：你不是说要给我带一个胸罩来的吗？我弹了一下胸罩带子：在身上穿起，脏了就脱下来甩给你！

49. 除了胸罩，这次去深圳，我还背了一个一直没搞清楚咋个用的咖啡机。她们拿到之后也在研究。她们讲究实战，又舍不得浪费咖啡豆，结果改用黄豆做实验。

50. 第二天早上，我睡眼惺忪地觉得有人在撩我的铺盖——豆豆站在我的床头，对张敏笑嘻嘻地招手：来！看桑瓜儿穿的内裤还多好看的！

51. 张敏说，她最愿意伺候胖妹。胖妹难得找到穿得的衣服，因为有点点自卑又好说话，一般来说买东西都爽快。我试了试，果然。我伺候的那个胖妹妹穿上我推荐给她的湖蓝真丝上衣，真好看。但是她太拘谨了，还是买了黑色的，真遗憾。

52. 有顾客来订衣服时，张敏负责给人家写订单。写日期的时候，她一抬头，迷离地望着我们：……嗯，今年是九七年哇？

53. 我蹲着给顾客找东西，裤子挂在柜子的钉子上了，屁股上扯了多大一个口子！我的心都要痛木了：老子的三折埃斯普立特啊，这个夏天的当家裤儿啊！豆豆说：脱下来老子给你补。

54. 等她补好，我拿回来一看，缝好的口子上，有一个相当完美的"LV"字样。豆豆得意地抱肘而笑：咋感谢我？我给你整得更高档了哈！

55. 张敏交代我：这一款发夹是塑料的，卖五元……我转头就飞快地对顾客说：这个是塑料的！五元！张敏在角落里拿眼睛把我恨到：龟儿子的嘴巴翻么么快做啥子，给顾客不要说是塑料，要说是烤漆胶！

56. 难得一天生意好，我们三个喜气洋洋地在店里穿梭进出简直搞不赢。我和豆豆面对面撞个正着，豆豆欢快地"哎哟"一声说：把老子奶奶都撞瘪了！

57. 但是更多的是没有顾客光临的时候，我们坐得无聊。我小心翼翼地对她们说：我能不能给你们念一首聂鲁达的诗喃？两个婆娘异口同声地说：刻死！

58. 豆豆同意我在刚拿回来的帽子里挑几顶来当生日礼物。我挥汗如雨、屁股朝天、舍生忘死地陷在了纸箱子中……豆豆问：你挑中了几顶？我喘着气说：我、我挑中了一、二、三、四、五、六、七、八、九顶！

59. 豆豆和张敏决定，从今年往后再加九年，二零一七年之前都不会再送我生日礼物了。

60. 豆豆和男朋友打电话，我和张敏支起耳朵在旁边听。豆豆娇声说：瓜儿，给你听写个英文单词哈，Room咋个写的嘛？嘻嘻嘻……对了嘛，就是啊、哦、哦、嗯！

61. 这时，肥妹阿英幽灵般地从对门飘到我身后，鬼声鬼气地说：格格，我好想你喔，不是想入非非的想哈，是一般化的想……我把她蛇一样的胳膊从我的腰上抓开，说：你刻死嘛！

62. 豆豆见状，问张敏：顶针戴在哪个指拇上嘛？张敏对阿英伸出了一个中指拇，说：戴在这儿！

63. 为了犒劳辛苦的一天，收铺子之后路过花摊，豆豆买了两把晚香玉。张敏说：瓜的嗦？屋头又没有花瓶。豆豆看看手头的花，轻飘飘地说：回去敲一个啤酒瓶瓶儿来插就是了嘛。

64. 我们三个刚刚走进饭馆的时候，电视里飞船唰的一声升了空。当我们得知宇航员的一身行头价值几千万时，连连咂舌：妈哟，一只袜子都够开十家格阁屋咯！

65. 晚上回到出租屋里，我和张敏用刚买回来的电剃刀剃脑壳，剃完了就坐在边上吃西瓜。豆豆和一个朋友视频，她朋友在那边惊爪爪地说：你屋头那两个男的是哪个？！

66. 对门的肥妹阿英要回贵州探亲，她穿了两身衣服过来喊我们鉴赏，看哪一身比较合适。豆豆说：你要穿那件T恤喃，就是内地到内地；你要是穿风衣喃，就是从沿海到内地。好歹我们还是混深圳的沿海龟哈，整洋气点嘛！

67. 阿英说：好滴，听你的，老女人！阿英今年二十二岁，年龄是她最大的骄傲。豆豆拿出叉衣服的叉叉：给老子爬出去！

68. 我们坐在一堆聊天，左边隔壁卖鞋子的东东（男的）穿得妖里妖气的扭进来，拿着一张彩纸：空的哈？来给我写个字！豆豆对我头一扬：去，文化名人，去给人家签名。我多得意地撑起来：要得！签啥子？签到哪儿？东东把彩纸递到我面前：麻烦写个"低价转让"。

69. 右边隔壁那个四处述说自己神秘家底的小弟原来是乐山人，永远的白色紧身背心加垮牛仔裤加彩色头巾。他最喜欢和顾客聊人生，还喜欢站在秀水街中间大声深情反复演唱他会的唯一一句英文：I love you——I love——you！I——love you！！！

70. 只要我去了格阁屋，乐山小弟就平均五分钟跑过来看一眼。我看他实在有点想找我说话，就主动提出：把你屁股包包插的报纸给我看下！他赶忙笑容可掬地双手奉上：嘿嘿，今天的头版头条是深圳百分之七十的女性都不幸福！

71. 他走了之后，我问豆豆和阿英：他叫啥子名字喃？阿英和豆豆异口同声：疯子。豆豆还加了一句：我们这条街上的都不正常。

72. 有一个风度翩翩的中年男子，看见我坐在小板凳上翻看黄仁宇的《万历十五年》，"咦"了一声说：现在卖衣服的小妹都很好学么！豆豆凑近过来附耳：这个人会真的买东西，好生招呼。我笑容满面地和这个中年男子攀谈了起来，从中国古画到古琴，从外国哲学到电影，从文学评论到当代艺术，那是畅所欲言、相见恨晚。最后他低头一看表：哎呀，我约了人，居然忘了，下次再聊——他什么都没有买！

73. 我郁闷地坐在角落里，恶声恶气地说：妈的，再光聊不买，老子就要拿棒棒打了。

74. 据说有一次我不在的时候，有个读者找来了，问同样是光头的张敏：嗯，你是格格么？张敏当时一句话都没说，一趟子冲到对面阿英铺子里半天都不出来，人家读者就很失落地走了。

75. 事后张敏解释说：当时我在啃鸭脚板，一嘴的油，人家既然把我当成你了嘛，就要讲究点形象噻，所以跑到阿英铺子上扯点草纸来擦嘴，等我整干净了准备笑脸相迎，喔呵，人家走球了！

76. 收了铺子，我们几个女的在家喝豆豆的库存红酒。豆豆和张敏整多了就抱头痛哭，尤其是张敏——豆豆年底就要回成都，而我又在全国或者全世界到处跑——她哭得眼睛都肿了：哎呀嘞以后哪个管我嘛，我一个人上班一个人下班，瓜兮兮的，工资又不够用……我说：有我锅里的就有你碗里的，龟儿子嚎啥子嘛嚎！张敏立刻就不哭了。

77. 第二天早上，我们商量好去香港。张敏在豆豆的衣柜里翻了半天，带回来的反馈是：尽是上半截，莫得下半截！我又去翻了一下，我的反馈是：尽是上半截，而且尽是奶奶半截都在外面的上半截！

78. 我们三个在维多利亚海港的咖啡厅坐起打望。举目望去，人们的穿着都是名牌，啥子GUCCI、PRADA、CHANEL之类的。豆豆抖了抖烟灰说：龟儿子的遍街都是A货！

79. 香港卓越化妆品店，张敏和豆豆兴奋得脸儿绯红，看见那些化妆品脚下简直是装了风火轮。豆豆上眼皮画了银色眼影，下眼皮画了金色眼影来让我和张敏看：嗨，如何？我和张敏点头：嗯不错，很像炼丹炉里火眼金睛的孙悟空。

80. 看见有家咖啡馆外面写着"今日半价"。我们三个商量都不商量，直接一个人占位子，一个去买，另一个帮着端。结果第一口咖啡喝在嘴巴里的时候，我们三个同时吐了出来：妈拉个巴子！半价没好货！

81. 豆豆在一家卖运动用品的商店看了半天都不出来，我不耐烦地催，张敏严肃地制止我：吼啥子吼，人家在研究业务。

82. 张敏豆豆请吃田螺。我拿牙签签了一个多小时，门前壳壳堆了一座山，终于忍不住疑惑地发问：咋个才吃得饱嗬？张敏一贯淡定：喝点水嘛。

83. 这次我晓得了，隔壁东东不是同性恋。他用小指撩着前额的长刘海娇嗔道：不过我只喜欢富婆。

84. 我们去开铺子门的时候发现，对面阿英今天居然穿了一件紧身黑色上衣！坨坨肉像盘山路一样曲曲弯弯兼曲曲弯弯，不仅如此，还有明显的乳沟！豆豆把货架放下，对左边卖鞋子的钩钩手，对右边卖睡衣的点点头：来，看！大家都放下手中的活计，齐刷刷地站在红英时装店的门口，直勾勾地看着阿英，然后发出爽朗的笑声。阿英躲在试衣服的帘子后面，拼命地骂豆豆这个该死的老女人，然后拼命地表白：人家穿了衣服的！

85. 女人市场外面的广场上那些要钱的真是五花八门：有穿僧衣卖唱

的，有罹患地中海病身残志坚的、用脚写书法的……要在华强北混，用疯子的话来说，就是必须"才华横溢"。

86. 我们格阁屋因为遭遇金融哄暴，可能也要宣布暂告一个段落了。豆豆说，也算是和国际接轨了。我拿出十分的热情来对待顾客。由于用情过深，如果人家只是问问，什么也没有买就走了，我就一个人坐在角落里黯然神伤半天。我还要哀怨地问：为虾米？！豆豆和张敏看我一眼，又对看一眼，什么也没说，各忙各的去了。

87. 我就只有自己总结：我晓得了，以后我要是不买东西，我绝对不会一而再、再而三地去惹人家卖东西的！明知不会买还空给别人希望是残忍的！这就和爱情一样！你说嘛，豆豆？豆豆对张敏说：去门口给桑瓜儿买盒小丸子，她辛苦了。

88. 我埋头消灭我最爱的小丸子，立刻就忘记了那些伤害了我却一笑而过的顾客，真好吃啊真好吃！撒在上面的紫菜末真销魂啊真销魂！这个时候豆豆点上一支烟，轻描淡写地开导我：东西就算没有人买也不要贱卖，总会碰见真喜欢它的人。

89. 有个身材绝好的妹妹在翻看店里的衣服，然后叹口气说：哎呀还有没有更鲜艳一点的衣服啊？最近我发现我老了，喜欢鲜艳的了……豆豆说：哎呀嘞，我最近也是，人老了是这样的！一句话投机，大家也不做买卖了，坐下来开始神摆。我说我最近睡不好，大家跟上一句：人老了是这样子的；张敏说她记性不好，大家再来一句：人老了是这样子的；小熊（因为《小时候》而耍到一起的朋友）说她喜欢少年男，大家近乎兴高采烈地提高了八度的嗓门：人老了是这样子的！！

90. 一天都不做生意的时候，张敏开始宣讲她曾经在售卖行业的巅峰业绩：她曾经一次性卖出了八十多顶帽子。那天——随着这个神话般迷离的"那天",大家的神色都随之迷离起来,一起进入到了那个辉煌神话的情景——张敏继续操着《一千零一夜》的腔调:那天,也是像今天这样啥子都没有卖出去,我守到晚上八九点钟了,我觉得今天肯定没搞了。结果来了两个人,一男一女,在夜色中行色匆匆……

91. 他们走在秀水街十号门口,看见挂在当门的一排款式新颖、色彩不俗的帽子,女的开始试戴,并且询问价格。张敏已经被光问不买的人们折磨一天了,本来一顶二十五元就能卖的,却恶声恶气地报了个"三十!没少!"我们几个人听见还有卖家如此强悍的时刻,不禁快乐地呻吟:快讲快讲然后嘀!张敏周身都笼罩在一次卖出八十顶帽子的光辉中,圣洁美丽,她说:然后,他们就走了!我们集体"啊"了一声。

92. 过了一会儿,居然那一对男女转了一圈又回来了,问张敏能不能少?张敏一边收摊子一边摇头:要买就买,不买算了。男女对看了一眼,开始一顶一顶的挑选,越挑越多,最后一数,有八十多顶。店里存货都要完了,还从外面挂的取了好几顶下来。那天是闻风而来的小熊同学一路赔着微笑帮他们把帽子拎出去的,张敏在店里一遍又一遍数刚收的帽子钱,怎么数都数不过来!

93. 大家集体欢叫了一声,我格外受感染地说:现在也是八九点,姑娘们,打起精神来迎客啦!这时,一对男女迎面走进店铺,我"嗷"一声站起来,大喊:欢迎光临——随便看!把人家直接吓出去了。

94. 一般来说,最后关门的时候都没有啥营业额,豆豆和张敏就丧心病狂地让我"挑挑看",让小熊也"挑挑看"。这叫出口转内销。

95. 我在小板凳上看上次就甩在这里没有看完的《万历十五年》,时不时还要在小本子上摘抄一些句子。张敏在一边全神贯注地缝补一件

半成品的皮包。我写字她缝补，突然抬起头，我突然觉得我们都还在
读书的时候，怎么就在这里开了个铺子嘛？

96. 气氛太美好，我就说：张敏，这书写得太好嘞，我能不能念给你
听？没等她同意，我就开始念：如果浊气抬头，天理就被"人欲"
所取代。补救的办法是"格物"，也就是接受事物和观察、研究事
物……还有这句：以禅宗般的机锋，避开辩论中的正面冲突，以表面
上毫不相关的语言来表示自己的意见……"你给我闭嘴！老子按扣又
钉反咯！！！"

97. 你说说你说说，这个张敏，真真是不解风情啊。

98. 晚上我们为了庆祝格阁屋歇业（后来因为新股东毛毛的加入重新
开张），以及我这个丧门星的到来，准备去K歌。我们去的是钱柜，
这里管唱还管吃。都是女孩，大家拿了很多女孩爱吃的，把桌子都堆
满了。豆豆笑容可掬地推了推一盘小番茄：来，多吃点这个，免得得
前列腺炎。

99. "你耕田来你织布，你挑水来你浇园。"——豆豆演唱的
《天仙配》。

100. 但是这个晚上，这首不是豆豆的成名曲。她的成名曲是《卡
门》：什么叫情什么叫意还不是大家自己骗自己，什么叫痴什么叫迷
简直是男的女的在做戏。你要是爱上了我最好快回去，我要是爱上了
你你就死在我手里！她演唱了两遍，并且要求在场的女人都要一起演
唱，掀起了一阵高潮。

101. 张敏的成名曲是《我是一棵秋天的树》：安安静静守着小小疆
土，眼前的繁华我从不羡慕，因为最美的在心不在远处。我解说道：

张敏的小小疆土就是她的电脑桌；眼前的繁华不羡慕是因为穷得丁当响；最美的在心不在远处是她懒，懒得走一步。大家纷纷赞同！

102. 为了值回票价，在所有过门和前奏的地方，大家都要求我以"啦啦啦"伴唱，才不浪费。

103. 我们都是严厉的，我们K歌都是有陪审团的。任何人唱两句大家觉得不好听，直接掐掉，不打招呼。我经常还沉浸着陶醉着，突然——咦？怎么换成下首了喃？！

104. 我反复强调我是从广州来的，我是客人要对我客气点。陪审团商量了下，决定让我唱一首完整的。我以十成功力演唱了一首《枉凝眉》，唱完了之后欲罢不能，手持话筒频频向大家致谢：谢谢大家给我这样一个表现的机会！小熊说：没事，反正都忍过来了。

105. 小熊没怎么唱歌，但是她有她的成名句。关于爱情，她说：老子才不想留什么美好回忆呢，要折腾就折腾个够。

106. 再后来，我就失去记忆了，在下喝多了。据说，我含糊不清地反复要求：快把我弄到床上去，我要睡睡！当我在众人的搀扶下走出房间路过大厅的时候，我说：我想吐。然后，自己又环顾了一下大理石装修的环境说：唉，太豪华了，不好意思给别人搞脏了。

107. 她们再一次找到桑格格的时候，她自己蹲在大街中间，吐得哇哇哇的。豆豆说：你还晓得爱干净，吐一小堆，自己换个地方，又吐一小堆。并且还晓得把围巾牵好不要弄脏。

108. 最后，我就彻底扯撑了，睡在了深南大道上。晒了一天的柏油马路是温热的。什么叫做仆街，嘿嘿，这就叫做仆街。

109. 打过台风的天空，无论是香港还是深圳，天空都又高又透，大朵大朵的白云显示着海边城市充足的水分。天黑了，借着霓虹灯，都还能清清楚楚地看见云在走。我们三个爬上过街天桥，看着川流不息的车流，说：龟儿子的，时间过得太快了。

110. 跨越新年的晚上，九色鹿从重庆发来贺电：我住在四星级的解放碑宾馆！你在哪？我回道：我住在五星级的豆豆家！

111. 九色鹿在视频上问我：今天卖了好多钱喃？我不说话，对他伸出了一个巴掌。他说：五百？我摇摇头。他继续说：五千？！我冲他撇了下嘴：千个毛，五元！

112. 我和豆豆、张敏坐在这间十六平米的出租屋的地板上看电视。张敏真是啥子都看得，简直就是一个节目垃圾桶，最近她的最爱是看那些国产神话古装片。她的原话是："那些没咋弄好的电视剧。"她说，没有什么能比这个给她在夜晚带来更多的欢乐。最近是新拍的《白蛇传》。她看见白素贞脖子上的项链，就笑晕过去了：这个我去拿货，两块五！

113. 豆豆一边看"那些没咋弄好的电视剧"，一边在"网络红娘"上找男朋友。她招呼我们来看一个帅哥的照片，被我们一致否认。她指指照片下方：你看人家抱的这条牧羊犬好安逸喔！为了这条狗，我想见下这个8796号！

114. 我觉得豆豆的"心理告白"写得太简单了，袖子一扎：来！老子给你加哈工！然后我把她们两个都打发去看"没咋弄好"了。半个小时后，豆豆偷偷走到正在忘情创作的我的身边，对张敏钩钩小手指：来，看桑瓜儿写小说！

115. 终于，我的"小说"写完了，虽然豆豆一再觉得有点"知音体"嫌疑，但是我还是强行上传了。

116. "没咋弄好的电视剧"终于演完了，轮到"午夜剧场"，居然是《茜茜公主》。我们三个紧紧地看着屏幕，停住了呼吸：咋还是那么好看嘛？！

117. 张敏听见茜茜公主养的小鹿子的名字叫做沙薇尔，立刻把自己的英文名字换做这个，并且要我和豆豆以后就这样称呼她。我对她说：沙、沙、沙窝子，把烟灰缸递给我哈嘛！

118. 张敏把烟灰缸递给我，双目含情地纠正道：是沙薇尔。

119. 这个时候，豆豆看着屏幕哽咽了一声：看人家茜茜公主的腰！在我们的鼓励下，她决定第二天穿调整型内衣出门。

120. 豆豆又看见剧中弗兰茨国王激动地说：我要去找我的茜茜！什么也没有我的茜茜重要……她把烟蒂按灭在烟灰缸上一个小男孩的鸡鸡上，不屑地说：妈那个麻花儿。

121. 其实我们不是没有被打动的，当弗兰茨在悬崖上为茜茜公主摘下火龙草的时候，我和张敏的眼睛湿了：这他妈的才是耍朋友啊。

122. 你说，如果我们房间里的这三个人都穿上茜茜公主的篷篷裙，在这十六平方的房子里，转得开身不嘛？

123. 自从我给豆豆加工过的"小说"上传后，豆豆交友帖的访问量迅速飙升。其实我也没多煽情，只是特别强调了豆豆是个四川女孩，会做饭。

124. 张敏说豆豆在深圳贩卖服装期间，还跑去买了套《红楼梦》，而且看完了。我问，她有什么感觉喃？张敏说，她认为还可以。

125. 我们一年到头都在外面漂，但年底还是要回成都。回到成都的日子基本都是这样的：起来，去青石桥吃碗肥肠粉，然后得儿转得儿转拽起屁儿去玉林彩虹街喝茶，最后天黑了去啖廖记棒棒鸡。这虽然是一个叫做桑格格的死女娃子一整天的生活内容，但基本上也是豆豆、张敏以及很多成都女娃娃一整天的生活内容。

126. 我和豆豆、张敏到达喝茶现场，拉开藤椅坐下，就看见担挑挑卖水果的男人过来了。豆豆扯起嗓门：桑葚咋卖？男人忙不迭地过来，说：块钱一两！豆豆假装柳眉倒竖：走走走！你走远些！男人不生气，反而笑了：好说嘛，妹儿，生意都是谈的，七角钱一两嘛！豆豆俯下身去选：敢少老子秤嘛老子要撒秤杆杆儿哈！

127. 远远地，川航老空哥兼人气帅哥勇娃儿来了，牵起刚耍的女朋友丁丁，笑眯了。看上去，阳光、沙滩、海浪、仙人掌，还有一位老机长！我们早就喊起来了：好春哟——那边是哪个拐骗犯，老子们抓现行哈！

128. 落座，勇娃赶快就把烟给我们散起，不过我们还是脑壳照洗：嗨，介绍哈撒。勇娃儿一张老脸粉面含春：这个，是丁丁，这个是格格、张敏、豆豆！人家小女娃子一张小粉脸都涨红了：格格姐好张敏姐好豆豆姐好！我们哄的一声表示对这个称呼的不满：老子们集体十八岁，不要喊姐姐哈！人家小丁妹多乖巧地递上一包新鲜的樱桃：要得嘛，我们都还小得很，都跟这个樱桃样。我们吃点樱桃哈，嘻嘻。

129. 她娇声唤茶哥：哥老倌——麻烦洗哈嘛……莺声燕语中，一个苍蝇吧唧晕倒在地上。茶哥也酥软着半边身体从堂子里出来：来了！只不过，看见妹妹旁边坐了一个哥哥，兴致一下矮了下去，怏怏不乐端了樱桃去洗。

130. 一辆银色拓拓嘎吱一声停在我们边边上。豆豆说：好烦喔，龟儿子罗东梅把车子停得怪眉日眼，把老子们太阳都挡了！罗东梅从车子头钻出来，撩了一下金黄色爆炸长发，无限风骚地说：内伙子些，看老娘的新发型——

131. 大家纷纷表示，这个发型色泽上比较像虎皮鹦鹉，外形上酷似非洲雄狮，配上红扯扯的脸盘子，整体效果更接近非洲狒狒。她一听不干了，说要把提来的一兜草莓拿去甩了，大家连忙制止，说：事实上，这种粗犷非常突显其不俗的个人风格。

132. 之后来的还有弱不禁风的佩佩。她一来，兰花手一扇：好煗哟你们，茶有啥子好喝的嘛，我们来喝酒嘛！

133. 太阳一点点地斜，我们的话越说越多。茶不醉人人自醉，最后话摆到一定的程度，最高境界就是你看我、我看你，瓜笑。伸个懒腰说句"好鸡巴安逸哟"。看我们的桌子上，深红的草莓，鲜红的樱桃，深紫的桑葚，金黄的广柑，还有一杯杯绿盈盈的素毛峰、花毛峰、青山绿水，白花花的瓜子花生……一圈花花草草的人物，人物们纷纷表示：这个下午很是过得嗬。

134. 在分别的前一夜，豆豆对我和张敏说：来，老子给你们念首诗！

135. 我的心啊，二十七年以来，这不是最激动的，也是最激动的时刻之一。我们点头：你念嘛。豆豆把脚跷在咖啡桌上，点了烟吐了一口，突然不好意思了，闭上眼睛，挠着头发：锤子喔，等下哈，老子要酝酿。

136. 我认真地看着眼前即将要念诗的这张面孔，她的脸就像一张写过两遍的羊皮纸，下面的内容是我们十几年的孩童时的友谊，上面涌动着的是我们千辛万苦共同活着的现在。她在思考，她在感受，她在呼唤高贵的诗句……突然，豆豆睁开并瞪着咚大的眼睛，张口就是：红豆生南国，春来发几枝……发几枝？发几枝嘛……锤子到底是发几枝……

137. 我亲爱的豆豆，她抛弃了平时最爱的口头禅"妈的P"、"锤子鸡巴毛"、"龟儿子"等语句，为我在念诗！虽然她现在有点想不起后面两句，但是毫不影响她纯洁思索的模样，在夜光下闪烁可爱。

138. 她一拍大腿，终于想起后面两句：本是同根生，相煎何太急！

139. ……这诗句瞬间击中了我和张敏，光芒照亮了我们的灵魂。这是豆豆用激情浇铸的诗篇啊——

　　红豆生南国，
　　春来发几枝。
　　本是同根生，
　　相煎何太急。

140. 这意境，太美好。

杨二哥

．．．．．．．．

杨二哥和我们坐一辆车从黢黑的郊外驶进了市区，他双手擦去玻璃上的哈气，贪婪地看着灯红酒绿说：狗日的，好繁华喔！

杨二哥大名杨彬，文质彬彬的彬。你光看他的样样儿，确实有点文质彬彬的哈：上半截穿的是白色T恤，下半截是黑色笔挺的麻料西裤，一双黑色休闲皮鞋一点泥巴都没有，头发干干净净梳得灵光，哪像承包鱼塘的小老板儿嘛。

春天家，我回成都的时候，很想带我爸我妈去郊区踏青钓鱼啥子的，并且邀请在郊区讨生活的三姐一家，打算花个千把块的巨款大家耍个开开心心。当我把这个想法讲给三姐听的时候，她在电话里用鼻音重重地咳了一声：死娃娃你包包头的钱多得往外跳嗦，唵？！你们来就是了，我这边有熟人开鱼塘，你那个开支可以耍几盘都还有多！

话说当年三姐和刘哥在龙爪那一带那还是相当有点人缘的，她那些哥们说起来五马六道的，但是都多讲义气的。我记得最清楚的是，有个在外头打架脑壳上掉起青头儿包的大哥哥，晓得何林琼的表妹来了，脸上血都没有抹干净就去冰糕摊摊上给我买娃娃头。吓得人家卖冰糕的颤抖地躲在箱箱后头说：好……汉……你随便拿，你、你、你随便拿！那个大哥哥笑嘻嘻地对冰糕老板一摆手：龟儿子怕啥子嘛，我是为民除害才回来，桥归桥、路归路，好汉不得平白无故欺负人！拿去，五角！来个娃娃头！

三姐说：耶，你硬是记性好喃，那个给你买娃娃头的，就是杨二哥得嘛！他现在走正路了，不弄那些歪的了，承包了个鱼塘自己做。据说，杨二哥因为社会事务太多，杨二嫂早就离开他另外嫁人去了，留了个上小学三年级的小杨二哥给他。他看着懵懵懂懂的娃娃，觉得再在社会上操江湖可能不得行了，就凑钱在马家寺郊外开了这个鱼塘。娃娃喃，读住校，他就一个人住在这片鱼塘上喂鱼。田坎上一排砖房子，有四间排起的：一间他的卧室，一间放渔具，一间是厨房，一间是厕所。

这天，是个星期天，我就和我爸我妈还有三姐去了杨二哥鱼塘。

杨二哥很热情，早就把鱼竿巴巴适适摆在田坎上了，还挖好了蚯蚓。我在厨房里忙碌，准备烹调钓上来的鱼，说：咳，杨二哥，碗不够，你屋头还有碗没得？他四下看了看，果然找不到碗了，就说：不着急，等一会儿我去塘里头给你摸几个！原来，杨二哥一个人在鱼塘上开伙煮饭，是从来都不洗碗的，吃了之后把碗直接往塘里一甩，了事。一会儿果然看他从塘边边上精确地拎了几个湿淋淋的瓷碗起来！他笑嘻嘻地：来，接到！古董！真是捡碗还须丢碗人呐！不一会儿，我又说：葱不够，杨二哥你快去市场上买把！他嘿嘿一笑：买？这周围的看到老了来了，方便面都要卖老子八元！他背着双手走出门去，慢慢消失在远边的田地里，几分钟他又冒出来了：手头多了一把还有泥巴的红头葱。他把葱递给我：快拿去弄，不要让周围看到了，毕竟挨邻得近的，看到了不好……

我不敢杀鱼，他袖子一挽：让开，我来！他麻利地抽出一把匕首，熟练地杀鱼刮鳞剖肚，一边弄一边自言自语：妈哟，老子的宝刀以前杀人现在杀鱼……

他电话响了，电话铃音乐是"请你不要再来伤害我，喔……喔……"破响破响简直是响彻云霄！他赶紧在草草上把手上的血抹干净，接了：喂！哪个！原来是小杨二哥打来的，找他爸爸问作业。只看杨二哥眉头皱成了一堆，表情十分为难：俺？啥子嘛？云南出产啥子……出锤子！嗯……山里头总是出香菇嘛……俺，你同学说不对啊？那老子晓得个屁……五朵金花是哪里的？这个我晓得！五朵金花是红河卷烟厂！听老子的没得错！还有题啊？龟儿子快说，毛主席的故乡是哪里啊……嗯，是湖北！

我爸这个老革命终于听不下去了，插话说：不是湖北，是湖南！

他嘿嘿嘿嘿笑几声：龟儿子的你老汉又不是电脑，差点都遭你整成猪脑了！对对对，毛主席的故乡是湖南哈！不要写错了！算球了，你娃娃不要问我了自己到楼底下网吧去查！啥子嘛？不准你进？！龟儿子的不想开了嗦？！你说，你是杨二娃的娃娃，再不让给老子砸！警察来了算我的……

我就上去一把将电话抢了，首先让娃娃千万不要去骚扰楼下网吧，然后用了几分钟解答了他所有的问题。小杨二哥声音尖尖的，有点怯生生地问我：谢谢姐姐，你、你是哪个嘛？你是不是我爸的新女朋友嘛……

　　我脸红着把电话递给杨二哥：拿去，然后又转身去烹调鱼摆摆了。这个时候，杨二哥在田坎上摆上了桌子，拿出他所有的餐具都不够，加上塘里摸来的还是不够，他跑了三家才借齐。他看了看桌子上的菜，除了鱼就是鱼，二话不说，骑着自行车就走了。回来的时候，车上搭满了白酒、啤酒，以及各种烧腊熟食。他乐哈哈地给我爸爸打招呼：叔叔，难得有人来陪我喝两杯，今天你们来了我特别高兴！我们好生喝哈！我爸爸也是个天生豪爽的：哎呀侄儿，今天硬是麻烦你啰，以后噻你要来我屋头耍哈！

　　天色麻麻黑，凉爽的夜风从鱼塘水面上吹过来带走了暑热，一阵阵叽叽咕咕的虫鸣蛙叫越来越响。浑圆的月亮慢慢升上来，印在鱼塘上，远远看杨二哥这排房子，真是像个仙境。我把这个说法告诉了杨二哥，他正用牙齿"哧——"一声咬开了一瓶啤酒，"呸"一声吐了口渣渣：仙境？！我看你们这些没有经过事的女娃子喔！你们不在的时候，老子一个人住在这里，经常觉得哪怕有个鬼来敲下门陪我喝两口都要得！他给我爸倒满了一杯酒：桑叔叔，以后尽管带你的朋友来耍，你的朋友就是杨二的朋友！今天，我很高兴认识你们！来！

　　我喊他少喝点，啤酒瓶田坎上都要堆不到了，他说：嘿嘿，每天早上醒来我就拿方便面下啤酒，瓶瓶咋个不多嘛……杨二哥快要醉了，他对我说：哎呀嘞，幺妹嘞，你给哥哥介绍个女朋友嘛！我长得不丑嘛！我连忙说：不丑不丑！他又摇头晃脑地指着鱼塘说：你二哥我总还有个鱼塘，有两个养婆娘的钱……我连忙点头：好的，二哥，我记住了！三姐和我对看了一眼，也说：蓉娃子，别看杨二哥喔，他很有情调的哈。杨二哥马上摇摇摆摆站起来，拉着我说是去看一样东西。我魂未定，他指着塘边的一株花说：你看，这是我种的白山茶！

　　那顿饭吃了四个小时。我悄悄在他包包里放了五百元钱，被他发现又差点甩到塘里喂鱼了。杨二哥醉得左脚敲右脚，临走的时候还要鼓捣送我们走，他的送不是普通的送，而是要把我们都送到家门口。我家离这里估计差不多就是北京市区到通里佛尼亚州那么远哈。他醉醺醺给打了通电话：老子是杨二，给老子过来拉趟贵客！不一会，一辆烂咻咻的面包车从夜幕中的田野上开过来了，司机多早就从车窗探出来给他致敬：杨哥好！他威严地对他摆摆手，然后转过来对我们谦逊地说：车差了点，大家将就坐……一扭头对我说：蓉娃子，我坐你边边上哈！一把就拉开了车门。

一路上他又醉醺醺地对前排我爸说了一百遍叔叔再来耍的话。进城之后，他双手擦去玻璃上的哈气，贪婪地看着灯红酒绿说：狗日的，好繁华喔！

才让
......

（一） 前传

才让，全名才让三周，藏族，二十岁，小学文化，青海省同仁县吾屯下庄村人；从七岁开始学习画唐卡；姐姐们都出嫁了，十七岁的妹妹明年也要出嫁，家中只剩才让和父母，他是家中唯一的男孩。才让靠画唐卡养家。才让所在的那个村子，据说是整个藏区唐卡画得最好的一个村子，而才让很不好意思地承认自己是这个村子里的拔尖人物。才让不想那么早结婚，他想看看外面的世界。二〇〇七年十一月，他动身坐了五天的硬座火车从家乡来到了广州。

桑格格：才让，你见过大海么？
才让：……嗯，青海湖算么？

桑格格：才让，要怎么样才能找到你的家呢？
才让：我这么给你说吧，你——先去到西宁，然后随便问个人都会知道同仁；然后你——去到同仁，随便问个人就知道吾屯下庄；你到了吾屯下庄，就是我们村子了，随便一个人就能把你带到我家来！

桑格格：才让，你想去哪里玩玩？

才让：您决定吧，请您决定吧。我第一次出远门，什么都不知道，您决定吧！

（二）才老师

1. 当才让第一次把他的画展开在我们面前的时候，众人发出了"哇——"一声惊叹，我只看了一眼就傻掉了。我只想说，你如果有机会亲身站在这样的画面前，你才知道什么是唐卡。

2. "我终于知道了什么是唐卡。"这句话是九色鹿说的，我觉得他能说出这句话来，不枉我取了一个沾仙气的名字给他。

3. 我和阿珂带才让去美院看学生们上课。他第一次看见正规的美术教育，好奇地东看看西看看。他表示不大理解把东西画成块状，但是很喜欢一张画的色彩。那张画是莫奈的。学生们对慕名前来观看的人并不觉得惊奇，都在气定神闲地画水粉临摹。

4. 他们的老师在看了才让的画之后，兴奋地招手：来来来！大家来看一种不同的艺术门类！学生们呼啦一下围了过来，才让下意识地往我身后躲了躲。大家兴奋起来，问了一大堆"好奇怪"的问题。

5. 唐卡里所有造型都靠描线，细若游丝的线都是一笔画成。才让回答得最多的问题就是：画错了怎么办。才让结结巴巴地一遍又一遍告诉人们：我不会画错，我、我基本不会画错……还有人问：这些画都有规定的样式，多年反复地画，会不会厌倦？才让费劲地听懂了这个问题，用力地摇头：不！不会！只有一张比一张画得好，怎么会厌倦？！但是，这朵花这片火焰已经画成这样了，还能怎么好哇？还能怎么好呢？才让嘶的一声，被逼得笑出声来：……反正就是能更好。那么一张唐卡最关键的部分是什么呢？才让说：嗯，是眼睛吧是眼睛。大家呼啦一下埋头都去看佛像的眼睛，然后陆陆续续抬起头看才让的眼睛，他已经紧张得一双眼黑的少白的多……

6. 画唐卡最难的不是技术，才让说是"心"。什么是"心"？在简短的充当才让发言人的经历中，这是我唯一觉得没有必要过多解释而请大家体会的一个问题。唉，但是最傻B的问题也是这个叫做桑格格的人问的：才让，你真的信仰神么？才让不正面回答了，头上都是汗：我是画唐卡的啊！我是画唐卡的啊！

7. 一堆男生女生开始叫"才老师"的时候，才让终于逃跑了。

8. 我们在下午的阳光中吊着脚坐在教学楼走廊的阳台上，各自点上了一支烟。才让哎呀一声怪叫活了过来。我对他吐出一口烟，坏笑道：嘿！才老师！

9. 他差点翻到三楼下面去了。

（三）溜冰

1. 才让住在阿珂家。阿珂说，才让很无聊，躺在床上双眼看着天花板说：唉，地震一下就好了。

2. 我在电话里说：我们去溜冰吧！才让在那边一连串地"好好好好好好"！半分钟后就穿戴整齐在我家门口敲门了。

3. 这次溜冰结果是这样的：我摔得单臂弯曲在胸口，一瘸一拐率先回家了；阿珂把裤子剐坏，腰间绑着才让的藏族白衬衣也回家了。当我和阿珂一轻一重两伤病员在我家中唏嘘感慨还是才让滑得久，值回票价时，才让这小子回来了。

4. 我们上下左右看了看他，还好配件整齐，但是他蔫耷耷的，一躺在榻上就不说话了。在我和阿珂两八婆坚持不懈的追问下，才让万分悲痛地说了原因：有一个女孩，很可爱，主动来找他溜冰，还推着他一起溜，但是他由于害羞，没有和这个女孩说话，后来这个女孩走掉了，才让眼睁睁看见她走掉的。

5. 阿珂问：没有留电话？我问：你为什么不请人家喝汽水？

6. 才让追悔莫及地双手捧着脑袋：你们怎么不早点说你们怎么不早点说你们怎么不早点说啊！！！

7. 根据才让的回忆，说那女孩穿了"这里红这里白这里红这里白这里红这里白"的一件衣服，我们一致认为是一件红白相间的条纹上衣；牛仔裤。那女孩长得"嘴巴是小的，眼睛是大的，鼻子是高的，眉毛是黑的"。亲爱的美女，如果你在二○○七年十二月十八号晚间七点过在广州晓岗滚轴溜冰场推过一个羞涩的、二十岁左右、穿着一件白色上衣的小伙子，请你联系桑格格的博客，你把人家的心带走了。

8. 我说：才让，你别想了，你真和那女孩好了倒不一定很美好，你们会吵架的。才让说：不！我会让她一直让着她一直让到她死！阿珂说：汉族女孩不怎么能干活的喔。才让说：我回家去把田地卖了，她就不用干那么多活了。我们说不出话来。

9. 我躺在榻上，痛得躺都躺不稳。阿珂说：格格，你好像西施捧心喔。我挣扎着坐起来：不！我不心疼，我屁股疼，应该是西施捧屁股！

10. 才让幽幽地在榻的另一侧说：……我心疼。

（四）离别

1. 才让对他在广州感受到的事物的最高评价就是：和我们那里一样的！

2. 这里最令才让受不了的就是空气，他晚上睡不好。

3. 我在公园里给才让买了一根香肠，他吃了。我一直觉得他好像有话要讲，最终他忍不住问我：那个香肠，是不是要八元？我说嗯。他用藏族人特有的表达吃惊的方式"咦"了一声。

4. 于思（神人兼国画牛人兼型男）带才让去看《投名状》，他看见票价要六十元，发出了一声更长的"咦——"

5. 他知道九声同学的一个耳机要两千九百元的时候，半天都喘不过气来：咦……哈、哈……咦……

6. 但是才让也斥巨资二百八十五元给自己买了一双登山鞋，在藏地很好穿的。他说千万别告诉他父母，他们一定会说他"坏了良心的"。

7. 才让又去了溜冰场，但是没有见到那个"这红那白"的姑娘，我说你失望吧才让？他低下头有点黯然：其实我那天走就有预感，是最后一次见她……

8. 才让刚来的时候，看见我和阿珂都在学古琴，他说他深深爱上了古琴这个东西；后来他在于思那里看见了吉他，更加深地爱上了吉他。他住在阿珂家，每当阿珂要弹古琴的时候，他就说：别吵，我要练吉他——他疯狂爱上了崔健的《花房姑娘》，反复播放并且试图弹奏，阿珂几乎就崩溃了。

9. 我、九声、阿珂一起学的古琴。才让住九声家时，多日就听见他磕磕巴巴地练习着愁肠百转的《秋风辞》；然后他终于搬去了阿珂家，但是，阿珂也在感情充沛地没完没了地弹奏同一首歌……

10. 才让知道我溜冰摔伤了左手动弹不得，就放心地想来我家休息一下耳朵。刚坐定，却猛然听见，角落里传出来，吱吱呀呀的秋——风——辞，显然，是单手弹奏的。

11. 才让卖了他很喜欢的一幅作品，在家里喝了一晚上的闷酒，舍不得。但是第二天，他就高高兴兴去买了他人生中最贵的那双鞋，嗯，对，巨资二百八十五元。

12. 他一直以为《上海滩》和《夜上海》是我们汉族民歌，我纠正了他。

13. 他在网上居然找到了自己四五年前的作品，他捂着脸说：丢死人了。

14. 在某一届"中国唐卡大师比赛"的照片上，才让指着一堆人说：这个，可以！那个，很好！中间的这个、旁边这个，废物！

15. 才让不习惯天天洗澡，但是他看见我为他新换的床单枕套，考虑了半天，终于拿着毛巾走进了洗澡间。他强调，他洗澡的频率已经是以前的十倍还有多。我夸他，真乖！

16. 我小心地问：才让，你喝过咖啡么……他瞪我一眼：我很爱喝咖啡！

17. 才让和人约在大马路对面见面，我说：你怕过马路么？他笑着说：怕！我：……那我送你去吧……他笑弯了腰，用广州腔说：我好怕好怕哟！

18. 阿珂歪在榻上，让对面沙发上的我把一本诗集递给她。我递了，她懒得起身，像长臂猿那样用双脚夹住然后再传递到手上。我们都没觉得有什么不对。但是才让看在眼里却说：我们那边不能这样对待书，只要有藏文的都要双手放在高高的地方……

19. 才让也问阿珂：老师，看书有什么用？

20. 从昨天起有很多朋友给才让发短信，每一个他都认真地回。他说他因为这个学会了打很多字。但是一会儿他就会嚷嚷：陈老师（就是阿珂）！什么叫做花痴啊？或者：格格，什么叫做八卦啊？

21. 还有一次他着急地说：有个女孩让我给她画一条毛毛虫，可是，什么是毛毛虫啊？！我们家乡没有啊——朋友们，才让已经聘请我和阿珂成为他的私人秘书，请大家体谅我们的工作量……

22. 才让明天要走了，我们三人很不舍，聊到很晚。才让明年铁定要结婚，因为他这个年纪在他们家乡还不结婚，不是智力有障碍就是肢体有残障。他有点着急：他还没有女朋友，还不知道什么叫做浪漫。

23. 他说，最浪漫的事情，就是和一个女的，在海边吧。

24. 我们都好担心才让的眼睛，画唐卡太费眼睛，他才二十岁，眼睛已经有点吃力了。我愚昧地嘱咐他，要多吃牛眼睛……

25. 他对阿珂的临别赠言是：你也不小了，快找个对象吧！对我的临别赠言是：格格，你要是想认识喇嘛，我有个朋友，很帅很帅！

26. 我不知道，明天，怎么才能不难过地送走才让。

（五）雍和宫

1. 我和才让重逢的时候，是在北京了。才让和东之背着他们的唐卡，在北京大街游逛，但凡看见一家藏族商品店就要进去攀谈。有家唐卡店的大姐看了他们的画之后，连连批评他们：你们背着这么贵重的东西瞎晃什么呀瞎晃，还不赶紧回家！

2. 东之梗着脖子说：我带了刀子！不怕！

3. 我事后问东之：真的带了刀子？在哪让我看看！东之：……没带，嘿嘿没带。

4. 才让完全没有思想准备，他不知道雍和宫是个什么宫。当他看见雍和宫那些藏传佛教的佛像和艺术品，一路磕着头进去，激动得不得了，连连说：这个和我们那里一样！这个和我们那里一样！一样！在万福阁内，那尊高十八米、由整棵白檀香木雕刻成的迈达拉佛展现在两个小伙子面前时，他们俩瞪大了眼睛，许久之后才知道匍匐在地上拜，拜了又拜。

5. 后来，我们又去了北海。在团城，我介绍说：这里原来是关皇上的地方。才让环视了一下团城，点点头说：嗯，环境很不错，关我也、也可以！

6. 我们每天都从各自住的地方出门，相约在地铁的某一站见面。北京的地铁很复杂，换乘又走得远，但是我想锻炼下才让，让他自己学习下现代生活。第一天，他迟到了一个半小时；第二天，他迟到了一个小时；第三天，他迟到了四十分钟。

7. 第四天，我们约两点，我买了《京华时报》《新京报》《北京晚报》《法制晚报》……估计全部看完他就快来了。才两点零四分，才让居然从地铁电梯里冒出来了！我喜出望外地扑过去，握着才让的手：同志！你怎么来了？！

8. 我们听说博物馆免费开放，就兴冲冲地去了国家博物馆，但是半天找不到进去的口，然后找到一个管理人员，问：请问国家博物馆从哪边参观啊？人家说：今天不开放！我们：啊！那哪天可以参观啊？人家说：二〇一〇年。

9. 大家晚上去酒吧，有歌手唱歌，可以点唱。东之说要点一首伍佰的《痛哭的人》，那个个性十足的歌手白了东之一眼：不会！然后又加上一句：这个歌手的所有的歌我都不会！才让点了一首崔健的《花房姑娘》，歌手二话不说，对他赞赏地点点头，抄起吉他就开始唱。

10. 我带他们吃涮羊肉，一盘羊肉上来，他们夹了就往嘴里送！我连忙阻止：别别别，这个这个要涮在锅里才能吃！才让和东之相视一笑，说：格格，我们那里都这样吃的，生的，可以！

11. 我们去看敦煌艺术大展，才让看完之后很沉默。他说：这里都是临摹的佛教画，为什么没有一个我们藏族的画师？

12. 在天坛，夕阳西下的时候，我们仨膀子搭膀子，觉得真开心，就开始聊各自的感情。东之曾经有一个喜欢他的女孩子，他说：这个女孩子很好啊，天天早上过来给我洗脸晚上过来给我洗脚！但是她妈妈不同意她来！我问：那么你们后来就不在一起了？东之说：嗯，她说我们私奔吧，我说不太好！我问：然后呢？东之说：没有了然后！我问：那你现在已经忘记那个女孩了么？

13. 东之笑眯眯地：嗯！忘记了！嘿嘿！干干净净！

14. 才让在一旁仰望夕阳。我问：嘿，让子，你呢？你有没有过女朋友？才让举起三个指头说：我喜欢过三个女孩子，我永远不会忘记她们，一辈子一辈子也不会忘记！

15. 才让说很后悔没有牵这几个女孩的手，他发誓他下一次喜欢一个女孩，一定会牵她的手，在很早的时候就要牵。

16. 这个时候，才让手机响了起来，才让羞涩地嘿嘿一笑，走到一边去了。

17. 才让这次遇见了一个汉族女子，他不叫她汉族名字，他叫她达娃，就是月亮的意思。才让，我亲爱的弟弟，我告诉你，也许她不是你真正的达娃，她也许只是你在北京的时候，天上的月亮。我不知道该怎样告诉才让，我只是说，让子，你要知道，爱情会有悲伤。

18. 才让和东之要走了，因为还有四天，他们就要开始种地了。

19. 才让说：格，你什么时候嫁人啊？你嫁人我就送你一幅最好的白度母！他知道我最喜欢白度母。

20. 传说救苦救难的观世音菩萨在普度众生的时候，伸出她的千手千眼，救起来很多苦难的灵魂。但是她回过头来，却看见在苦海里还有很多没有得救的灵魂在挣扎，观世音菩萨觉得自己无能为力，就流下了两滴眼泪，一滴是绿度母，一滴，就是白度母。

21. 我问才让：喇嘛可以谈恋爱么？才让：不、不、不行吧……我继续问：那还有个活佛写情诗呢！才让：不、不、不会吧……

22. 我背诵中：那一年/我磕长头匍匐在山路/不为觐见/只为贴着你的温暖//那一世/我转山转水转佛塔呀/不为修来世/只为在途中与你相见……怎么样？才让：我、我、我晕……

23. 晚上，我们去了一家藏族餐厅，在门口远远就看见了墙上的唐卡岩画，还有尼玛石堆。迎宾的也是藏族姑娘，远远地对我们说：扎西德勒！

24. 东之马上把他洁白的藏族衬衣翻出来穿上，听见藏族音乐，他脸上开始泛出我从来没有见过的光彩。东之几乎会唱这里播放的所有藏族歌曲，在跳锅庄的时候，东之的光彩终于显现了出来。东之个子不高，但是他跳起舞来，那个豪迈和舒展。才让就显得笨拙多了。

25. 才让嘿嘿地笑着，他的达娃也在。他不甘心，说东之：不算什么，我也能跳！他们三个在人群中跳啊蹦啊，才让牵着达娃的手，他们在对我挥手。我不去，嘿嘿，我照看包包。

26. 才让的脸红通通的，他明天就要回青海了，他一晚上都在笑。东之在唱一首藏族民歌：姑娘走过的地方，一路鸟语花香。

（六）新画

1. 才让自己最满意的一张大唐卡今天上午刚空运到京，我打电话给他：需要我送到地坛来么？才让说：不用了格，我已经退出那个展览了，实在让我觉得难受啊！我说：喔那好吧，不展就不展吧……那中午不给你送饺子了吧？

2. 后来知道，昨天才让把唐卡挂出来不到两个小时，就有人价都没还地买走一幅。但是才让还是觉得"难受啊佛像不应该挂在那里不不不好"，我虽然觉得有点惋惜，还是支持他：那好吧，不挂就不挂吧。

3. 才让在雍和宫那边吃到藏族的面片了，他一回家就说：格格，我很开心啊！

4. 他看见了放在屋角的寄来的唐卡木匣子，就用工具去打开，一边开一边用眼睛瞄着电视：格啊，我们几块金牌了啊？

5. 他最爱篮球，最爱姚明。不过所有的体育项目他都看得津津有味，我问他为什么那么喜欢体育，他在沙发那边挠挠头想了半天，最后笑着说：拜托了……格格，这个需要理由么？

6. 这家伙这次来，多了很多句式来应付我，比如这句：拜托了……格格，这个需要理由么？我问任何他答不上来的问题，他都用这个句式回答，发现很好用，每次都把我问得没话说。气死我了。

7. 唐卡匣子终于打开了，他小心地一点一点把画轴取出来。我问：才让这个是你自己今年最满意的么？他郑重地点点头：算算算是吧格。我再问：是不是上次你离开时说要画的那幅大的？他再次点点头：是是是的格。

8. 这是巨幅的《释迦牟尼生平十二故事》，这个题材我见他画过，那是他三年前的作品。画太大，放在我的床上只能打开一半，我一看，眼泪就要流出来了，我说：让，你进步了好多啊。

9. 这幅的色彩之和谐古朴，是才让之前的作品所没有过的。记得当时在广州第一次见到他的时候，梆梆就问过才让：才让，你的线条已经画成这样了，还要怎么好啊？当时才让也无法回答她，只是说：还还还可以好的，我不知道该怎么说！

10. 我看见他做到了，这幅画让我无话可说，无论是色彩还是线条还是布局。尤其是色彩。当时他在广州见到了中国古画，为那种和谐的色彩倾倒。我在这幅《释迦牟尼生平十二故事》中看到了是什么触动了才让，他说不出但是画出来了。我说：让，这六个多月的时间，你就在画它么？他说：是的啊格，时间都不够啊格。

11. 这幅画扑面一股浓重的矿物颜料的味道，才让说，必须是磨得最细最细的矿物颜料才能出来他想要的那种梦想中的色彩。我凝神看着最中央的释迦牟尼的面庞，然后再看才让的脸，我说才让你让我骄傲啊。

12. 在才让回来之前，我一直在家发呆，有一搭无一搭地弹着琴。才让说：格格你心不静啊，一边弹琴一边叹气啊。

13. 看完这幅画的时候，我告诉才让我觉得我变得很有力量很幸福。我谢谢他，他害羞地说：格别谢我啊，谢你自己吧。

（七）潘家园

1. 我、野人大哥、才让一行三人来到周末的潘家园旧货市场，我们主要来买点书。在进入摊点的时候，我附耳对才让严肃地说：你看中什么别问价，让我和野人大哥来！他点头：好好好好的。

2. 他买了几本《名师教你画动物》《名师教你画花卉》啥的。之前有个好友送给我一本书，才让翻看这本书，两秒钟之后发出感叹：格啊！这个人画得真的好啊！那是法国画家米勒的画集，目前是我的心头最爱。他继续感叹：可不可以认识这个人啊？！

3. 由于去潘家园，我早起了至少两个小时，看什么都模模糊糊的，突然我看见摊上一本画册写着：赵无聊画册。啊！赵无聊！敢叫这个名字的人一定不俗！等我扑上去拿到手里再看，居然变成了：赵无极画册。

4. 才让摇摇头往前走：唉，老人家啊老人家。

5. 有几个摊位专门卖唐卡。才让一连看了几家，那个水平让他愕然。他站在那里看其中一个摊主说服一个外国人买画，他的表情和平日那个笑嘻嘻的才让不一样了，我觉得他像个小神，俯瞰众生。

6. 最后，老外买走了不少唐卡，才让站在他们几步之外，久久不肯离开。野人大哥劝他：才让，看了这些，才更知道画好唐卡的意义是不？才让看着他认真地点点头：是是是的！

7. 小摊上的唐卡一张张堆在一起，小贩子没生意的时候就坐在上面，躺在上面，甚至踩在上面。才让说再差的唐卡也是佛像啊，他们怎么能这样啊！我们连劝带拉地把才让带离了那个区域，生活经历丰富的野人大哥又劝了：才让别生气，他们这样对佛祖，一辈子都做不到好生意，别气哈别气！

8. 才让说，他还没有去过拉萨呢，他要是去了一定去大昭寺排队第一个摸佛。每天第一个触摸到佛身的信徒会感到佛是热的，这个时候可以对佛讲话，佛能听见。他说他想请佛原谅那些潘家园的小贩。

9. 才让说他有点想家了。

（八）平安喜乐的夜晚

1. 才让说晚上要带个喇嘛过来吃饭，我说好，因为我想起了他曾经说过要介绍一个"很帅很帅"的喇嘛给我认识的话。我一直记在心中。

2. 结果夏吾才旦师傅就来了……总体来说哈，我觉得咱家夏吾师傅不能用俗世的"很帅很帅"来形容，他的特点是，嗯，让我想想……对了，他是一坨真的喇嘛耶！

3. 夏吾师傅是才让的亲戚，而且是看着才让长大的邻居。我就请师傅讲讲才让小时候，才让"喔——"一声长啸像是被枪击中了一样身体往后一仰，用手遮住面部：千万别听他说的！他没有一句好话！

4. 但是夏吾还是很健谈的，他详细给我讲述了很多关于才让的事情，说他小时候很调皮很调皮，然后用手一撩才让前额的头发，露出我从来没有见过的一条伤疤，说：看嘛他小时候很调皮的，跳啊跳啊就摔了，现在还有个疤子！嘿嘿嘿嘿！

5. 才让不停地说：千万别相信他的话千万别相信他的话。但是人家夏吾师傅既然说了，就挡不住，说才让在村子里是很聪明的孩子，学什么都快，就是不够勤奋，喜欢玩喽，还留长头发……不过有个疤子嘛留头发我还同意，但是他还睡懒觉，而且爸爸说什么都听不进去现在也不结婚，村子里好的姑娘都让别人选光喽，如果他从外面找个姑娘家里田地就没人种喽……

6. 才让一晚上都不停地"喔"一声长啸像是被枪击中了一样身体往后一仰，用手遮住面部，惨叫：我比他说的要好些格格，格格别听他说，他是个疯和尚！夏吾师傅嘿嘿一笑，对才让说我是个疯和尚么你就是疯小伙子！

7. 我在家做的涮羊肉，他们吃得可开心了！我也很开心！不停给夏吾师傅夹菜，夏吾师傅不停邀请我们也去他们那里玩，他也想好好招待我们。

8. 夏吾师傅其实很有爱心，对小孩子特别有吸引力。他告诉我，寺庙里有个小喇嘛叫做扎西，才六岁，一直是他带着学经，这段时间来了北京，扎西想他想得不得了。扎西给他打电话，在电话里就哭了，然后他就说：不哭不哭不哭啊，我从北京给你带个……那个礼物！你好好学经啊！

9. 小扎西把夏吾师傅的照片，据说是一张一寸的小照片放在枕头下，每天看，然后就哭：呜呜呜呜，呜呜呜呜，夏吾，夏吾。

10. 夏吾老师在寺庙法会上是做整体活动安排的，他特别疼爱扎西，发给他最小的一对碰铃，只要他偶尔"叮！"碰一下就可以了。在夏吾老师拍的视频中，每当小扎西在角落里发出"叮！"一声，夏吾老师就兴奋地对我们说：你们听你们听，他又敲了一下么！

11. 每隔几天，寺庙里的喇嘛就要买些市场上的鱼儿去河里放生。我看见视频里的喇嘛们，把鱼儿倒入水里的时候，很多鱼儿都因为缺氧而奄奄一息了，然后喇嘛们就一尾一尾的把鱼儿拿起来，用自己的嘴对着鱼儿的嘴吹一下再把鱼儿放入水中，嘿！奇迹！鱼儿就活了呀！看见就游走了！

12. 我白痴一样看着这个场景，大叫：哇噻好可爱喔！！好神奇喔！！是不是夏吾师傅？？？夏吾师傅就呵呵一笑：是是。

13. 才让明天要回青海，他居然自己买到了二折的机票，真不愧是我桑格格的弟弟。

14. 我们一直说啊吃啊，吃完了肉吃菜，吃完了菜吃面，吃完了面吃水果，吃完了水果喝茶。夏吾师傅说他出来这么久，就今天的饭最合胃口。

15. 今天是平安夜。嘿嘿，虽然才让和夏吾老师是佛教徒，但是菩提心，慈悲心，也是希望天下人平安，平安喜乐。

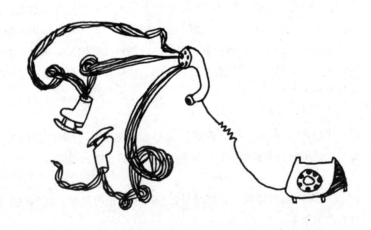

因为齿若编贝，所以缘定三生
——向琼瑶致敬

前几天，我看见一个女孩勇敢地承认了自己曾经喜欢过琼瑶，我要站起来，承认，我也喜欢过。我们敢于面对自己以及自己的过去。我还在琼瑶的小说中学到了两个词：一个是"齿若编贝"，另一个是"缘定三生"。

1. 我穿着洁白衬衣，淡蓝及膝凉裙，白色平跟凉鞋，走在校园的绿荫之下，我抱着的是《古典文学》。脸上带着淡淡的忧郁，微风拂起长发，略过操场。他在踢球，高大而英俊，汗珠在阳光下闪光。"嘌——"球划出一个美丽的孤线，"啪！"球精确地将我手中的《古典文学》撞在了地上，而我丝毫无伤。但是，如此典雅文弱的我怎怎经得起这样的惊吓？我吓得面无人色。一张本来就白净的脸此刻更加惨白了。四下打量，操场上一双深情而炽热的目光射过来，他愁意而羞涩地笑。我们的四目相接，从此，缘定三生。

2. 一个小城市，单调的生活。齿若编贝，我长得面如桃花。经常偷偷吟唱，但内心无比忧郁；我时常漫步在小雨里，在小雨中寻见……一天，我打着伞在路边走过，一阵深情的吉他声传了过来；……我只能给你一间小小的阁楼，一扇朝北的窗让你望见星斗。请你做一个流浪歌手的情人……我心中略唱一下，被被动了某根心弦，寻找着那歌声的来源，慢慢地走了过去。看见了，一个留着长发，穿着旧格子外套牛仔裤的青年，清变而忧郁，歌声执着而热烈。我慢慢像跨下来，用我同样忱郁的眼睛直视着他……从此，缘定三生。

3. 海边，一艘打鱼归来的小船，收获累累。我和阿爸坐在白的船版上。我载着草草单唱，晒得发红的脸笑得像一朵花。牙齿在阳光中闪亮，齿若编贝，阿爸呢，抽着他的水烟袋，汪汪汪。靠岸了，我欢叫着跳下船，短小贴身土布衫，衣服被海风撩起一角（脸红一下）。这时，一个从外地来写生的青年画家被眼前的景象打动了，他飞速地在画板上勾勒着我青青的身影（再脸红一下）……他找到我，我大而纯净的眼睛（就像宁静在《大辫子的诱惑》中一样）打量着这个外乡青年。干什么？他在晚霞中微笑。我不说话，也不动，只是将手中的画版递给他。我们的四目相对，默默无言。从此，缘定三生。

美人啊美得让人爱

亲爱的们，我再说一次帅哥可曾有问题吧？你们原谅我，你们知道我又美又抽风不是一天两天了。昨晚，我看了《辗第三人行》，里面讲到了《辗泊》的编剧，是孟京辉的老婆。她说，她欣赏花花公子，因为他们代表着特别旺盛的生命力，这样适合的人，对我们这样的废柴还十以理解，我们的社会会贵的超来越进步了。

我们来好好谈谈心中的帅哥吧：

1. 粉嫩玉琢型

我心目中的这类代表主要是一些韩国男影星。标致的五官，配一对双的眼睛，显出收敛和忧郁，要知道这一型帅哥的死次就是脂粉气稍嫌严重，但是只要脂粉就一优郁就可以中和脂粉气置，如果再内致一些，就可以制造令人瞬间酥麻的杀伤力！一身浅色休闲西装，不系扣，微风吹过，他夹着一本书从樱花盛开的远处走来……

2. 幽默调侃型

代表：王小波。王小波死去的主要原因，就是没有找我当老婆，所以短寿。我多温柔，又不用一天到晚研究同性恋，又懂吃又懂玩，还懂撒娇哈嘻嘻。像这样一个高能男人内心的叔寞，是需要一个绝对低能的女人来排解的，你说他能不郁闷吗？！写文章那么辛苦，还要抽时间去男同所调查。小波啊，小波哇，我永远忘不了你在美国那同照开的那张照片，什么叫玉树临风？什么叫风姿绰约？这匹种和马巴适不？地说：巴适个锤子，中看不中用！

3. 粗犷流浪型

这个嘛，要马豆豆。据说，她有一个好朋友是健美操教练，某天喝酒的时候带来要了的。身高八尺，腰粗六尺，理个平头，络腮胡子刮得菊青。这他帅要牢记一点，千万要保持神秘沧桑感，与芸芸众生保持距离。但是，豆豆的块块，完全不懂这一点真意，一张嘴巴等等从开始讲到结束，要走了，还对我说：来我们健身房健身嘛！有我在绝对没得问题，金卡七折！我私下问豆豆？这匹帅哥心宽不？他适个锤子，那常不！

4. 文弱儒雅型

这个在我心目中也是有代表的，说了你们不要我恰，有好的大爱交流嘛——经常在凤凰卫视亲相的许子东。细边眼镜要有的，浅色衬衣，质地优良却不张扬的名牌货，冷了可以加件夹克，或者风衣。这一型帅哥在谈话时一般并不掌握话题中心，有时候还显得有些格格不入，打起嘴仗往往不是女人的对手，有时候并不是说不过，是怕伤了女孩的面子。有一次我看见许子东这样讨过盂广美，让得我心旷神怡。这个男人不同——那常！

5. 颓废崩溃型

这种类型只适合青春期的懂懂少年。如果你过了青春少的时懂懂的时候正在颓废崩溃的话，效果就很不好了，除非你是颓废崩溃要有的，就去隔壁网博学多才的九色鹿。他在少发上睡得正香，我推他，请问准是以那谁？他迷迷糊糊地说：掷掷，不是！是男的！巨牛B是男的的我们不认识的男的！他脾开开的四个之一个眼睛，另一只眼睛完全闭着却无比流利地说：瑞丁汉德、汤姆·约克。我继续据见着他：怎么拼写？—在桌上抓了一张废纸和铅笔给他。他闭着眼睛像临终签署遗嘱一样写下：Radiohead, Thom Yorke.

6. 博学冷静型

既然打扰了九色鹿的美梦，我也写写他这种类型吧。但是，九色鹿，你并不是我心目中这种类型的终极代表，你哭也没用。我们女弹黄花是花，但对每一个具体对象却极端诚实。这个人，是福柯，是福柯，那光头、大黑框眼镜。雪茄，凝聚了全人类智慧的微笑。他描绘了一次濒死的经历：非常甜美，天蓝得让人窒息。我为什么不能眼睛一起去死？上帝。有一次，九色鹿端坐电脑前五个小时以上不肯看我一眼，我说：我出去走走啊？他头也不抬，用鼻子哼了一声。嗯。我说：我去死死不回来了哈？他头也不抬，用鼻子哼了一声。嗯。我说：我买点面包哈？他头也不抬，用鼻子哼了一声。嗯。

哎呀呦——让我们以一首歌曲（大意啊）结束这个话题的讨论吧，有心得的同志们继续讨论哈：

美人啊
美得让人爱
你从哪里来
走进我心怀
啦啦啦

我到底是不是个女的呢？

今天天气好，我搬了个小板凳坐在阳光下面陷入了深深的思索。

从小的事情就不说了，那时发育还不成熟，大家女性特征都不明显。但是，后来，一个伙伴一夜之间都变成了文静的淑女，我还在原地追人取笑。我为此努力过，特地参加过一个芭蕾舞培训班，怎么翘脚尖。我尝试着翘脚尖，怎么翘也不见小腿和脚掌形成的直角有什么改变。老师帮我掰着脚对大家说：同学们，看！这就是俗话说的"勒头脚"了，你们要避免啊，用功练习啊！这个老师还问过我是不是学过武术，我为了不让她失望，就点点头说：啊。老师壮出一口气；怪不得！

还有，我是个女的吧（其实这事正在讨论中），但是又喜欢女的，特别喜欢好看的女孩，让着她们，宠着她们，保护她们。我天生有一种护花使者或者的本能。有一次，张琪生气了，我使出浑身解数逗她开心，她就是不笑。亲爱她没有和我手牵手。

人家都是男娃娃矜持地追求，女娃娃矜持地拒绝。我呢，你们也知道，拒绝我的男生都很有礼貌，就这个问题，请大家帮我分析分析，实在是当务之急。

女娃娃爱吃零食，我不咋爱。人家在超市都买酸梅、巧克力，我喜欢买炸串、辣椒油，也是闲来无事，任隔壁鉴衣橱、化妆柜，以及整个无滋细节的居室，我又沉默了。

唯一半吊口。这还是比较热爱购物的，尤其是价廉物美的东西，但是，有一天我看见了一个男娃娃的人家女娃娃爱吃的武汉鸭脖子，我在嘴上啃着肉都像唱歌一样整啊一块煮肉，没有骨头，皮溜就下去了！阿阿！还有，涮羊肉配二锅头，一绝啊！又或者，街边煮肉串，来一瓶燕京啤酒，蹲在街沿边上，和朋友一边说笑一边……我坐在小板凳上渐渐睡着了。不管咋说，还是睡得十分香甜。

这场思索天深层了，我坐在小板凳上渐渐睡着了，还是睡得十分香甜。

女儿国

我今天伤伤心心地哭了一场！

只见那女儿国国王否眼含泪，颤声唱道：御弟哥哥！唐僧打马绝尘而去，头也不回。这边厢，桑格格我也柔肠寸断，感慨世间为什么总是这样无情！人家国王尚且如此，我一个芝麻绿豆的小百姓正对付什么好感不过的，故帅哥哥拒绝就拒绝吧。

不可否认，这是《西游记》最好看的一集。珠圆玉润的唐三藏合十而呼；贫僧，唐三藏，参见女王陛下！我一和小心脏忽忽悠悠颤颤巍巍。免礼，高僧请坐。女王还保持着仪态。唐僧第一次拜谒女王的镜头；多好看的和尚啊！！那是一个摇摇晃晃，对焦模糊的镜头，我宁愿相信不是拍摄技术的问题，而是，唐僧，他在小心翼翼地压制着意识中对男欢女爱的向往与迷乱。他跨过宫廷前庭的花园，我瞬间就看出这场戏是在苏州的狮子林拍摄的，那个御弟哥哥跨过的海棠花形的门，就是园中著名的"探幽花门"。探幽花门！想想那是多么的合适的场景！此情此景，王人临风，古木新翠，绿影婆娑，真真是梦幻之风景啊！滴答，滴滴答答，都是我流在古水上的口水，这一刻，我不知身在何处。

为什么世间还有我们这样的孤男寡女不能结成夫妻？看我们的帅哥怎样回答；我一心问佛；朱琳，干娇百媚地问。使这世上不再有吉难，不再有海男怨女！那女王纵有满腔的话也只得报以一声长叹，罢了。我却从旋转办公椅上弹起来，指着荧屏说；哎！哎和尚！一院不消句以扫天下！眼着，他们漫步在杭州的湖心品之力，曲桥，芙蓉树窗，满池春柳，湖石盘绕，绿水浮萍，花鲤跳跃，又有隔岸笙萧，如此合情多致，何日是归年！说什么王权富贵，怕什么戒律清规，只愿与意中人儿厮磨相随……我的御弟哥哥呀，你依依了我吧。

要说啊，这事其实就环在蝎子精上。是夜，美蓉帐下，金视蜜迷，朱琳女王玉手纤纤，薄汗经过，含羞而问：御弟哥哥，你就这样心狠？但见那和尚已经一面风情深有韵，已经开始动描，犹犹豫豫，断断续续地柔声答道：也许，未生如果有缘……此时，我已泪眼盈盈，手中攒汗，心中噗拜：上帝啊，快点了却人间一段佳话吧！阿弥陀佛上帝保佑阿门！可是！蝎子精出现了，一阵风就游走了一枝即发的箭，硬上的弓。蝎子精说：我可不是娇滴滴的女王，老娘有的是力气和手段！一副诱奸不行就要强奸的造型。盾僧也答得干脆；人。妖岂能相提并论！此时他心中难道没有暗想想念温柔斯文的女儿国国王吗？

事情肯定会平的，事情肯定会过去的。可怜唐僧刚刚将眷出来的一点儿生气，活活被强行性行为听了回去。从此，他只心消愁不动，也忘了那唠说了还有未生的话，可怜道别都不会，休休，千万逼阴夫，也则难留。和尚，你取什么经！你会什么道！说什么众生！呼什么苍天！你连道别都不会，你连怅惘都不会，你连，爱都不会！！！我只看那伤离别汩汩了方寸的女儿国国王，我只念地，终日颠晦。

我喝醉了之表现

1. 十七岁，一罐生力啤酒喝醉了，把啤酒罐扔在一帅哥身上，说：再来一瓶！

2. 十八岁，坐在豆豆他们的金牛座跑车后面——他们那会儿还有车车喔，龟儿子的还是那几年的生意好做——我宣布，我想自杀。

3. 十九岁，在成都府南河边，我和朋友们举杯：为了庆祝港回归门回归！最后不过瘾！！

4. 二十岁，喝红酒，喝了之后非要开车，朋友就给我开了。天地良心，我开得之好，路是直的，我和我的车在笔直的路上却是螺旋上升。

5. 二十一岁，成都。我开着黑暗社会的林肯，在深夜的街口等红灯，就那么一小会儿，匝着了。一辆红色林肯诡异地在成都繁华路口停了个通宵，夜治枫桥霜满天，黎明来时静悄悄。一个好心肠的交管把我叫醒。我看见文警，说的第一句话是"叔叔好"。

6. 二十二岁，北京。我已经来北京了。KTV中，我对一个龟缩在角落里的帅哥说：过来！让老子来一口！

心还不是来开会的！最后，那个酒吧在我的带领下，集体合唱：朋友啊朋友，你可曾想起了我。

9. 二十五岁，北京。很多我平时想见的名人在呢，什么老六（后来才知道是老预）、大仙、狐狸等等，我很爱他们，他们也爱我。我举杯狂呼：酒啾就是水啊！人啾就是肉啾！钱啾就是纸啾！钧拉个巴子的啾！

10. 二十六岁，宿醉的早上，我躺在床上努力睁开眼睛：啊，这是哪里好陌生啊。我摸摸手机，还好还在，发了个短信给张敏：你在哪里我要喝水。一会儿，短信回过来了：我在你旁边我也要喝水。我一看，脚那头就是那坨喝得比我还多的猪，她嘶哑着嗓子说：这是小熊家，不许给人家吐脏了哈。

11. 二十七岁，为了争夺宝贵的遥控权，情急之下把钞票扔进了热气腾腾的火锅里。

12. 二十八岁，演唱各种歌曲，革命歌曲民族歌曲通俗唱法民族唱法，人称《中华曲库》上半册——下半册是我那亲爱的酒友兼歌友兼马儿小姐。我们来两杯之后，不把您唱吐不要钱。江湖唱名："马拉桑姐妹花"。

13. 二十九岁，这个时候我已经比较沉默了，很少酒后闹炸，最多就是自己举起手机唱个稀巴烂，第二天自己悄悄地在淘宝上买下天个新的，什么都不说，什么都不提。醉了不悔，醒了不瞒，桑格也有成熟的一天。喔耶。

飞越帅哥

"机马上要起飞了，机长照例要说：欢迎乘坐广州飞往——他突然愣了一下，可能今天飞了好几趟了，有点迷糊，不知道下一站是哪里。两秒钟之后，机长终于流利起来：飞往北京的HU7806航班。这次飞行空中距离两千两百公里，飞越的城市有广州、长沙、武汉、郑州，飞越的河流有珠江、长江、湘江、淮河、黄河，飞越的山脉有南岭……

这个世界上有几种男士，我不用看长相就可以称呼其为帅哥。一是穿军装的，二是运动好的，开飞机的首先当然是制服，理科不好能懂那么多仪器吗？运动更是不用说了。哼……清允许我幸福地呼叫一小会儿。太完美了！哼……记得那首歌吗？舒克舒克舒克开飞机的舒克！贝塔贝塔贝塔开坦克的贝塔！此时此刻，我亲爱的机长帅哥神秘地坐在驾驶室，掌握着全机人的性命，也掌握着桑格单眼的性命。他沉稳、冷静，如机械般冷硬又拥有超凡的判断力，他的目光炯炯，双目裸视2.0（我是0.2加0.6，教我如何不爱他）；他那双手糅合了男性的阳刚刚力度和女性纤柔细腻之质感，像外科手术大夫，但更果断；他掌握的生死更多。我不需要知道更多了。我已经倾倒了。他只需我十几米之遥，我们共同漫步在万里云端。窗外那些白云啊，就像一种真正自由自在的相要。

嗨呼！表哉！我的机长说：我们的飞机将在二十五分钟以后降落在首都国际机场，请您系好安全带，收起小桌板，卫生间停止使用……我有点伤感。我故意在舷梯上逗留了片刻，我看见了！那个神秘的机长，一夹两人，模糊的玻璃窗隔着视线，我们看那比机头宽阔。突然！里面的帅哥摘下他的帽子，竟见一个痴女孩正在看他，他居然对我点点头，

笑了一下。我眩晕了，北京的天太蓝太美了。

我脑子里还在回响和谁一笑之缘的机长的声音：我们飞越的城市有广州、长沙、武汉、郑州，飞越的河流有珠江、长江、湘江、淮河、黄河，飞越的山脉有南岭……天啊，天下之大，我瞬间飞越了多少个帅哥？

朋友问：旅行愉快吗？我说：愉快！愉快！本次航班与机长班行十分一一正点！

三毛

台湾一个著名女作家追忆三毛，说她们一起打出租车，人多了，三毛坐在她的腿上，可是她几乎感受不到一点重量，仔细看，才发现三毛紧紧抓住前面的金属护栏，把身体不易察觉地前倾着，免得她太累。

我看着这个细节，哭得泪如泉注。

与儿童节生死共存亡！

马上就到儿童节了，今天要思考点比较严肃的事情，儿童是很严肃、很认真的，不能忍你不相信的，所以我们要说说生死问题。

我会说的第一个成语（是不是成语？）是"生死存亡"，来自一部描写战争的电影。我看着那个主角眼热泪说：我写什么（可能是祖国，忘了）生死共存亡。右手握成拳头举在前胸。我五岁，我热血沸腾，我觉得当时有什么让我一起生死存亡一下，一定很拉风！所以，我们今天要说的就是：与儿童节生！死！共！存！亡！

我接住洋娃娃，不相信她是死的；我和伙伴扬俏手拉手走在回家的路上。我说：杨俏，我闭上眼睛信他是活的。眼睛你就不见了，怎么说你是个活人呢？杨俏说：那我闭上眼睛你还不见了呢？我立马就傻了！我死了！哇哇哇哇。的了？！我哭喊着回家，对着我妈哭得上气不接下气：妈妈！我死了！我死了！

那一段时间，我总是很忧伤，生死的想法一直折磨着六岁的条格。我看见一把椅子，一个盆，学校里的铁栏杆，就要哭，因为这些东西都会比我活着得长。我有一天看不见它们，它们还是在这里，谁也不知道我曾经深深地

明天又是另一个地方爬出来，动作都是一模一样的，再一次撞死它。我就欣喜万分地冲过去，我们隔壁那只老
丽绝伦的大公鸡大老白就不一样了。我清楚它每一根毛的色彩，哪一根接着哪一根。我经常不怀好意地对大老白
钩钩手指头：过来，来。你说大老白就是那么爪，每次都兴冲冲地跑过来，把我望着，然后我就扑上去拔它尾巴
上的毛，它痛得咯咯地乱叫，我也比较负责任，事后还要给它揉屁股。死，包包散，包包散。反正，我和大老白
关系很好，我曾经抱着它，偷偷地对它说：我长大要娶你哈！

有一次，我找了半天都看不见大老白，就向杨叶问：你屋头的鸡嗎？杨俏俏笑嘻了：噫噫，今天屋头来了客，要杀了
吃！我飞起一脚踹在杨端午的小鸡鸡上，气得要发疯了：龟儿子的，你究竟还有没有感情！请不要怀疑，也不要
轻易低估六岁儿童的情商智商，我的原话就是如此。我冲进他们家厨房的时候，看见一地
鸡毛湿答答的，一口大锅正在冒烟。我站在当屋放声大哭，整个人都软了，这是我第一次面对真正的死亡，而且
是以身相许的未婚夫。我再也没有爱上任何一只鸡了，原来，死亡的恐怖就是，死了就再没了。
还有一个问题没有解决，就是如果我要要死了，我一直说"我不死我不死我要死不死"，就不忘记就不忘记，难道真的没有，是不是灵魂就可以
回来和以前他妈的玩？

甜美的滋味

我，这个短相粗肥胖的人，艰难地钻进床底，在黑暗中摸索，一手的白灰，那是受潮的墙上剥落着的墙体。然后，沿
着狭窄的原路返回，满头满脸的污垢，喘息片刻，再艰难地将短小的胳膊伸进沙发底下，掌肌肤的肮脏感判断，还
是没有找到。我坐在防潮地砖上苦苦思索：唯一的希望只有我的大皮箱……果然！在大皮箱的边缘，我顺利地摸
到了那颗颗前天丢失的曼妥思薄荷糖！我像一只猛禽，马上吞吃了这颗失而复得的曼妥思。真好，还没有泛潮，甜
美的滋味和以前一样。

卖火柴的小姑娘

闹钟指在五点二十七分的刻度上。我闻见这个时候应该飘来的各种味道：左边邻居，嗅嗅，黄瓜蛋汤；右边邻居，
嗅嗅，一定在蒸鱼，覆盖在鱼身上的葱丝啊，请允许一个饥饿的人向你致敬；上面邻居，嗅嗅，没有什么，他们
家一直没人，不应该发出食物的味道……但是我家一直有人啊，也没有发出食物的味道。下面不用讲了，那是
地板，我们家住一楼，我们家住一楼。

我像卖火柴的小姑娘那样划燃了一根来自上海瑞峰酒店的高级火柴，"嗖——"我幽暗的小屋亮起一小团激情的光芒，充满了无产阶级划燃的骄傲。这团闪烁的光焰中，我看见了我家乡成都牛王庙的牛肉面一两、海味面一两、脆臊面一两，老板端着托盘来了：一脆！一海！这边端！火光慢慢模糊。我赶紧又划燃了一根火柴，"嗖——"这回你猜我看见了什么？我看见豆豆、张敏、毛毛、谭亮坐在半边街"老妈蹄花"（清炖白果土鸡）再来一份，对我嘁：龟儿子的，现在才来！老子们都吃完了！我急急忙忙对小工说，向往神鹰"优秀的前蹄"！眼见着那热气腾腾地上来了，火光又黯淡了，画面在眼前像流沙一样消失，面前只有一堵又厚又冷的墙……可怜的小姑娘，这次将上海瑞峰酒店的高级火柴一把全部划燃了，"嗖——"她以为这次她这次能看见天堂，很不幸，很不幸，她烧了她的眼睫毛。

她眼睛暗饿得发绿，睫毛光秃秃，空气中弥漫着毛发烧焦的味道，手里握着一把同样光秃秃的燃过的火柴，这简直是一幅悲惨的画面。如果，在哪一个冷冷的清晨，你看见桑格格坐在一个墙角里，双频通红，嘴唇上带着微笑，她可能已经死了——在饥饿和挑剔中饿死了。新的太阳升起来了，照着那小小的尸体！她坐在那儿，手中还捏着一张飞往成都的机票——可怜的，没能熬过天亮。

肚子还在咕咕叫。

闹钟已经捱到六点过二分了，

活火山

你知道，我这间简陋的屋子，其实是个梦，在六点的黄昏之后，那种和谐的光线与树叶间跳跃的光斑更是印证了这一说法。一整天水米未进的人，饥饿最汹涌的那一刻过去之后，会产生一种迷幻，躺在六点的黄昏里，真是天国般的神秘。宁静、祥和、芬芳，完全是种快感。正在听歌呢，是叶蓓的歌。

叶蓓这个人呢，一听就是北京女孩儿，北京现代女孩儿。在北京的一些有古典气息的女孩儿那儿，那些钢琴或小提琴之间奏在她们的流行歌曲里会那么和谐。我躺在广州的黄昏里，想着一个个认识的北京女孩儿，像叶蓓直白地唱，像小蓓没有神秘没有复仇的意图，只是尊不驯，顽童一般的兴奋和炽热，敢爱敢恨言语赛利。北方女孩儿的忧伤，没有阴冷没有悲伤的爆炸头，一点都不折磨，一点都不负责，等你那一句话，像等火山爆发。北方女孩儿的任性。她们也会烫着南方同样流行的爆炸头，摇摇如海藻一般的头发，有点绝望，但依然严放有力不低，爱也放不低的无奈和不肯承认的任性。对于沉默的你，再吐出一句：再飞到北京的你，有点沉默，也算不少了；他们理性，体格健壮，感情也深沉，但就是爱保持着宽容——这样沉默的人，那些如昆虫一样飞到北京的男人，只怕太了解你，还有清不透明的你，你要上演沉默。这样符合北方的男子，这样的忧伤也符合北方的女子？是否火山已经唤不醒，熔岩早已经睡去。

着风化雨吗？或者冰河世纪？唱得我可以看见你的童年。北京长大河的女孩儿，可以在涌起浪桨，小船儿推开波浪之后，看见水面那哪怕在胡同里跳房子的小丫，听听那朗脆生、利落的京腔吧，这样的女孩儿长大之后，在爱情上会一点都不折磨？一点也不负责？她会勇敢地对你笑笑；对于沉默的你，也算是迁好了。王菲也是北京女孩儿，她们的唱腔都有一点点相似。但是，王菲唱的歌有种空，空得与自己都没有关系，叶蓓不如那般实，嗓子也不如王菲，但有血肉，唱的每一句都落在自己身上，或者听者的身上，如果你也在唤醒什么的话。这种暗中不肯认输的执着、执拗，在爱情中实在算不得狡黠。

广州的天一点点黑下去了，北京呢？也黑了吗？两个城市有多少时差？二环、三环、四环又开始车水马龙了吧？叶蓓的歌声在广州某处响起，人也许正在北京某处拥挤的车流里等待疏行吗？她是否唤起了哪个沉睡的火山，还是已经把甜蜜都烧成了灰烬？她贫着吊着心吗？北京叫做咚咚背心吗？北京的女孩都爱扭，她是否看见了前几天北京的那场罕见的冰雹，并在冰雹中哭得像个小孩儿？

熄灭就熄灭了吧，我们可以在废墟上重新盖立幸福的城市，无论是广州，还是北京。

噩梦

刚刚做了个噩梦！被吓醒了，我一个人躺在床上，睁着眼睛，脑壳上都是虚汗，心里还在难过，甚至挤出几滴小眼泪。我妈说，做了噩梦一定要说出来才能化解，于是我对着空气开始了声泪俱下的述说，我梦见，要高考了，书包找不到了，到处都找不到，我啊啊哪哪里都找不到……嗯，在说话的帮助下，我终于抱着头痛快地哭出了声音，外面下着雨，犹如我心血在流雨。被吓哭了这么久，其实算不容易。

其实，我是很好学很勤奋的学生，就是让考试生生给吓得现在还成现在这样的。小学入学考试，那是我人生的第一次考试，得了94分。我亲爱的启蒙老师孙孙老师说：桑格格，你不应该才考这点分儿啊！我本来对你希望是很高的！什么叫捧杀？这就叫捧杀！虽然我小时候的确是就美如花聪明伶俐活泼可爱智勇双全，但也不至于我期望就高成这样了吧？94，怪不得广州同胞不喜欢4，我从那次考试以后，也非常不喜欢。考试给配置下的第一印象很恶劣。

还有一次考试，都初中了，期中考试，英语。不是我说大话，不是这次打击，我现在关于英语的B门会如此牢固。接近永恒地牢上。想当初，我们年轻的英语老师那青春腼腆的笑容给少女桑格格留下了多么难忘的记忆啊，这就是个很好的开始！可是，那次考试，卷子发下来之后，我习惯性地全部放进了抽屉，只拿面上一张做。做完之后觉得很开心：题目不难啊！我很神勇啊！大家都没有写完就收我写完了！如果你不是有交卷的规定时间，我早就交了。然后甩甩青青的马尾给同学们留下一个难以企及的背影……现在，我只庆幸地趴在桌子上，哎早已入睡；乖乖，睡觉觉，下午还要考语文。当交卷铃一响，我一跃而起，把那张洁白如玉的试卷把它拿出来——一张抖抖的在考试，我颤抖着拿出来，赫然发现真的是考试的试卷啊；还有奶纸条的在考试。关于考试还有几次小噩梦，比如睡觉梦见在考试的时候，居然正在中打在监考老师鼻梁上，像画了靶心那么准。有一个小插曲我要好好说，我们那个年轻、有着青春脸庞和羞涩笑容的英语老师监考地理。我们谈的话题是什么？嘔，对了，考试……反正是他对我有好感，监考中这是一个很有利的因素。他时不时暗我的答题情况，看见我在挠头，就不动声色走过来了，提醒我一个靴子形的地图是哪个国家，他暗中做了一个踢足球的动作，我马上心领神会地填上了"巴西"，而正确答案是意大利。后来，我们交流，他认为意大利足球才能代表我真正的足球，而非认为是巴西。

高考前几天，我对我妈说：人家楼下汤馆儿他妈给他炖了鸡汤的！我妈二话不说，麻利地炖好了。我满意地端着大碗喝。我妈说：要是考不上大学嗫，你娃娃要给老子吐出来哈！"噢嘴——"我马上就咽到了，吐剩吐不赢。我妈见状叹了口气，开始未雨绸缪，地说：你个死娃娃要点杀了一只母鸡母回来，就在院坝门口去搭子缝幼减堆儿打衣服，每个月还是能净些钱，离我又近，我可以每天帮你把减堆儿摆出去又收转来！

不管怎么说，我还算是上了大学的，但为什么，现在想得比不我母母亲大人的规划强啊？哎呀，我算好的路。我表哥问勇问诺，从一个小地方，考大学考了三年，最后终于考上了，拿到通知书那天，把小学到高中所有的教科书用背篓背到岷江边上，一本一本的丢，边丢边哭，江啊江的。

动物性伤感

我是个笨人哈，人家说好的有时候我感觉不到，人家什么都不说的地方我偏偏觉得要死地感动。

电影《尤利西斯的凝视》中，主角搭车住山里走，出租车司机在一个拐角停下来休息。主角站在悬崖边吃一块面包，吃着吃着，四周一片宁静，他突然把剩下的面包往大山里面狠狠一扔，嗷：大自然！请吃面包！你饿吗？请吃面包……面包……面包……面包……

电影《飞向太空》，由幻想而生而实的女子，不是真实的，只是一个幻象。她情情意意地对制造这个幻象的男子说：……

我觉得我们应该经常在一起。

邓丽君在《甜蜜的小雨》中清浅地唱：淡淡一笑我病病开始，建立了友谊。这个爱情的开始，够朴素哈！今天又看了一遍 Joni Mitchell 的纪录片，这个女子真是好啊真是好，安静朴实自然空灵，——love—you……原来哟哟哟！要痛苦直接痛苦，要深情直接深情，要开心直接开心。看见她在 Blue 中引吭而歌，动物不懂掩饰，动物不懂得排解和装饰自己的情感，猫儿得了尿毒症，说不出的痛楚，就是这个样子。张，要痛苦就明白的就这一句。歌者的那个表情完全是动物性的伤感。

有些人的表达为什么又不如人呢？哞，偷偷享受了太多好东西，却哐要说痛苦。

天气冷了，在外不和父母一起住的挂住们，我们要关心一下这些问题：

1. 他们的被子是不是新的？够不够厚？我推荐上等鸭绒被和蚕丝被，自己买不给他们，自己买给他们，要买最好的，而且不要告诉价钱。以往的被子都可以用来垫，不要用席梦思，对他们日渐衰老的骨骼不好。最好就是木板+棕垫+厚厚的褥子。我们在外面不能照顾他们，但是床床是和他们朝夕相处的，在寒冷的天气中，床一定要温软，他们舒服我们才舒服。还有过冬的衣服，亦然。

2. 煤气管道是不是安全，有没有老化？水管不要漏水，洗澡间进进出出的地方要看看不滑，浴霸要装了。窗子、窗帘干不干净，就算不干净也要嘱咐他们不要自己动手擦，等我们过年回来一起弄。多说一句，看到一些要爬上爬下的家务活，一定嘱咐他们不要去弄，下次回家，自己来或者请小时工。

3. 钙片、维生素一定要买好给他们，一般来说，他们都有点舍不得。我们就一次买得多多的，放在那里，警告说，扔了更可惜。推荐蜂蜜，早晚喝，对肠胃对睡眠都好；还有牛奶是一定要喝的，天冷之后，一些老毛病在抵抗力下降的身体中特别容易反复。要问勤一点，不要问最近身体好吗，他们一般说可以。要掌握他们的病情，直接问，腰最近痛不痛？气管发过没没有？关于医学方面的常识一定要掌握些，尤其是与他们有关的病种。

4. 最近有什么好看的电视剧，把DVD寄回去，而且和他们在电话中热烈谈论。关心他们和他们的朋友的关系，以及听他们说说都物愿近的生长情况。仔细说说自己的工作，把好的一面可以适当夸大些，而且有意无意说最近吃了什么，让他们觉得你很滋润。

5. 在外地，看见什么好吃的，就买点寄给他们。不要问他们，他们一定说家里都有，不要花那个钱。但是你不在的时候，他们就会滋滋地把这些拿给邻居看：这是我女、我儿在哪里给我买的！

6. 有时间尽量回家，有钱尽量花在父母身上。这是让我们幸福的事情，真的。

大家还有什么心得，我们一起来交流交流……不管如何，我是惭愧欲，我还是孝父母不远行，我很不孝顺。

我今天下午抽空执行了给张敏的暧昧男性朋友买名牌服装商标限量版的任务。到了海珠广场，找一家寻找，货物没有找到，但是见到几个人。

人1：两个小白领，女孩儿，穿得斑精细的，在挑选LV的A货。一边小声对话：这个跟真的一模一样啊，才××元，哇！太好了！我两个你两个还可以买一个给Maggie，她会以为是真的……

人2：一个和尚模样的人，背着布袋，走进卖包装盒的店；老板，上次的那个盒子还有吗？老板说：有新的，比上次那个更高级，你们卖的玉佛装进去高档得多，起码可以翻个倍。疑似和尚点头：好，拿来看看。

人3：两个外国人在批发圣诞节用品，用广东话和老板收价：平D啦！

人4：一个男的，衣着偏重金属，年纪偏八〇后，在一家化妆品店批发香水礼盒。手机响了，他接：我在商场给你选生日扎啊，嘻嘻，我知道，你要"生命之源"……一会儿，电话又响了……我正在正佳广场给你选香水啊宝贝，对啊，是雅诗兰黛五千毫升的……

人5：一个痿小秀气的女孩，背着巨大的令人难以置信的黑色塑料袋沉默走过。大得看不见背影，难以置信。

人6：一个四川中年妇女操着多乡话和老板对骂：P瓜娃子娃娃，广州又不是你屋头的，老子看你皮都没有长长头，抱啥子嘛挪！

张敏，没有找到你要的商标哈，喊你暧昧男性女人各人自己去买。

漂洋过海来看你

我喜欢睡在床上东看西看，看见有一只小蜘蛛爬在床上的世界地图上，嘻嘻，好玩嘞，我去和它耍一哈儿。小蜘蛛穿过阿根廷来到巴西西亚，然后直冲马西洋，看着子准备潜渡。它八只脚胞得快，调头去了欧亚大陆，瞬间登陆非洲向利比亚走来。我助它一臂之力，用手指在后面快马加鞭，果然速度了得，穿越大马士革，穿越地中海，一扎进了地中海，略微不平稳地带它降落法国。境……欧洲咋个说还是要去一趟的嘛，所以我好心肠地用两千指夹起它，巴格达、德黑兰、伊斯兰堡……它要来中国啦！它左克什尔高原停下来，可能有点高原反应，它也是用自己已经大半个地球的丰富经验，来思考未来的路途。

但是，我们的小蜘蛛不希罕欧洲，一头扎进了地中海……

来了，来了，那油、成都、贵阳、桂林……我脚趾抖抓抓紧了，可爱的小蜘蛛，原来你跨越千山万水，就是要来广州看我啊！小蜘蛛果然在广州这一北停下来了！！天啊神啊，我发现小蜘蛛在比这更爱人脚膀的事情吗？我仍人迹相隔，它却不屈不挠地漂洋过海来看我，我激动地在床上蹒跚较料……

知道吗？我看《金刚》没有哭，在眼泪要掉未掉的时候，我按下了暂停键。

因为我是个有头脑的姑娘，我会改变这一切，我不会让这一切发生。在最开始的时候，我就会对她，也就是金刚说：亲爱的，现在我们来到了人类社会，我是个人，我了解人类，如果你还想回到丛林去，和我一起回去的话，听我的。

金刚温柔地看着我，呼啸咳地咧了一下嘴，答应了。

我不会让那个利欲熏心的导演得逞，是的，全曼哈顿的人都会来买票看金刚，而我是唯一可以让金刚安静的人。我组织了一个演出团，我和金刚甚至排演了一出剧，演出我们相遇的过程，不要看金刚公车重，他对于重演我们的相遇还是很愉快的，每一次都很入戏，尤其是我说"beautiful"的时候，眼睛里流露出的柔情，让每一个观众为之动容。

不用铁索，不用钢绳，我和我的金刚，就这样生活在曼哈顿。我们赚着大笔的钱，直到有一天，我对他说：亲爱的，不用再演出了，我们的钱已经够买一艘回去用的船了。我采购了够我一辈子用的日用品，犹像中，我想我还是需要一些人类文明，于是我带走了一套《红楼梦》。

我满酒地开出了两万美元的支票，不要忘了当初导演让船长起航的时候，只不过两干美元。我说：拜托，拜托，船长，把我和我的金刚送回那个小岛上，你们只须返回。

一些别有用心的人想阻挡我们的行程，甚至动用了武力，说金刚胁持了我，我知道这是谁。当起锚的汽笛响起的时候，人类的机枪也对准了金刚的胸膛，我挡在他的前面，大声说：不要开枪，This is……this is my husband！

所有的人都傻了，还有杰克，对不起，对不起，对不起，这是我的选择，你还可以爱上别的女孩，金刚不可以；别的女孩也会爱上你，但是没有人会爱金刚。

在所有人的注视下，我们的船缓缓开进远。慢慢消失在人们的视线中，多年以后，还有关于我们的传说，只不过一传十，十传百，故事就走了样，大家为了使故事更吸引人，就编了你们看见的那个电影的结局。

事实上，我和我的丈夫，也就是金刚，在岛上过得好着呢。

……

写完了上面一大段，我又回到显示屏前，重新按下了播放键。金刚凝视着安妮，然后从帝国大厦旋然下落，下落，……

终于，我的眼泪倾泻决堤。

喂喂喂

在街上，看见猫儿，就喵喵嘴，猫儿可以跟我一条街。

——桑格格二十三至二十六岁获得的最大成就。

如果，我拿这个成就汇报给我妈听，或者爸爸听，他们会非常伤心。如果二位心情好，会摸摸我的额头；这个娃娃不烧得嘛。心情不好，就一巴掌直接拍在我的面颊上：六分熟。

但是，三年来发生的所有事情，那些我喜欢过的电影、书籍，以及去过的城市，还有写过的文章，都是为了把我变成一个爱猫的人的前期准备，就像次威格在《一封陌生女人的来信》之前写的那些小短篇。

今天，有一只猫儿，黄色的，大脸盘，跟了我好久。我停下来，它就拿瞎瞎那子擦我撩我的小腿。我叫说：走嘿，狗来富猫来穷，猫儿跟到我走不好！我眼着猫儿的眼睛，用腹语跟它说：宝贝儿，你今天先别跟我了，但是我妈说得不对，别往心里去。它"喵咕"眨了一下眼睛，也用腹语对我说：没事，我才不和牛年妇女一般见识，下次见我记得带点点吃的。然后，举起前爪，在空中迟疑一秒，瞬间跑掉了。

我捧着我妈，她还在哕里嘚地说"猫来穷"，我心不在焉地感着，眼睛却往后瞟，突然发现，在一个车子轮胎后面，黄猫踮着我看呢，眼神幽幽的，有点委屈，看见我看着它，又一溜烟跑了。

喵喵，喵喵。

时光的囚徒

今天傍晚又下了小雨，勉强的话，也是够得上可以寄托哀思和追忆往昔的调调，请配乐，《当爱已成往事》，并且低沉地朗诵：阴霾的天气最适合追忆往事，追忆需要一种身体的黑洞，这种外部的天色可以面合，所以，我在雨中哀怨地想起了俺前段时间买了不合适的CK内衣的往事。通过这段时光的沉淀，我已经可以面对，并且想通过沉淀这让我对这件巨大事故的回忆超越一般抒情回忆录般的层次，好好剖析自己，剖析人生，从而折射全人类。说句题外话，我一直不认为自己是一个孤独的人而来到这个世界上，从我嗷嗷的那一刻起，我就担负了拯救什么的使命。我认真地想过，如果这个世界需要拿我的生命来交换，我愿意，正从真地流下了高尚的眼泪……对了，关于CK，首先请你们原谅我的肤浅。识钝以及形式主义。这世界并未赋予我们每个人同样的机会发展我们的审美向往，并且天真地认为，这样的购买冲动能够培养自己敏锐、细致、举一反三的心灵。物质的向往，在成为地球英雄之前，同时羞耻地地具备对物质的审美知觉。迟到的春天只CK也一直没的份。我的习惯，却半推的着，我半推的着了一块黑黑的一别向购物（睡眠）屈服……
你是永恒的人质
时光的因徒

那一天，我成为了CK的人质，CK的因徒。我想起了此刻（当时是冬天）小松鼠的巢穴中都堆满了食物，为什么我就不能买几件打折的内衣呢？看，我的小姐斗伸手伸在半空中，多么可怜的样子！我对自己貌似眼镜无为的二十六年生涯产生了心酸，虽不痛彻心扉，却也颇为委屈。

刚才橱里巴嗦说的这一切，无非就是说，CK很贵的，我买之前要想来想去。就这样，我从全人类想到文字，哲学、诗歌、宗教，上下五千年的文明和东西方的历史都没有能让我退缩。就他妈这么几匹布，我对不起人啊。

然后，穿着不合适，这个心情前文有所表达，不再数述。我送了一个最不合适的给我妈，也许就是中间了。她回去果然就把这个世界名牌要往上滑啊嗦？我说；我送给中卫三姐，哪知道我三姐穷也不合适，送给了某位从乡下老家来的正在哺乳期的女性朋友。她带回来的反馈是，正合适。

所以，我就在今夜，就像追忆一位已经找到心人的旧爱那样，想起这件内衣。张敏曾经问过我穿世界名牌CK的感受，我现在想用詹妮弗·洛佩兹的话来结束我的感言：你知道，我已经是一个有男友的女人了，我只是觉得评价自己过去的恋人是不好的。你知道，我希望他们幸福。

想做一手好菜

有一句话一直在我的心中，我小心地护养着这句话。它很宁静，它很神圣，但每当我默默念起这句话的时候，瞬间万道阳光就从地球的另一面缓缓照射过来。地球慢慢旋转，出现几个发金大字，不是555，而是：我想做一手好菜。

刚才，美厨娘阿米在MSN上质问我，作为一个成都人，你怎么能不会做呢？这个时刻，酸辣甘苦甜，麻辣香膝隶，一起涌上心来。是啊，据谈诗经》中提到的食物有四十四种《圣经》里才二十九种。在如此博大精深的食物王国中，我居然说：煎和炸这一回事吧。不由得，我喷中用腹语在夜空中长啸：哎哟喂！然后再甩出一句川剧腔：惭愧啊！

小时候，我亲爱的爸爸去了后，我亲爱的妈妈对亲爱的生活没有尽子信心。我就在放学回来的一天，煮了一道大餐，稀饭加泡菜，泡菜还是加了红油海椒和咸菜的，而且摆了一个一次阳放射形的图案。我把做子摆好，说；妈妈，请入席。我妈妈吃了一口，说：好好吃嘛，我亲！以好导行。她为了证明自己言行的真实性，还流了两颗又圆又大的眼泪，同样是为妈妈做饭，今年春节，我和九色鹿站在超市的菜柜，他摸着那些发抖的我；不怕，LP，有我在。我感到了惊恐，手指深深嵌进他的胳膊中。我曾经幻想过，有一天，鬼不了，只要我摸着他我就不怕，但是，现在，我越来越惧怨。来到做的方很恨，菜来。最后，我买了大量的罐头食品，带着万般羞愧的心情回到了家中。

为此，整个春节期间，我深深深深地抬不起头。

我赤裸了上身（遮掩好胸部），要求九色鹿在我背上刺上一行字，金光闪闪的一行字，同样不是555，而是；我想做一手好来。九色鹿说他不写，然后给他一行字：帮助老婆做一手好菜。哈哈，我们拜笔相拥而泣，这次是，555……

所以，从现在起，我要学劲平坡前种花，高竖起茶藤架，闷闷石鼎烹茶，沟子沟子换到床！

马噎，是做饭做菜快点活来——哟！扯。扯。谢！床。床。沟子沟子换啥子不一样嘛？

彪悍的人生
——在我的朋友被打之后

我沉重地坐在这个世界中。外面有只流氓鸟叫得怪噪嘎的；呀！呼呼呼！羞点把老子尿都把出来了。

我不想睡觉，也不想去尿尿，我要养自己反叛的个性，憨着，这几天，出了很多事情，奶猪和元曲被打，一只小猫变态变女人活生生踩死还拍照，三只小动物两伤一死，这主要表现在我拥有一双可以拧螺丝的粗手上。我曾经用这双手，在小学的时候帮卫过张奇，中学的时候帮卫过张敏，高中的时候帮卫过张敏。现在，我把这双器还奇功的手再一次仔细端详，发现它们很小，没有什么力气，看上去很有点没落的味道。

唉！我在清晨中仰天长叹。赐予我力量吧。希望……呼！呼呼呼！呼你个头，老子想死只鸟还是不在话下的。

从我交的第一个男友的职业上（大家还记得人气很高的黑社会吧）可以看出，我多么希望自己富有梦幻般的力量，以及这种力量在现实中的稀缺。在我和我妈共同生活的日子中，我基本上都是以一个男性的姿态出现的，修理灯泡和买来。后来带了男友回家，看见一个男人悼岸的身影站在凳子上帮我们修理电器的时候，我和我妈眼呼呼眼，凝咽。

不管怎么说，我彪悍的人生之基调就这样形成了。虽然，我也被人家打过，但是我从来没有低下过高做的头颅。有一次，张敏在学校，被几个人堵在楼顶上打了一巴掌。我当时不在，知道后，我血着双眼呼嘛穿接在校园中。小寨这个时候，张敏像个小寡妇一样扯扯扯地的衣袖；算了嘛，过都过了，哦声人家把你打了，你让我怎么办嘛……小寨

如子说，要要报但向……了

电儿子有棒子好吃的嘛，你必将非八八嘛！和这些人一般见识！

现在，当魔鬼和天使在我脑壳里打架的时候，我想起这些，觉得彪悍的人生有点儿不一样了……呼！呼呼呼！呼！

算了，我还是先把尿尿屙了。

新创意

去江南西的桥上多了一个新品种种乞丐，一只手吊甩甩地断了，乞丐举着这只断手向来往群众展示，景象很惊悚。

来来往往的人望着捕又发作了，在旁边观摩了一会儿，然后走上前去，放下一枚硬币，说：先生，我有个建议。他很惊讶地看着我，我自顾自地说：你看，你这个断手是很有创意，吓人但是不惊人，人家都不敢走近，这应该不是你的诉求，建议换个方式好摇钱D。

我又放下一枚硬币，说走了几步，那个乞丐终于说了话：但是断都断了啊。

小姑娘

我一直喜欢去附近的来市场买来，最近几天去得很频繁，而且就在一家摊上买，这家摊主管我叫——小姑娘。

每当我想听别人叫我"小姑娘"的时候，就是我去买来的时候。有时候，夜深了还是想去，我还很遗憾摊来市场为什么不是通宵营业嘛？这几天我有点不正常，直接导致了我款冰箱堆满了一时吃不上的各种藏来，连珍稀品种芦笋都有。

今天，我又一次带着潮湿失控的双眼对九色鹿说：我去买来。据他说，我那双眼睛，让他想起了千年前淹死的少女的眼睛。我对此很满意，只要是少女，管她什么死法。那句"小姑娘"，像饥渴的珠宝在我心底燃烧。我走出门，怀着青青的梦想，在阳光下，我的脚步比比瓶子还紧。

我站在了那家摊主面前，他果然殷勤地喊道：来啦小姑娘，今天要点什么？我纯情无比地点头羞涩微笑，以古代少女害羞的方式。他很利地抄起两根丝瓜……这个时候，一个女人走过来，他的手势打开了我的红绿面绣花小钱包：小姑娘！来这边看看，丝瓜，丝瓜多嫩！我回头一看，下巴啷当掉在地上。嘡靠！

她，另一个"小姑娘"，多年前一定是个小姑娘。

我脸色有点不正常，丝瓜，这个，我不要了。他吃惊地说：为什么啊！很嫩的！我踉踉跄跄撞着他的双眼，仇恨地走过来，他一面前一字一顿：老！态！龙！钟！然后转身绝尘而去。

回来的时候夕阳直射到我脸，在我前额砍开了一道伤口。回到家，九色鹿伤心地说：今天什么都没有买？别提了，他妈的，我就像斗伤的鹰，从天空跌落。

煎红油

在成都王府井百货后面的华兴街煎蛋面里，我欲仙欲死死地吃着红味煎蛋面，每一口都能让掉泪。

对面的两位中年妇女，也在吃，但是每口吃一口都皱眉；哎呀，现在这个面真是莫辣吃了！这个红油，有点熬糊了得嘛！然后其中一个详细地介绍了她的厨房秘籍：油煎熟了之后，要马上倒在辣椒面上，要凉一下，但是不要太久，太久红油不香，太急就容易糊。而且，辣椒面头头尖几颗汉源花椒，味道又要高一个档次……

我忧然大悟地抬起头来：喔！谢谢嬷嬷！我每次都煎糊！

两个嬷嬷笑嘻了：嘻嘻，这个小伙……喔小妹儿还多有心的哈！然后她们干娇百媚地拿纸擦擦嘴巴；妹儿，你煎油的时候，辣椒面要上好的哈，不要买那些歪的！我们走了哈！说是转去对华兴煎蛋面门口收钱的老板说：你们嘛，有名气也要注意商品质撒！！！老板腼腆残像捣蒜一样：是是是……

我眼含热泪地目送两位可敬的成都中年女性远去。跑堂的弟娃端上来一个红糖芝麻白粽，他肩头搭帕，口吐莲花：小姐，这是我们的老板今天送的小吃，我们今天的红油有点煎糊了，不好意思……

拯救世界

亲爱的们，我一直在严酷监看着机密电视《24小时》，深陷这出美剧，目前情况十分危急。主要表现在，1、不想吃饭；2、不想睡觉；3、不想写博客；4、对自己的生活不满；5、想拯救世界。想拯救世界，认为，我完全有能力参加到类似于CTU的反恐组织中，并成为其中优秀的一员。现在我正式对有关机关提出我的申请，并郑重要求你们的考虑感我——一个有着强烈保卫祖国愿望的女青年的请求。

首先，我直真觉得很难，耐力很足，并且有着超强的平衡利弊的能力。

案例：我在昨天就着中一款着鞋，那时候，我告诉自己要忍耐，这不是最好的时机。对了，就是专业人士们劝说的timing。我把自己滚烫的心按在冰冷的地上，眼着两只幽蓝的眼睛，经过了漫长的春季和夏季。我经过那家鞋店，拿起那双鞋子反复抚摸，心里默默地对它说：My honey，my sweet！总有一天我会带你离开这里，请你一定等待并且忍耐……秋天来的时候，我的预言果然实现了！这双鞋，鉴整正折一般的人，也许在这个时候就跌了，而我，一个即将要加入反恐小组的女士，不会就范。我注意到其他人并不是中秋、国庆又是一波购物高潮，我知道，我的机会来了：我们要抓住商家急于出货回款的心理，并且这是入冬的信号（国庆之后，很多地方都冷下来了，除了广州这个春节都二十八度的地方，哪里的商家还撑得住），我要再说了，羽毛和棉鞋的穿着时间长一样的，上海降的，广州也降。据我他们的管理全国是一样的，那么他们购买它，这种购买时间长是非常理性的，充分体现了我的精确的分析能力和从大局出发的能力。

经过一系列周全的考虑和综合数据分析，我终于在国庆大假的一天，看见它标上了三八折的标示，Thanks God！虽然三八这个数字给人不好的联想，但是这一切都是小节，我们做大事的人应该分得清这一点。我马上就拿下了一双，我知道机会错过不再来，不能犹豫，不能手软。当我去刷卡签字的时候，我含血不择手段的一面，也许有识我淑女的形象，但是，现在我为了我的目标，以后我为了国家的安全，将不惜一切代价。这就是我，桑格格。也许这么描述有点和大家认识的我不大一样，亲爱的们，那是我多年将自己真正的理想掩埋起来的原因：我，不是一个小屁孩，我可以拯救世界，Save the world！

知道我刚刚买走的时候，发生了什么事情么？一位小姐万分沮丧地对售货员说：这款鞋子真的没有了么？！售货员万分抱歉地请看我：是的，刚刚那位小姐买走了最后一双！而我，飘逸的背影嵌在她们的眼神中，内心更加坚定了，我能！Anything is possible!!

最后，注意到我今天说了很多英文么？是的，我曾经因为要和外国人说话而被吓哭过，但是，那些是十分幼稚的过去，现在，亲爱的组织，请考虑我，请考虑我……一定要我！！

Impossible is nothing!!!

咪咪发廊

我那头又又该刮了，问力群：咱们这高档社区（我现在住在北京著名楼盘"阳光100"，赵力群同家）附近有低档理发店么？力群说：楼下有一家……可能你会觉得有点贵……我问：好嘛起？他说：一百二起。我说：靠，这价钱我起码要剪十二回。然后，他用手指顺着高档社区往下指，说：看见没，前面路口一直走，有一溜杂货铺的，有几家估计不贵。

我立刻奔走，在冬天的阳光里走路咚咚有声。我眯缝着眼睛，推开其中一家招牌是"咪咪发廊"的门，瞳孔撞在门口口坐着的一个女孩的那种，大冬天的，大咪咪上，我，我，我理发！她虽然穿得花哨，皮裤和长靴，坐在玻璃门后，肤色白皙但有点憔悴。我顿时有点结巴：我，我，我要理发！最关键的是，她手上还缠着什么，如同最普通的家庭妇女一样，近营业时间而已，所以，她没有化妆，脸上素净。熟练地抽针引线。

看见我问，也知道是个茸懂不知事的小孩，她亲切地笑了，一口浓重的东北口音：对不起，俺们这是理不了发……上别家去吧！我也笑了：啊好，对不起，打扰了！我关上她们的玻璃门，她在门后还在对我笑。

我在对面找到了真正的理发室，她不时停下手中的活忙着给我一眼。我马上理发围裙，在镜子里看着对面，阳光打在那个女孩半个身体上，光影很好。这时，一辆面包车停在咪咪发廊门口，下来一个男人，叩了叩玻璃门，拉开进去，低头笑嘻嘻和那个女孩说着什么。我的理发师正好挡在我身旁，等我再看对面，那个男人和女孩身穿紫色身影正往发廊里间走，倚着门油煤。

理发师又挡一下，一会儿，换成一个穿鲜黄色系毛衣的女孩坐在门口，倚着门油煤。

理发师问：还要再短？我点点头，我闭上眼睛，眼睛突然就潮湿了。

打疫苗

早上模模糊糊地听见外面有一片小孩的哭声，我马上就猜想一定有幼儿园在给小孩打疫苗了。可不是么，刚开学，又是春天，一定打疫苗！那哭得哟……

如果是现在有一针要扎在我的屁股上，那是什么滋味呢？一想我就把头埋在被子里，也呜呜地哭起来，越哭越伤心，忍不住起来一边哭一边推开窗子寻找我同病相怜的小人们，但是找了半天都没有看见什么，小伙伴们！的屋顶，那些哭声是从房子里面发出来的，你们受苦了，哭得累了，就又睡着了。

于是，我抽抽泣泣着回到被窝里，抽抽搭搭，哭得累了，就又睡着了。

拍打减肥

我这几天躲在家里不敢见人。

我妈发明了一种拍打减肥法，其实旨意，觉得哪里胖就拼命拍打哪里。我妈传授给我嘛。我觉得自己最胖的是脸，于是在前天夜里，拼命拍了自己几十个耳光。

唉，在脸没有消肿之前，我哪儿都不去。

阿姆斯特丹至巴塞罗那的欧洲快车上，一等舱由于莫名其妙的原因打折，比二等舱还便宜。

所以，我们也走进了一等舱。这里一排排的人都衣着光鲜，神情倨傲。我对面的是一对亚洲夫妇，一身的大名牌，

我认识的有两到三个，不认识的若干。但是有一样估计谁都认识：这对夫妇手上各戴了一个硕大无比的钻石戒指，

那石头在阳光的映射下，发出璀璨的光芒。忽长忽短的光芒仿佛在说：我是真的哟，我是真的哟，我很贵的哟，

我很贵的哟，我很贵的哟……

我拿不准这对面的夫妇是不是华人，他们讲话都是法语。

那个妻子带着一张保养良好却依然老去的脸睡着了，丈夫则一直安静地把脸朝向窗外，不知道是在想事还是在欣赏

风景。他脸上没有任何明确的人类情感信息，但是在这个人人都有点说不出的倨傲的一等舱，他是最倨傲的一个。

他的上半身影子和欧洲乡村的景物重合在一起，对面车开过的时候有近景底板，他的影子就格外清晰：稀稀疏疏的精

心修剪过的嘴角，下垂的嘴角，深刻的法令纹。

他也在偷偷打量对面的我，用一种极其不易聚焦的姿态。显然他不能从我身上找到他熟悉的品牌，看来他不知道

从中国慢慢崛起的国际大名牌美特斯·邦威。他把眼睛从我身上那开了，如同一截凌空平移的水管子回来，

哦。少顷，他的眼神又如同一截凌空平移的水管子那样移了回来，把焦点落在了我在看的书上。

那本书是我在旧书摊上买的一本《王维古诗集》。封面上歪歪扭扭地写上了几个字：王、维、

古、诗、集。我看见了这几个字，接着他又轻轻地歪了一下他那高傲的头颅，好像是看着上面这很久的中国新闻。

然后一路无话。我埋头看书。

到巴黎了，大家纷纷下车。我起身收拾行李，他们也是。最后下车的时候，他终于开口对我轻轻说了一句话，是

汉语普通话：王维不错。

善哉

头发足足长了一个月了。

让我起心来念一句诗吧：长长长长长长长。请大家在这个多音字里体会桑同学在大热天里由于头发长而产生的烦

恼——它居然有一寸长了，手指搐进去已经可以把它拎起来了。这样的长度，刚好可以让我拎着头皮发痒；真他

娘的热啊！我看见柳树那一头倒垂的头发，叶子都在打卷儿，热得蔫垂垂一动。我心同情，热我的很想帮它们

把头发都扎起来，出于高尚的审美品味，还可以扎朵蝴蝶结在上面。事实上，我最想做的是劝它们：剃了吧，那

才凉快！

前几天有活动，见的人多我不欲去剃，怕扰民，今天就可以咯。我在我们圆明园东门附近打望了一阵，选了一

教可能是正常的美发厅，走进去。

师傅们热情地迎接我，但是看见我的头发就有点迟疑了：姑娘，你头发……这么短了，还想怎么剪啊？唉，你头发，人家三毛就三根头发还做了很多造型呢：1. 全部往左歪；2. 全部往右歪；3. 全部往后倒；4. 全侧往前倒；5. 中间一根，两边分别一根；6. 右侧一根，左侧两根；7. 左侧一根，右侧两根……是不？师傅双眼还有点呈波浪送离状，我干脆告诉他世界上最有创意的一个发型：光头！

说：唉，你还是想想清楚吧，女孩子家家的，干吗剃光头啊！我摆摆手，不是这个意思，我想知道多少钱？他说：他终于明白了，嘴里嘀嘀咕咕的去取塑料围脖，正要往我脖子上套的时候，我"哎"的一声！且慢！他说：

八块。我说：贵了。他说：我光剪不洗。我说：剪头吧！

被剪期间我被周围的诸位师傅和部分顾客问及了职业年龄籍贯等等问题，我亲切和蔼路常常缄默地一一回答了他们，无办证明了我是一地有着正常思维的人——能不正常吗？老子还晓得砍价。当我一颗光滑的头顶慢慢诞生在主师傅手中的时候，大家逐渐接受了，并予以了较为正面的评价：脑袋真圆啊！

出得门来，已是暮色四合。小风嗖嗖地掠着我的头皮而过，我在心里暗唱了句声声慢婊翻翻。路边的烧烤已经上客了，一束光着膀子的大老爷们儿对我唱哈哈哈地哩了句：阿弥陀佛！我远远地回过身来，点头一笑：善哉！

小老鼠

有一只小老鼠，特别黑的小老鼠，正因为它小才特别黑，长大了把皮撑开了，就变灰了吧。

这只小黑老鼠，昨晚在一个角落，等我去睡，等了整整一夜。它以为我会去睡，它就好出来找吃的，但是现在天都亮了我还没睡，它很生气。它开始从厨房的主动蹿到右边，又从右边嗖到左边，什么都没吃着。

我一直没吭声，找了几粒花生米放在地上，悄悄说：小老鼠，你吃了就让你妈带着你搬家吧！

舞蹈艺术

我如痴如醉地看着那些起舞的人。

音乐旋律时而绵软时而激昂。舞者流畅的舞姿搅动着灼烫的空气，夜色暗下来，只有这一团光溢彩。哎呀呀，那柄嫣红的绸扇，颤动如蝶，还有那旋转在半空，又被手稳稳按着的团扇，翻飞流金……舞者一张张生动的脸，活生眼睛以及灵巧的手和四肢，挑动一种又一种情绪的中心，你目接不暇，游动，眼上那些你脸坐错过的细节。活生教学楼一楼大厅，暮色苍苍，音乐大大地轰鸣歌……

他来了，看我神采奕奕，问我遇上什么好事了。我激动地拉着他的手：LG！我要去参加，你去帮我报名，我也要跳！

舞蹈艺术，我热爱舞蹈艺术！

你狠

我现在的造型是这样的：身穿紫色长绒浴袍一件，下穿浅蓝色毛巾长裤，橘红色厚棉袜加浅绿色的棉鞋；由于冷，我又加了一件粉色家居棉袄，还是冷，就再外加鹅黄色抓绒背心一件……日妈的还是冷得很，我就盖了一床猩红色的羽绒被，遮盖了所有的姹紫嫣红。

我坐在床上一平方米范围内，面对着一个小火炉盆恶发衫，真他娘的半江瑟瑟半江红。我这个时候想拿放在一米之外的一把纸巾，但是估计一动，胸口那一点点热气就散没勒。急急中生智地利用唾手可得的一根钢丝衣架，将直了，正好把纸巾钩到面前来。我狠狠抽了三张纸，潇洒而准确地甩到了两米之外的垃圾桶里。

我故自己的聪明感动了，决定三日之内不直动窝，一切用半自动助手衣架钩来解决。我用衣架钩来了饼干、书、毛巾，但是，就在电话响起的时候，我一钩，"啪嗒"一声，掉地上了！我咬着牙坚持从一堆织物里爬出来。葡萄着的牙缝在前凿了一粒，接到了电话。请问是桑小姐么? 我是 ×× 品牌的小姐，现在我们有打折……我从打架的牙缝里挤出三字：空了再吹。

我痛苦地在床上坐着，玩了一会儿自己自己巴掌的小游戏，觉得脸上暖和点了。本来打算咬牙去死……惠子一定以为我热爱艺术呢……剧场一般都有暖气，而且人多。什么叫做凑热闹，这就叫凑热闹。听说剧目是《白玫瑰和红玫瑰》，我其实更想着《长江以南打算暖安装供暖设备》这出戏……

那么，就面临着穿衣服出门这件大事。我心怀幸运地戴了熱胸部，绝望地证实了果然没戴胸罩这个写德巴蔚清柔的春熏姐姐在十几年前就教育我：春蕾，你这么大个人了，我前心双眼天人文战了一会儿，干脆不戴胸罩了！但是这样温声怒吼，飞快脱了上衣，把武装带以迅雷不及掩耳的速度戴上了！热后神速地把衣服一件一件奎上，秋衣，秋裤，小毛衣，大毛衣，外套，帽子……屁眼装齐备啦！很有成就感！哦耶！

出门后，我从屁眼装里伸出一截短短的中指，对着短短的天空不拉叽的空致敬！龟儿子的，你狠！

文君

在北京宜家餐厅吃饭，人很多，我不得不和一对父女（一个老妇女和一个小妇女）拼桌，就听见她们的谈话。

老妇女大声说：我吃点儿炒眼药算了！啥也瞧不见！（我忙瞟了一眼：她盘子里的是茄子烩饭，并且吃得很干净。）

小妇女说：别炒啊，阿姨，不至于啊！

老妇女眼神愤懑：你说这死丫头！小时候不这样啊，现在怎么这么不听话啊！非要和那个男的来往，你说大三四岁五六岁甚至七、八、九、十岁都可以！大那么多，还有孩子，你说得这位老妇女说话很有特点。

我就不同意，反正今年是属鼠，我就和她耗着！（我觉得这位老妇女说话很有特点。）

小妇女说：阿姨，你越这样人家俩人就越好……

老妇女说了一句 "可不是么" 就开始抹眼泪，小妇女连忙去餐台拿餐巾纸。

老妇女很激动：大不了断绝关系啊呗！我以后别认我这个女儿！我也没有这个女儿！她用了两张宜家厚餐巾纸叠在一起，擤出了很大一把鼻涕，放在桌面上：那个男的还给她打电话，说阿姨我想和您聊聊，我说咱们聊什么，没啥可聊的！我放下电话，就挂下电话（估计是她女儿名字）的，拍着门，现在桌上的纸巾堆起来的样子像山一样的走向，一座山川，山川相连，呀吡嗦嗦那就是青藏高原。

小妇女叹了一口气：唉，当初我妈妈就是这样反对我和小黄，我和小黄就黄黄了……

老妇女：你看你多听话！我闺女要是像你就好了！

小妇女：……嗯，阿姨，其实我觉得数岁数大点也没什么……小君自己喜欢就行了吧……

老妇女：你这么说就不对了！你们小小年纪知道什么好！知道什么是好坏啊！稀里糊涂的让人操心还不领情真是不知道好歹？阿姨今天特别想你去劝劝文君你倒好还没数大点也没什么！得得得你们年轻人都一脑调把我们老人气死了就是你们的天下了……

这个时候，我抬起头来，透过还挂着标签的宜家花瓶和花束，和那个小妇女对了一下眼。我抬了抬眉毛，对她很快速无奈地微笑了一下，她也是。然后，我端着我的盘子走开了——再次去餐台给老妇女拿餐巾纸，我们就分头各自去了。

速错的时候，我突然开口对她说：问文君好！她咳了一声，她们然开口对我说……

今天天冷，我把家里搞得暖暖的，坐在客厅地毯上网看书。

开窗子，楼下有两棵柳树一株白玉一株白桃花。

"嗬！"有人按门铃，是我叫的快递来取件。打开门，一股寒气，站着个半大的男孩，穿着深红色的雨衣，正往滴水。

他以前来帮我寄过东西，长着一对深黑浓密的眉毛，目光清澈却有点忧郁——不过那种种忧郁都不深，恰如落在鱼缸里的一枚硬币。

他第一次敲开我的门，见我一个人，有点踌躇地给我打了招呼。我手里正在剥橙子，顺手给了他一半。他，这个小小的少年，居然给我深深地鞠了一躬！然后，他的态度开始变得快又活泼，显现出一个年轻人特有的热烈和饶舌。你怎么还用别家快递啊，以后只能用我家快递呀！我嘿嘿一笑，说好。他走的时候，用变相怪杰的风格再次给我鞠了一躬。带着快乐的颠动飞翔往城市里，送快递啊送快递。

他简门，一只手在头顶虚拟地按着一顶礼帽，用自己完美的侧面向问：书，有什么能为你服务的？我说：书，寄去拉萨。他很西化地耸耸肩说：完，拉萨这几天走不了……你还爱看书？他问。我听说寄不了有点沮丧，点点头：嗯。他心思全不在业务上：你爱看什么书？我说：嗯，乱看。

他兴趣盎然地在快递单反面写了一个字：你连这个字都不认识？你那么爱读书，记住了。我点点头。我的邮寄怎么办？我说：嗯。他说：认识？《山海经》？

我只有换个话题：你哪里人啊？

他擦了擦额头的雨水：你真健谈！我很开心能遇到我愿意和我聊天的人！我是重庆人，我现在一个人在北京，我父母都去世了。我有点惊讶，"哦"了一声说：我是成都人。他瞪大了眼睛，立刻用四川话呼道：真的啊！不得喽！

你哝不晓得成都有个火车站？我点点头。他说：我老汉就是在那里遇人砍死的。他以前是个记者，在成都调查火车站的黑帮。我小时候他就不晓得得他死了，我妈说他出返差了，我十二岁我妈才告诉我……这可轮到我瞪大眼睛。啊！

他继续说：你看，我这么大个人了，居然连老汉咋死的都不知道！后来我妈也得病死了，我就一个人漂……他顿了顿，平静地说：可以说是流浪嘛！中国除了新疆和内蒙没有去，都去完了！现在我在北京赚点钱，我打算去内蒙要一圈。

我静静听他说，问，然后南？他说。然后回老家，去种地，在重庆巫山，在三峡，老城被淹没了，修了一个新城。他重重地点头：对！我家就在新城！不过屋头木有钱，不像你一家子……

气——唉，他反而一笑：没事啦，我很好的，一个人清静了！

……那么，拉萨不能快递，他说那你走了吗，你改为什么有人叫我我，我说你等下，我拿起那本本来要快递的书，《小

231

时候），在上面认真地写上：送给小谌（刚刚学会的字）——你看得懂，都是家乡人！桑格格，2008年3月28号。

他欣喜地收下，说：谢谢了哈！你果然是文化人！然后手按在宽大的雨衣上又揪了一揪，那宽大的雨衣正好是一件潇洒的袍子，这一次真像侠客了。他正要走，我又说等下，回头抓了一把果脯和牛肉干，塞得他手里满满的。

我推开窗，寒风中看见他飞快地骑车，水汪汪的地面溅起两排小小的水花，深红色的雨衣，斜挎着墨绿邮件包，穿过两棵柳树一株白玉兰一株白桃花，很快就看不见了。

06

[小品]

我在路上，远远看见遥远的地上有一坨小小的闪光。

是的，我的第一个反应还是"啊！一块硬币！快去捡！"我正要拔脚跑去捡的时候，想起了《小时候》第203条，那个叫做桑格格的家伙这么写道："远远地看见地上有一小坨东西在闪光，我欣喜若狂：一个硬币！我冲过去捡，摸到酽糊糊的嘣？定睛一看，妈哟，原来是一口痰。"

唉，过了这么多年了，我也该长大了，应该不要像个小孩子那么冲动和盲目了吧！我迟疑地站在原地，做着激烈的思想斗争。最后我决定了！我还是要过去看看，万一这次真的是硬币呢？！

我跑过去，妈哟，还是一口痰。

管我呢

圆明园东门的坝子头，经常有文化活动。有时候我也去听一嘴，一般来说都是悄悄坐在最后。

旁边有一个男孩，他听了一会儿，就从包里掏出一本书来看，看得嗤嗤地笑。他一笑，周围的人就看他一眼。我也看他一眼，他很不屑地回看我一眼，意思是怎么啦？管我呢！

他看的是《小时候》，嘻。

要求

出版社问我，关于出版我有什么要求。

我说，这个事情要慎重，等我想想。

我想了很久，严肃地说：我买书，要打折！

路迪说

在盛夏的夜晚，我们在马路上吹嘘着各自的父亲。

精神涣散的春天

我目光呆滞地看着梦竹，她在谈一个女人。我努力从她的嘴形捕捉到这些词：……地位……崇高……名垂青史……

她也开始元神涣散，说：她最后死于放、啊放、放……

我脱口而出：放荡？

她慢慢地摇头：不，放射线。格格，我们谈的是居里夫人。

她宽容地原谅了我，并且告诉我，春天不是我一个人在犯病。前几天她同学在回答老师为什么凤凰是火红的，那个姑娘忧伤而又缓慢地说：因为，凤凰，欲火焚身。

记错

在杭州，我上出租车，对司机说：麻烦去肘子路！

司机竖起耳朵：什么？！你说什么路？我一字一句地说：肘——子——路！司机把头摇得像拨浪鼓一样：没有什么肘子路，我在杭州三十几年了，出租开了快十年都没有听说有什么肘子路！

是我记错了，我要去的是东坡路。

别难过

天啊，这不是真的！据说普通人脑只开发了3%，爱因斯坦的却被开发了30%！

我无限爱惜地抚摸着自己的脑瓜子，对那注定不会被开发的97%窃窃私语：亲爱的们，别难过，我依然爱你们哈。

一个女孩

有一个女孩，一天到晚都懒洋洋的，表情懵懂，头脑清晰。我跟她学了很多东西。

1. 过马路，她大叫：走人行横道，轧死是有赔的！

2. 去一个城市，原因是去买一包茶。

3. 为了欣赏厕所里一朵用卫生纸折成的玫瑰，错过飞机。

4. 有男生夸她的裤子，她说：我这就脱给你。

5. 约她出来唱K，她懒洋洋地说：我这几天在排卵，不舒服，不来。

没错

飞机在跑道上滑行，我闭着眼睛等着起飞。

旁边的女子拍拍我说：请问这是飞往广州的航班没错吧？

多么美丽的草原

北京去海拉尔的飞机上，我旁边的中年男人一直在打瞌睡，猛然惊醒，看着窗外：啊！草原！多么美丽的草原！

我好心地告诉他：飞机一直在等信号，还没飞呢，那是机场草地。

寂寞的女孩才抽烟

吃牛肉丸打边炉，点菜中。

我悠闲地点了一支"双喜"，吐了一口烟烟。这个时候，点菜小弟皱起眉头居然说了一句：女孩子抽烟不好。

我嘿嘿一笑：怎么就不好了？小弟手持写菜单，看着我一字一顿地说：寂寞的女孩才抽烟呢！

牵手

在超市，我前面有个矮矮胖胖的女孩。她看着货架，一手挽着购物篮子，一手往身后探索——她那只手摸到了我的手。

我笑眯眯地不吭声。她立刻觉得不对，马上转过脸来，顿时满脸绯红：哎呀，对不起！我认错了……我笑：没事。这个时候，一个同样矮墩墩的男人懵懵懂懂走上前来，她一把抓住了他的手，娇声道：老公，你跑哪里去了嘛！

他们牵着手转到超市的转角消失了。

整个晚上，我脑海里都是她粉红的脸和羞涩的眼。

窗下

男人：走，我们去操场那边。

女人：去干吗？

男人：去唱些爱情歌曲！

窗下，一对男女在对话，他们的年龄加起来，估计不会超过十岁。

儿童节

车厢里有一个小男孩，穿了一身崭新的小军装。因为穿着这一身神气的衣服，他的表情十分严肃，目不斜视。

但是，他一走动，我就看见了：那条军裤，是开裆裤。

儿童节了，我也去弄身新的吧，你们也是。

佳佳姐姐

小男孩问佳佳：姐姐，是不是有个国家叫做爷们国？我长大要去那里！我要当爷们！

佳佳思索了一下，想起了一个国家：也门。

但是她没有告诉小男孩真相。

她对小男孩说：嗯，好样的，快快长。

大人代表

采访某著名人物，我内心十分紧张，一张口就说错了：嗯、嗯，听说您还是大人代表？

著名人物灿烂一笑，展开一排白牙：呵呵，我也听说了，您是儿童代表！

原来

醒了之后，我抬手看了看表，哎呀，五点过了，一天又要过去了！看看天果然有点黑了，心里很是空虚，岁月蹉跎啊……

但是，天没有一点一点黑下去，而是一点一点亮起来。原来，是早上啊。

忙着哩

·········

有人问：格格你睡得早么？

我说：很早，一般早上六点才睡。

我每天忙着哩，在白天收集很多被世界抛弃或遗忘的小玩意：毛线团、小扣子、一枚贝壳、一撮未知皮毛、花朵、丝带、陌生的眼神、口水、五分硬币、孤雁、坏掉的不锈钢勺子、小袜子一只、棕榈叶子……通通要在夜里编织出来，解开所有的结，整理出纹路，有的赞美有的批评有的埋怨有的歌颂，作为一个生活的勤务员，我日理万机。好吧，今天要表扬的是，每天在凌晨五点十五分准时叫的鸟儿。你乖。

哎呀嘞，世界，你让我操碎了心，总是丢三落四！

旷课

·····

早上十点，我在被子里懵懵懂懂听见远处有从学校传来的《运动员进行曲》，心情变得很焦虑：哎呀又旷课嘞。

主题曲

·········

我豪情万丈地对大家说：我会唱我记事之后所有电视连续剧的主题曲以及插曲，大家别客气，随便点！

绿妖说：来一首《士兵突击》。

经典英文歌曲

．．．．．．．．．．．．．．．．．

我知道，我一身炭火，性格忧郁。

我爱坐在咖啡馆靠窗的位子，充分展示自己的文艺气息，甜蜜的慵懒，抬起目光朝向我迷离的内心，啊多么适合演唱一首经典的英文歌曲，让旋律把我陷落吧。

我目光深邃，我表情陶醉，我轻启樱唇，唱起一首英文歌曲：A——B——C——D——E——FG，H——I——J——K——LM，N！O，P，Q，R——S——T，U，V——W——X，Y，Z……

维生素

．．．．．．．．

吉野家肥牛快餐店，一个风尘仆仆的外国男人砰地坐在我的旁边。

我偷偷看他：大概是中东人或者南美人，不高，皮肤偏深，眼睛忧郁深邃，灰色毛发，穿着很旧，带着一个破破的背囊。他就要了一个蔬菜沙拉，很仔细地吃，偶尔抬头，眼神没有落在任何实处，忽闪下又埋头吃。显然，在这个陌生的国度，一个经济窘迫的外国人很多天没有好好吃点蔬菜了。这里的饭不合他的胃口，人生地不熟的，每一顿都凑合着，严重缺乏维生素。

他叉起一个小番茄，放在嘴里，上下颌咬合。我仿佛感觉到，久违的浓重的瓜果清香也在我的口腔蔓延。他脸上有一丝极其难以察觉的享受。

我的心都碎了。

点菜

点菜，点了一个菜包饭，然后就是一阵沉默。

小姐：你不点点儿蔬菜？

我说：菜包饭里面有蔬菜。

小姐：你们来点米饭吗？

我说：菜包饭里面有米饭。

小姐：你们点汤吗？

我说：菜包饭有汤。

最后，我为了安慰小姐，还是点了一个葱爆羊肉。

冥想时间

相信我，我也是有一些冥想时间的。真的，在那一刻我心系天下。

这个时刻一般发生在吃饭之前，菜还没有端上来的时候。我今天中午啃着筷子，想了这么一个问题：如果一个宇航员在升上天之后，嘣！地球爆炸嘞！然后他眼看着这个星球在他屁股后面的空间里分崩瓦解，所有的一切都破碎嘞！作为最后一个地球人，他会是什么心情呢？

服务员端上了第一盘菜，我低着头，眼睛都红了。

下次不了

我们编辑部旁边有家叫做"三锅演义"的馆子，我们经常去吃，还叫外卖。

有时候我们很爱他们，他们做得又好又多又快，还便宜，一个冒尖尖的菜才九块钱；有时候我们很恨他们，味道不行又少，还慢慢吞吞的。我们就骂，他们听得点头哈腰：对不起哈对不起，下次不了，下次改哈。

从去年冬天到今年春天，然后现在的夏天，三锅演义和我们编辑部相处都不错。很多来的客人和我们一起吃工作餐都说，你们这儿的盒饭水平真高。

今天点菜又有点慢，我正要骂，那边老板说：你们今天点什么都免费，我们明天要关张了。

我拿着电话眼圈就红了，别啊，不骂了下次我们不骂啦。

三折

我指着标注了三折的一把小花伞，对售货员矜持地说：请给我看看……是三折么？

热情的上海中年妇女一把抄起这把伞：那当然啦！她熟练地把伞打开，又收起来：看！这是一折！她又收了一下：看！这又是一折！最后，她来了一个完美的收式，一把可爱的小伞完全收合起来：看！这不是三折是什么？正宗的三折伞！

我轻轻地对她说：谢谢……

然后，走了。

阿弥陀佛

在路上走着，远远有两个卖香蕉的挑子在前面。

走过第一个挑子，卖香蕉的男子脸黑黑的，声音短促生硬地吆喝道：香蕉、香蕉、香蕉，一块二、一块二、一块二！

走过第二个挑子，卖香蕉的男子是个三角瘦脸，声音略大些，更急促了：香蕉香蕉香蕉香蕉一块一块一块一块！

然后，他们相互狠狠对望了一眼，爆发出巨大的一个"哼"字，像舞蹈排练一样同时把身体和头扭到外侧，动作整齐划一，干净灵活。

我停下脚步，回头望，笑了笑，念了声"阿弥陀佛——"

长寿的特点

廖赴美在MSN上跳出来，谄媚地打了一个眨眼的小图标。

我没理他。

他又震了我一下。

我依然没有理他。

他终于忍不住开始说话：格格，科学研究表明，长寿的人基本上都有两个特点，和你有关喔……

我终于敲了一个字：说。

他居然自己嘿嘿了一声，半天没有动静。

我震了他一下。

他没有理我。

我谄媚地发了一个眨眼的小图标。

他依然没有理我。

老子气死了，不理这个骚人，去洗澡！

等我洗了回来，发现他的对话框里有两个词：1.女性，2.个矮。

美好的生活

我在街上发现一个奇迹！

无论是谁，无论长了一双什么样的腿，

都穿着一条和自己的腿无比相配的裤子。

其中有侏儒、高个子女孩，还有很胖的男子，

那长短、肥瘦都合适极了！

我觉得生活真美好啊，没啥可抱怨的！

真的，上帝有那么多事做多么辛苦，

却给每一个人，无论什么体形、贵贱、老幼，

一条完美的裤子，对了——

还包括我！

最牛话语

在地铁里，一个穿着白色外套和牛仔裤的女孩站着靠在男友的胸前，娇滴滴地说：没过几天又发工资了真讨厌……

四座皆惊！

我差点从座位上弹起来，卑微地对她说：您坐吧，娘娘！

本领

1. 开会的时候，我可以用一只眼睛睡觉。具体操作是这样的：一只手托腮，手指挡住入睡的眼睛，另一只眼睛炯炯有神地看着发言的人。过一会，再换另一只眼。整个会议，可以完成一个美好的下午觉。

2. 我可以叫住任何一只猫，任何一只，任何地点，任何时间。

3. 我吃饼干可以不洒一点末。据我了解，太空宇航员的食物全是黏稠管状的，像牙膏那样挤出来吃的（多恶心），就是怕食物的飞末飘浮在空中，污染空间站。我可以培训太空员，教他们吃饼干。

4. 我会用鞋油给人染发，染发定型一次完成。

5. 我会用意念控制植物的生长。我和我妈种的芹菜是朋友，我回来它就长得旺盛，我走了它就蔫了。有一次，我临走的时候和芹菜告别，大太阳的又没下雨，它就从叶子上滴下一滴水来！虽然我妈说楼上晾刚洗的衣服呢，但我认为那是离别的眼泪，肯定、绝对、一定是的。

还甜着呢

一只小蚂蚁爬啊爬，它拖了一片一串红的花蕊。这个花蕊前面一截是甜的，但是后面就什么味道都没有了。小蚂蚁一定是钻到前面尝到是甜的，以为整个都是甜的，所以发狠要都抬回家。

我杵在那儿看了半天，唉。

我用手指把小蚂蚁轻轻挑开，它急得什么似的，团团转。我用指甲把花蕊前段掐下来，丢给它：拿去罢！它用触须试探了一下，发现还甜着呢，就急急忙忙扛着走了。

我拍拍手，也走了。

守宫砂

朋友问我：你胳膊上那个红点是什么啊？

我说：守宫砂！

朋友侧目，我脸红了，小声说：炒菜烫的……

想念

到底是谁啊？！

一天到晚把我想来想去的！

搞得我的耳朵老是红来红去！烫来烫去！

想我你就说嘛——

滚远点儿

·········

滚远——点儿——

滚——远点儿——

滚、远、点儿——

滚、远、点、儿——

滚远点儿——

有一只猫的名字叫做 "滚远点儿"，每天就听见她的主人马儿娇滴滴地这么唤着。每一个字都饱含深情，软软糯糯，如同酒酿小圆子，滑溜溜地从舌尖甩出来的花腔：滚、远、点、儿——

我也试图叫这只猫，我一开口：滚远点儿！

那猫噌地就跑了。

一首快乐的歌

·············

一只健壮的麻花公猫悠闲地高昂着头走在我前面，屁股后面两个硕大的蛋蛋甩来甩去。我喵呜一声，他回头看了看我，眼里充满了成年男子的雄性魅力。

他嗓子发出咕噜咕噜的声音，那是一首快乐的歌，歌词大意是：啦啦啦啦，我没有被阉，啦啦啦，我没有被阉啊，没有被阉！啦啦啦啦，我没有被阉……

迷死人了。

发了疯

....

不知谁揉了坨报纸砸来，我条件反射地下蹲，那东西嗖地贴头顶就过去了——回头看，不是报纸，是一只发了疯的鸟。

高高的声音

....

总是有什么声音在高高的天上。

有时候，我会惊讶自己竟然有眼睛和耳朵以及其他成形的器官，或者蹲在地上看一片蕨叶，我滴个神啊，这些玩意儿究竟是怎么长成的啊！那个高高的声音就说：小屁孩，神奇吧？我就点点头：嗯！神奇！那个声音继续说：好玩么？我点头：嗯好玩……声音说：没玩过吧？会玩么？

这个时候，我就站起来，对天空竖起一根短短的中指。

07

[小说]

上海至南京

　　她用两种口音交替着和两个人讲话：一种是普通话，对一个男人，她爱的人；另一种是四川话（但不是成都话），应该是闺蜜之类，关心她的人。

　　——嗯，亲爱的，我知道，你也是有苦衷的，但是，可是……我想和你在一起啊，你知道我的感受么……

　　——我日，他有老婆的……我晓得我晓得，我是瓜的，你骂我嘛！老子脑壳都冰了……不晓得，他婆娘应该不晓得……

　　——宝贝，我已经到常州了……嗯，车开得好慢，你着急了么？

　　——对，我在去南京的路上……哎呀，有锤子办法，我晓得没有结果，有锤子办法！

　　——1005房？如家快捷？嗯，我知道了，一会儿见亲爱的……我啊，穿了一件浅蓝的裙子，嘻嘻，你呢？呲呲——流氓！

　　——你不要再说了，我知道这是个水凼凼，我还是要跳，随便你咋说。我晓得你是为我好，我求求你了，就让我去这一次嘛，最后一次！

　　电话中那个女友没有再打电话来，好像生气了。电话中那个男的也得到了确切消息，一个光鲜可人的浅蓝裙子正按计划过来中，也气定神闲地没来电话了。

　　火车经过几个巨大的水泥烟囱，是热电厂的冷却塔。女孩沉默地把头靠在玻璃上，眼睛潮红，呼吸犹如浮冰。冷却塔的影子划过她的脸庞。她闭上了眼睛，手里还握着电话。

她真的穿着一件浅蓝的裙子，长及脚踝。

我坐在她对面，上海至南京，T708。

火车

～～～

黑社会的前女友，是在火车上认识的。

九十年代初的春节，郑州至成都的火车上，看不见哪怕一寸地板，全是人头和人脚。一个女孩不知站了多久，站着站着就默默地流下泪来。那个时候的黑社会，年轻、英俊、热心，并且善解人意。他观察了这个女孩很久，终于鼓起勇气问这个女孩：你，是不是要上厕所？女孩也顾不上害臊，猛点头。

为什么他叫黑社会呢？这股杀气和霸气可以追溯到在这次火车上的表现上来：他大吼一声——让开！密密匝匝的人群没有人理他，在这个闷罐车上还有人提要求是十分可笑的。这时，黑社会几乎是用一股蛮劲把这个姑娘在人头顶上托着，一步步挪向厕所。到了厕所，里面起码站了六七个人！他喝道：给老子出来！一双血红的眼睛像一把呼之欲出的弹簧刀，很有说服力，那六七个人瞬间被他踢了出来，然后他麻利地把姑娘让了进去，"啪"一声关上了门。

之后，那个姑娘就成为了他的女友。

冬子的现任妻子，是在火车上认识的。

他和前任女友分别住在一条铁路线的起点和终点，之间两千公里的距离让他们在奔波了多年之后，终于不得不决定分手。他和即将分手的女友在站台上哭得死去活来，临别的铃声拉响了，他颓然上了车，绝望地认为，只要火车一开动，爱这个人类体验就将永远离他而去了，再没有快乐起来的理由。他看见，那个女孩跟随着缓缓启动的列车奔跑，他的手拼命挥动着，他的心碎了，他的泪狂滗。

终于，一切都消失了。

他慢慢从诀别的情绪中懵懵懂懂地醒悟过来，唉，还是要找个位子坐下来啊。东看西看，西看东看，只有一个单身女孩旁边的位子还空着。不过，这个女孩看见这个一脸伤感的大男生有要坐过来的意思，很不友好，把包放在位子上来，并且把脸转向了窗外。

冬子来劲了，不让我坐是吧？老子偏坐！

这一坐，就永远地坐了下来——他们当了人生的同路人，现在还是。

我为什么喜欢火车，因为它有承载聚散的月台，和那伸向远方的轨道。

办事处的故事
〰〰〰〰〰

1. 离婚处，办事人员在发证的时候，都会人道主义地劝慰一下：你们要不要再考虑一下？真的要离么？但是，有一对夫妇是这样的：男士秃顶肥肚脖挂粗金项链胳膊下一个登喜路包包一脸蛮横，女的看上去最多二十五岁神色恍惚消瘦忧郁。发离婚证的蒋老伯偷偷对女子说：小妹，加点钱可以办理加急。

2. 傍晚都要下班了，一对穿着背心裤衩拖鞋的男女路过办事处。男的说：这里可以登记结婚呀，干脆我们结婚吧。女的说：可以啊。然后他们就进去了，还真办了——他们本来是办了其他事，正好带着户口本路过的。

3. 小雨是附近住的一个六岁的小女孩，之聪明。她只要没事，就一天到晚守到办事处结婚登记处门口，她知道这里总有些欢天喜地的叔叔阿姨会到处散糖，她在这里等到了好几次。小雨四岁的时候，她父母就是在这里办理离婚的，在老蒋手里。

4. 之前老蒋在结婚登记处，但是他费了很大劲调到了离婚登记处，因为离婚登记处比结婚登记处房间大、生意好，每个月的奖金都要多很多。

5. 但是到黄道吉日，结婚的还是多，多到要排队。这一天，离婚处那边没人，老蒋就被借到结婚处帮忙。一个很老很老的老太太也在队列中，排了很久，终于排到了老蒋面前。老蒋很震惊：老人家，您、您对象呢？老太太茫然而又迟疑地看着老蒋：这里……不是卖国债的啊？

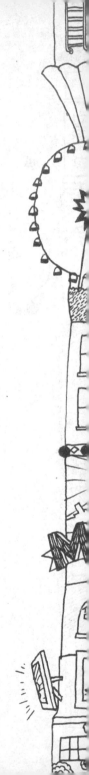

6. 老蒋"砰、砰"在绿色的离婚证上敲上章之后，递给面前的男女。男人看了看，收在了挎包里，女的却出人意料地掏出一枚刀片，果断地对着手腕割下去。办公室顿时乱作一团，救护车、110来了一堆，水泄不通。男子搂着刚刚成为前妻的女人晕倒了过去。这一幕让屋外等着离婚的几对怨侣看见了，有一对最终放弃了离婚，默默离开了。

7. 那个闹自杀的女子没有死成，好了之后，又和男人手牵手到结婚登记处，复了婚。

8. 还有比这更快的，老蒋说：两个小时前在结婚处拿了结婚证，两个小时后在离婚处办了离婚证，原因是多出来两百七十元的糖钱男方说应该女方出了，女方说必须男方出，谁劝都没有用。老蒋说：离婚证工本费要九元，居然一人出了四块五。

9. 一个来结婚的新郎的资料输入电脑之后，被发现是多年前的一个逃犯，办事处的人们不动声色地通知了派出所。虽然如此，该男子还是被办事处评选为"最被爱情冲昏头脑"的新郎。

10. 一对小两口，女子一直在垂泪，断了线似的。老蒋指指说：你们离婚吧？走错了，这边结婚的。男子摇摇头：不，我们是结婚。老蒋睁大了眼睛：结婚？！哭成这样？男子不好意思：我女朋友只是有点婚姻恐惧症……老蒋"喔"一声：很正常，我都有啦！

重庆伙子成都妹

重庆的伙子许磊和成都的妹儿张明燕是一对眉来眼去了好几年的潜在恋人，大家都还年轻不好意思，没有完全说破。后来突然分开，而且两个人的嘴巴都像贝壳一样闭得邦紧，什么原因大家都不晓得。

许磊要结婚了，他终于鼓起勇气问张明燕：那年暑假我喊你来重庆来找我耍你嘟个不来嘛？张明燕：我是要来的……许磊：那你嘟个说要考虑几天呢？张明燕：……你总要给我几天减肥嘛！

手机

1. 火锅店的小妹在店门的雨篷外面，偷偷打手机，轻声说着方言，表情甜蜜。

2. 一排洗头店小姐，衣着火辣，没有客人的时候坐在店里的长凳上各打各的手机，各说各的方言。有轻声，有大声，有表情甜蜜，也有表情忧郁。

3. 楼下收废品的大哥小灵通响了，他潇洒地接听：咦——现在都是两毛钱一斤啦，哪有三毛，那是去年的行情！

4. ESPRIT专卖店，全部三至五折特价。一个最多七八岁的小姑娘，穿着成熟，一边着急地选购一边火急火燎地打电话：快来，现在不来好多款式没有啦。

5. 咖啡店，一名脸色苍白、眼角挂着泪痕的女子，面前半杯冷掉的咖啡，手中默默握着一只爱立信最新款音乐手机，倔犟地等待铃声响起。

姐妹

~~~~

1. 今天太阳好。在某餐馆的后门，一个刚洗完头的服务员，坐在油腻腻的过道兼仓库的阳光里。她把双手插在头发里充当梳子，双臂抬起慢慢把头发往下拉。她背对着我，我看不见脸，只见她那一头好发，又黑又亮又长。理论上，我离她起码十几米远，应该闻不到她头发的味道，但是顺着午后的微风，我觉得空气里若有若无地飘散着海鸥洗发膏和蜂花护发素的香味。

2. 在加油站西餐厅吃这里的盒饭牛排（这里牛排便宜到基本上就是一个高级盒饭的钱，被我赐名为盒饭牛排）。一个穿着制服的服务员小妹，一直在门口和一个青年说话。青年剃了一个城市里见不到的锅盖头，穿了一件没有撕商标的西服上装和军绿胶鞋，长相很像女服务员。女服务员自己都不大，却像个小母亲一样在嘱咐青年，青年诺诺地答应着。最后她递给青年一包沉沉的东西，好像是吃的，青年接过去说了句什么就走了。我猜那句话是：姐，我走了哈。

3. 走出家门，有一个上坡的地势，迎面看见一个女清洁工在推着垃圾桶下来。她可聪明啦，借着下坡，把重重的垃圾桶用劲推一把，垃圾桶自己滑一截，她走拢了又再推一把，这样不一会儿，就轻轻松松地把垃圾桶推下去啦。我一直站在原地看她，她在要转角的地方也回头看看我，我们开心地笑了笑！

4. 打电话订餐，我最喜欢订一家叫做“好手势面家”的饭，因为这家餐馆不仅饭好吃，接电话的一个女孩也很机灵。我点通菜，她说：不如点西洋菜啦，这几天才上市很新鲜，通菜都老了。我不知道点豆角炒蛋还是苦瓜炒蛋，她就说：不如苦瓜炒蛋啦，现在秋天天气干燥，苦瓜下火啦。我点完菜要报地址，她就说：不用啦，我都认得你声音啦，美院×栋是不是？一会儿就来，谢谢惠顾啦。

5. 在过街天桥下的地上，永远摆着一小张硬壳纸，后面用半截砖头压住，上面写着：拉面毛。一般来说，牌子旁边没有人，但是只要你在牌子前稍站几秒钟，马上就有个师奶冒出来问你：靓女，唔该拉面毛呷？我正喝着一杯“黄振龙”的五花罗汉果凉茶，哼着店子放的《步步高》出得门来，遇得师奶上来相问，就欣然点头：好哇，拉吧，几钱一次呀？师奶一脸堆笑：五文！保准妹妹你拉完靓五倍啦！哈哈哈哈！

我们的妈

女孩1说：我每次拿回来CD，我妈就把歌词和盒都扔了，说这样好保存。唉。

女孩2说：我娘没啥不好，就是看到我脸上脏了啥的，吐点口水就上来帮我抹。

女孩3说：偶家娘夹菜可以取舍七八次，夹起来放下去夹起来放下去。

女孩4说：我跟我妈去买酒给舅舅，有一种是33度的，一种是45度的。我妈对着那个45度的说：别买那个，温度太高不好！

女孩5说：我妈的妈，就是外婆，在我上大一的时候给我买了一双球鞋，好多年过去了早破了，她还时常问我怎么不穿那双鞋，我都郁闷死了。

女孩6说：我老娘爆郁闷的话就是骂我：你妈的个头！

女孩7说：俺家老娘攒了一堆碗碟啊，预备当我的嫁妆，还死活不给我看。

女孩8说：我妈喜欢学别人说话，还分角色说话。比如电视上男一号和女一号的对话，她能用男女两种声音说下来。学人家声音学得特别像。每次回家，我都听她一个人表演单口相声。

我家妈，还行吧。我问她：妈，我的搽脸油呢？她说：在冰箱放鸡蛋的地方。我问她：妈，我打印的简历呢？她说：在冰箱第一层。我问她：妈，我的内衣呢？她说：在冰箱最大的那一格。

她说：不插电，冰箱可以当柜子用，嘻嘻。在藏区，洗衣机都用来打酥油，嘻嘻……停顿一下，她轻声说：你走了，这么大的冰箱我一个人怎么用啊。

你家妈妈呢？

恐龙

〜〜〜

他们吵架了，分手了，谁也不找谁了，越来越麻木了，以为就这样过去了。

这一天，男的找东西，撩开床帷，看见床角有一只小袜子，软塌塌地躺在地上。淡紫的，落了些灰尘但不脏，有穿过的痕迹，仿佛她刚刚脱下来的样子。

他坐在小袜子旁边，哭嘞。

他们吵架了，分手了，谁也不找谁了，越来越麻木了，以为就这样过去了。

这一天，女的找东西，从柜子里翻出储物盒，看见一张当年他画给她的小画——一个梨子上，有两只小虫，母虫对公虫说：亲爱的，快吃罢。公虫说：我才不和你"分梨"呢。

她握着小画，哭嘞。

据说，这是一种病，很久之前的情感，要很久以后才能感受到。现在得这个病的人很多，如果楼房是透明的话，就能看见很多男男女女在家里发病，充分说明了人类和恐龙的近亲关系。

他们吵架了，分手了，谁也不找谁了，越来越麻木了，以为就这样过去了。

这一天，在街上，男的碰见女的了，彼此点头笑笑就走了。

晚上，两个人照常吃饭看电视上网打游戏洗澡，但是上床一盖上被子，就哭嘞。

一棵小松树

~~~~~~

　　我是一株小松树，一直快乐地生长在这片森林中。

　　我后面这棵大树就是我妈妈，我是她身上掉下来的种子；我妈妈身后是她的妈妈，一棵更大的树，我妈妈是她身上掉下来的种子。可是，我从来没有真正见过我妈妈的妈妈，只能透过我妈妈浓密的身影隐隐约约看见她的身影。我们是树，寸步不能离的树，我们生活的主要内容是：从下面吸取养分向上面生长。

　　但是，我却一直在想，目光消失的地方是什么样子的呢？眼前是一小块草地，我天天看啊看已经看腻了。我摇摇枝叶，对几米之外的妈妈说：我有点闷，妈妈。

　　妈妈在那边也摇摇枝叶，哗啦啦地说：傻孩子，我们是树啊，怎么能闷呢。

　　……

　　这一天，几个人来到树林，他们在我面前停下来，说：这棵小树苗挺好！大小也合适。我妈妈以为他们要砍我，吓得叶子都黄了，扑簌簌地往下掉。结果，他们不是要砍我，而是小心地把我挖出来，根部包着土，用绳子扎好了，要带我走。我舍不得妈妈，但是很兴奋，哗啦啦地对妈妈说：妈妈！我会想你的！妈妈静静地什么也没有说，在风中叹了口气：去罢，孩子，不要忘了在新的地方撒下咱们的种子……

　　我被带进了一个温室大棚，在这里我看见了其他森林里的植物：地中海荚迷、罗汉松、红豆杉、非洲紫罗兰、矮黄日本扁柏、澳洲凤尾铁、斑叶垂榕……有喜阳耐旱的、有喜阴好湿的，大家都是第一次离开自己生活的地方，不知道未来会怎样，心情都很忐忑。我呢，一切都好，根部的土壤还算厚实，只是在傍晚我试着进行光合作用的时候，发现射下来的阳光不大起作用，我运了运气，还是不行。最后，旁边的欧洲橡树笑了：你别费劲了！这里只有灯光，新来的！

我沉默了：我的未来不是要在这个地方住一辈子吧？

一段时间之后，我和一批植物一起被拉进了一个城市，安置到一块狭长的土地上，人类把这块土地称作"绿化带"。从此，我的苦难真正开始了……我不想解释什么是城市，所有在城市里的植物都不想谈论城市；没有来过城市的植物，无论我们怎么解释，也是想象不出来的。反正，我天天灰头土脸的，混得不怎么样。不过，我眼前的景象倒是很多变，面前这块土地听说之前是个造纸厂，几个月前是皮革加工厂，现在是化工原料厂，里面飘出来的烟有时候是黄的，有时候是绿的，有时候是红的。虽然艰难，但是我也一天天长大了，当我可以结种子的时候，发现周围没有土地给我播撒种子，都是硬硬的水泥地……我多么想念妈妈啊。

一天夜里，我觉得一阵剧痛，睁开眼睛看见，有两个人偷偷摸摸拿着斧头在砍我。他们一边砍一边说话，我才知道，圣诞节要来临了，附近一家购物城需要一棵圣诞树来造气氛。等我再次睁开眼睛时，我被装扮一新放置在商场中央，已经奄奄一息了。突然听见有声音在叫我：孩子，孩子……我努力张开眼睛寻找，原来是附近一个货柜上的实木餐椅，这个餐椅依稀长着我们松树的纹理。她说：孩子，我是你的外婆，你妈妈的妈妈。我很惊奇，就是那个我从来没有真切看清楚的外婆啊！

我问外婆：亲爱的外婆，请问，我的妈妈呢？外婆叹了一口气：你运气不好，她被做成了一张桌子，昨天被人买走了……

诞圣的欢快音乐越来越响，节日的灯光在我身上次第亮起。我深深地闭上了眼睛，再也没有睁开。

住在一栋楼

～～～～～～

我住在一栋楼里，一直住在那儿，这栋楼的人也一直住在里面。

我出生在这栋楼的第八层，第八层是医院。我妈是三十四层的张小姐，我爸是三十七层的曾先生。虽然隔得这么近，他们却是在地下一层的美美超市认识的。还没有成为我爸的曾先生大胆地邀请还没有成为我妈的张小姐去八十八层的一生之约咖啡厅坐坐，我妈张小姐同意了，他们一起搭电梯上去。在途经七层妇女用品专卖店时，我那体贴的爸爸曾先生按了"停止"，下来给我妈张小姐买了一只XY牌的手袋。我妈张小姐笑了笑，他们都知道，这个牌子的生产厂家就在地下四层，许多没有身份证和健康证的妇女在那终日不见阳光的厂房里生产着XY牌系列手袋。但是，这个秘密并不是所有人都知道的，连七层妇女用品专卖店的进货经理都不知道，他是通过十二层路路通经贸公司进货的。而张小姐的堂姐，在这栋大楼长大的另一个张小姐，我的姨妈，正是路路通公司总经理的秘书。

八十八层上，两个小时的厮磨之后，我爸曾先生和我妈张小姐就决定去八十七层的诺亚方舟旅店开房。一个月后，我妈张小姐发现有了我，很着急地告诉了我爸曾先生，他们决定结婚。我妈张小姐在八层医院做了婚检；我爸去他们公司，一个在三层这样的黄金地段，CBD中心的IT公司开了介绍信，他们甜蜜地去了九十九楼的婚姻登记处。我爸曾先生拿出了积蓄，按揭购买了一百二十三层的小户型，六十平米，两室一厅。

盛大的婚礼在二十一层的梦幻人生大酒楼举行，宾客如云，他们来自这栋楼的各个地方，大家亲如一家，和和睦睦打着招呼。婚礼之后，我爸曾先生和我妈张小姐数礼金，惊喜地发现，除去婚礼花销，他们净赚八千块。他们恩恩爱爱手拉手去了十八层的大发银行，把礼金存进以他们俩名字开的户头。

婚后，我妈在七十九层开了一家美容院，生意不错。我爸很少管妻子的事，他钟意去的地方是二十六层的酒吧，那里有几个来自这栋楼外的艳舞女子。我孤独地在一百二十一层的小太阳幼儿园长大。我觉得除了这栋楼之外，这个世界什么都不存在，那么，那些闪过玻璃窗的小黑影是什么？老师密斯王说那是鸟在飞。什么是鸟？什么是飞？密斯王，一个在五十层长大的女孩。五十层因为紧挨着四十至四十九层的工业工厂，是著名的贫民区，一直蔓延到五十九层都是。上到六十层就好点，六十二层就有一家很有情调的雨入林书店了。密斯王肯定在那里看了不少书，才会考上八十二层的女子幼儿教育学校。

我很喜爱我的同学斑斑，我们午睡的时候睡一张床。斑斑是个小公主，她爸爸是这栋楼的大股东，人人

都让着她，她没有妈妈，大家更宠爱她了。斑斑说，她妈妈住在九楼，八楼的上面，精神病院，条件很好，特级贵宾病房。斑斑有一次企图自己去看妈妈，却迷路在二十二楼的监狱。二十二楼以下都是公司、商店、酒楼，是最早发展起来的商业区，刚开放搞活的时候，有许多盗窃、诈骗案件，二十二层专门关经济案犯。五十九层是民事法庭，据说还有一个监狱，只有斑斑的爸爸知道在哪儿。其实，斑斑的爸爸，是我外婆的妹妹的表哥的第二个儿子的堂兄，我们这栋大楼的人都有点远远近近的亲戚关系。

斑斑又哭了，我拉着她的手，站在窗边，说：不要哭了，我们一起来看那些叫做鸟的小黑影，它们会一闪而过。

我爸的公司在三层这样的黄金地段，CBD中心，由于租金太高，业绩又不好，正在商量迁址。他们在犹豫是去略微便宜的十至二十层，还是干脆去一百四十五层的新开发区。但这一切都阻止不了公司的衰退，IT行业竞争太激烈了，又是泡沫经济。

我爸被裁员了。他没有告诉我妈，天天穿好西装打好领带拎着公文包去和他喜欢的一个艳舞女郎鬼混。他们在三十五层的保龄球馆亲密打球时，完全没有想到这家球馆是我妈的舅舅的老婆的弟弟开的，我妈还叫张小姐的时候就住在楼下，三十四层。我妈的舅舅的老婆的弟弟一个电话，我妈就从七十九层她的美容院下来，发现第三者居然是她的VIP顾客。但是，生意归生意，家庭归家庭，两个女人一直从三十五层保龄馆追打到三十六层性保健品商店，又从三十六层追打到三十七层。三十七层有我爸还叫曾先生时的家，那里住着我的爷爷奶奶。我妈号啕大哭，但家家户户大门紧闭，没人理她，包括我的爷爷奶奶。也不能完全怪他们心狠，年纪大了，耳朵不好可能是没有听见。但是，九十二层教堂的嬷嬷都听见了，还推开窗骂了几句。她们继续追打，我妈的手刚刚在艳舞女郎的脸上温柔地做过脸部按摩，现在又是这只手，狠狠地抓破了那张脸。追打到三十九层的唧唧大学分部后，她们终于在四十层被保安部的人制止住了。

我爸很伤心，他默默地返回位于三层的IT公司，那里的墙上还挂着一面锦旗，那是当年他最辉煌的业绩。他怀揣着锦旗，在一百二十一层我们小太阳幼儿园外面徘徊了一会儿，然后去了顶楼。他一直想离开这里，他纵身从窗口跳下，是不是密斯王说的飞？

他居然没有掉在一楼的地上，而是挂在了二楼通讯公司的外置信号接收器上，尖尖的金属穿过他的胸膛。他死的时候目光很失望，离地面那么近却没有接触到。当整栋楼的通讯用户纷纷投诉小灵通实在打不通的时候，通讯公司的技术人员发现了故障的原因，上面挂了一个人，我爸，曾先生。人家把他取下来，将他的尸体保存在地下七层，三天后会在顶层火葬场烧掉。这栋楼的人都是这样离开的，我爸爸也是，以后我也是。有一个小型追悼会，在十三层殡仪馆，我妈说小孩去不吉利，我就没有参加。

我长大一点，在七十五层唧唧大学附属小学上了一年级。很遗憾，我和斑斑分开了，她去了不知哪一层的贵族学校。多少年以来，我都没有见过她。我妈又出

嫁了，她的丈夫是七层妇女用品专卖店的进货经理。当年，我爸在那里买了一个XY牌的手袋给她，她也终于告诉这个经理XY牌的生产厂家来历。我呢，继续很孤独，从唧唧大学附属小学上了唧唧大学附属中学，又从唧唧大学附属中学顺利考上了唧唧大学。大学毕业的时候，双向选择职业招聘大会中，我选中了一家位于一百四十五层的公司，后来发现，那是我爸当年的公司，原来他们终于决定搬到一百四十五层了，现在一百四十五层的租金也不便宜。

你一定很想知道，我们这栋楼的一层是什么，据说其实什么都不是，就是一个小小的入口，由斑斑的爸爸，我们这栋楼的大股东把守，不仔细看都没有人可以发现。

08

童话

三儿的心

据说那时候人还很糊涂，魔鬼也糊涂，有时候还相互来往，甚至还送礼。

我家附近就住着一家魔鬼，这家的爸爸除了头上长着犄角，一切都很正常，对我好着呢。每天早上我每次从他们家门口过，都看见他在炒肥的珠坑气腾腾的，他还用铲子挑出一粒给我尝尝，格格，尝尝，这粒是蟑螂蛋的，难得哦～！

我一溜烟就跑掉了。

他们家小三也是，一降了有一对犄角，基本上是我喜欢的日本那种男孩子类型，他长大，一双犄角疲惫地垂在两边。他长得矮呢，最新结局，奇怪的是他们家就这样一个小魔鬼，好叫他叫小三呗。他很沉默，经常不回答我的问题。他脑子里常有东西嗡嗡地飞行，他特别仔细地倾听这个声音。

不过，我是唯一可以摸他犄角的人。我有时候会用小手娟包着几颗糖粒，然后拴在他角上，想吃了，拿下来解开吃一颗又拴回去。这是我最放心的存糖方式——他是魔鬼，不吃糖。他更喜欢空袭抓一军牺牲品放在嘴里吃。我甚至作过一首诗给三儿：我牵牛仔好耕田，生得头角又尖。犁田哗使用铁打，耙田哗使用锁串。

有一次，我把他领到我家去玩，我妈看见他，直着嗓子嚎了一句见～鬼～了～！他平静地看看我，然后对我妈礼貌地点点头：阿姨没错，我是鬼。

以后，他来找我都不进门了，直接把脑袋摘下来，像气球月样放上来飘在我窗子外面，"砰砰"砸墙两下，还眨眨眼睛。我就一阵小跑下楼。有时候，他的头还没有我跑得快呢。他还是小鬼，不如他爸爸那样厉害。他的头和身体结合的一瞬间，有很

274

轻似"啪嗒"的声音，然后就完完整整的一个小三呈现在我面前，对我笑。

我们就手拉手去玩了。

要有其他男生欺负我就惨了。三儿能把他们折磨得半死，他们还不知道怎么回事。我们常悄悄躲在一个坏子男生家的副楼上，看他坐在椅子上看见自己皮肤如同树皮一样往下剥落，他惊慌万状地大喊：妈～！救命～！

我们在黑暗中偷偷地笑。

在黑暗中待了很久，突然，三儿问：格格，这"嘭嘭"的声音是什么？我说：是心脏，我的心在跳。他的眼睛瞬间绿了，牙齿上下对撞。我抓着他的胳膊问：怎么了？他很难地说：……没什么，我、我缺钙。

我读上初中了，三儿却一直没有长大，我都羞于不好意思跟这么一个小鬼老在一块儿玩。我妈送了我一块表，作为一个要有时间观念的学生的必需用品。我拿给三儿看，他一言不发地在手中摆弄，手指柔顺地插进玻璃外壳，把分针和秒针扭了扭。我急晕了，抢回来一看，分针和秒针组成了一个完美的心形，他仰着拍合的脸：这是不是就是心？

……。……

我怎么都找不到三儿了，他起码整整一个月没有出现了。我只有心壮胆战地去他家找他。当我敲开门，一个脸以及五官若隐若现的女人出现在我面前。我吓了一跳，不过三儿跟我说起过，这是他妈。我的心乱跳，空气中都有心跳的声音。我颤抖着说："……阿~姨！我、我、我找三儿……"她很轻柔地不看我的脸，而是看着我跳动的心脏：你，就是格格？我点头。

她叫了一声：咂儿——！里面走出一个少年，酷似三儿。少年羞涩地看着

275

我，眼睛泛红，同样看着我的心脏。

我大叫着逃跑。

在路口，我看见坐在石头上抽烟的三儿爸爸。他点点头，说，过来，孩子，别哭。我慢慢走过去，他表情很复杂地笑了一下：三儿不吃人的心，他还没有被我们吃掉。这个对于我们魔鬼来说，很正常。就像家里小人要成和意先。

我的眼泪流下来：我还能见到三儿么？他爸爸摇摇头：不能……但是孩子，你和魔鬼打过交道，却还有心，你一辈子都不用意先了。

很多年过去了，月照，已经吃掉的手表一直戴在我手腕上，里面没有时间指示，只有一颗机械的心，三儿的心。

死神与蘑菇林

谁都不知道这个镇上最靠山谷的那个店是死神开的。

这个死神不是你心掌管黑界的大死神，他是一个名叫经伟的小死神，掌管这个正常人的山谷里的小镇。是家族世袭的职业。大家有点怕他但也很喜欢。他偶尔也会到人群里来，穿着传说默的黑色斗篷——因为他的生意不大好，这个镇上的人们都挺健康，他一年也收不到几个灵魂。正是这个原因，小死神的爸爸老死神就被上帝没收了营业执照，变成了没有神力的孤魂野鬼。当小死神接过执照后，他就必须拓展营生。

这个小死神虽然权限不是很大，而且到目前为止没有显露出任何当死神的天赋，但是毕竟是死神啊，大家还是看见他就绕道走。小死神从黑色斗篷里伸出一个纸牌：高价收购灵魂。

他在集市口边上站了一整天，都无人问津。他把自己裹在黑色斗篷里，谁也看不见他到底长得什么样子。有人猜他很英俊，有人猜他很丑陋，还有人猜他根本就没有肉，只有骨架。

一群姑娘尤其对他感兴趣，叽叽喳喳地在讨论他。玛塔说：瞧他那个子，真高呀！肩也宽是这样子！丽莎说：但是他是死神又看不见脸，也许穿了内增高鞋差也许不一定呀……最精靈也最好奇的姑娘叫桑格格，她说：姑娘们，我们不如去掀起他的斗篷看个究竟呢？姑娘们惊呼：干万不要！谁碰一下死神的斗篷就会嫁不出去了！更不要说掀了！桑格格用恶毒的牙齿咬住刚愎的嘴唇，挤出一句话：嗷？是吗？

值得交代一下，桑格格虽然她跟她强从小生活在城镇里，但她却是好心人从田野里捡回去的小弃婴。她一点儿也不对自己莫名的出身感到羞怯。她同镇里的秤人的秤生在孤儿院健康地长大。并且，和镇他姑娘一样，上了这座小城镇唯一的一所中学。她矫健地在山坡上爬行，把娇弱的女同学远远甩在后面；她跟男同学摔跤，逢骂骂得比他们还要刻毒，而真打起来，气力也不比他们弱太多。

桑格格像个小子那样，抱着膀子绕着死神上上下下看了一圈，姑娘们惊叫着四下逃开，聚起的灰生在集市上引起了更大的骚动，那些做买卖的小生意人还以为市场管理员来了呢——他们不怕死神，但是怕市场管理员——瞬间都偷偷清失了。

偌大的中心广场，就剩下桑格格和死神面对面。

桑格格想缓和一下气氛，也斜着眼睛笑着，抱拳：哥们儿，小妹这厢有礼了！……半晌，那黑色斗篷都没有反应。桑格格说得他很没有礼貌。就忍不可遏地上前用一双短粗的手"嘭"就把斗篷掀左了也么！

277

一个面容惊愕的英俊少年，出现在这个世界上。是的，这是一个很年轻的死神。他不习惯阳光，用手挡住光。桑格格发现，他手上居然拿着一本书！原来这一刹那，他就举着一个"高价收购灵魂"的广告牌，然后躲在斗篷里看书！桑格格辨认了一下，那本书是本什么诗集，她忍不住用她独有的"嘎嘎布咧"的笑声笑起来："嘎嘎嘎！你！居然在看诗！死神居然在看诗！嘎嘎嘎！"

那个少年，嗯，死神，他涨得满脸通红，飞快地把斗篷拉起来捂上，跑掉了。

桑格格静静地看着他的背影，直至完全看不见那褐色的小点，她才发现，地上有一本诗集。她缓缓捡了起来，拍拍灰尘，翻开第一页——《毁灭》：魔鬼不停地在我的身旁蠢动/像摸不到的空气在周围荡漾/我把它吞下/胸膛里阵阵灼痛/还充满了永恒的罪恶的欲望……

野姑娘桑格格从这天起，开始不一样了。她每天认真地洗漱自己那粗糙而乌黑的头发，用梳子硬拗儿梳它，虽然，梳子和头发都受很大的损失。她脸上的神情不再只有茫然一种，经常对着山左悬崖那边，若有所失的样子。

当然，作为一个孤女，她也总算有了平生第一件私人物品——一本捡来的诗集。

这一天，葵扇风四起的扇子那样缓缓地旋转着，山顶教堂的钟敲响，一下又一下。死神小庄终于又来吻小。很久之后，小死神迟疑着把小庄吻了，看见一个姑娘，带着最饱满的灵魂站在了他的面前。她看见了他，一字一句地说：我，桑格格，想把灵魂卖给你。

他看着她。前一放，上帝的使者才来过，说，如果在某座逾期迎收胸怀一个完全的灵魂，就要没收他的资格，赶他去田野做游魂。但是，上帝和天使看见这个英俊的小死神，暗中安排，如果真的没有，就悄悄派遣一个人前去把灵魂交给这个不称职的死神。

那么，这个人来了。

葇格格因为激动，眼睛眨伏着。她再一次看见他的时候，发现他比第一次看见的还要英俊。他的目光忧郁而蒙眬，正看着她。她把手中的诗集递给他，给，你去拜的！他想，起来这是那天欣掉他斗篷的姑娘。她和那天的野蛮有些不一样，她的目光充满了一种好看的光。

死神迟疑了一下，接过来，把门打开，优雅地做了一个"请"的姿势。葇格格走进门来，发现这个房间里全部是书架，上面是各种诗集。小死神说：你想好了吗，姑娘？灵魂卖掉就再也找不回来了。他的声音像是从地下传来，但是那么亲切和充满磁性。葇格格还没有卖掉灵魂，却像已经失去了魂一样，呆呆地看着他。……嗯，是的，我确定。小死神叹了口气，说：那么，你可以对我提要求，说说你要什么，那是你灵魂的交换……除了这里的诗集……

葇格格摇摇头，果断地说：不，我没有什么想要的，你快拿走灵魂吧！作为一个死神，你太啰嗦了！小死神头上冒出了汗，他慢慢地举起手来，对葇格格说：既然这样，把手给我吧，姑娘。她把手放在他手中那一刻，他们都颤抖了一下。慢慢地，葇格格变得透明起来，她身体里的血液，一点点变成蓝色，蓝色的血向前，红色的血退后，眼见葇格格就渐变成一张人形的蓝色的网，她的眼神从充满爱情慢慢变得空洞……突然，小死神收回了手，葇格格的血陡然又从蓝色一点点变成了红色！小死神倒在地上，大汗淋漓，嘟着粗气：不行！不行！我不接受什么都不索取的灵魂！

桑格格收起了慌张，听见了小死神说：姑娘，既然是功夫不卖掉灵魂吧，我可以把这屋里的诗集都送给你！

桑格格虚弱地摇头：死神先生，你不仅嘴嘴还是个骗纸。我知道，来的人都告诉我，只要你今夜不收购灵魂，你就会变成田野上的野鬼。小死神惨白的脸上居然起了一丝红晕！他摆手：不！不！你格什么爱心对我，我是死神！你赶紧离开，姑娘！桑格格低下头：迟了，死神先生，我爱上了你。

房间一片死寂。

小死神温柔地拉起桑格格的手，轻声说：姑娘，你甘愿和我去田野上流浪么？不过，我除了是一个拥有很多诗集的游魂，连死神也不是了……桑格格抬起头来：我愿意，我本来就是来自田野的小野丫头！此时，她脸微微泛起了之前的野蛮劲，她也斜着眼睛挑衅而笑：再说，我雄了你的单基，也嫁不出去了呀。

　　　——————　　　　　　　　　　野姑娘

从此，这个小镇再也没有人见过那个小死神和桑格格。偶尔在有风的夜晚，听见风声夹杂一些吟唱的声音，从遥远的田野尽头传来，还有男子喂哎你呵的，野姑娘的笑声。

09

[梦]

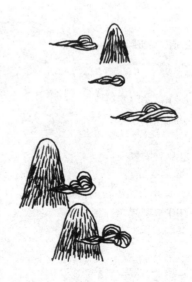

长江

山城，从上而下都是人家。房舍中间有一条弯弯曲曲的小水流，每一家人都在里面淘菜、洗衣、拉屎、扔垃圾。水流越来越小，最后只剩两根手指那么粗了，暴露着河床里面的鹅卵石。

我问这些人：这条水流叫什么名字啊？

有一个人麻木不仁地说：长江呗。

答案在风中飘

梦见一个花园，我从小到大想知道的问题答案，都长在花蕊中。这些花朵在阳光下闪烁可爱，我去摘，第一朵花蕊中写道：她的壮丽在于她那粗糙的手；第二朵写道：撒谎成性，妙趣横生；第三朵写着：整个上午不许从木板凳上站起来⋯⋯

慢慢地我觉得，知道答案也没有多好玩，舔了舔花瓣，甜的！于是，我坐在花园里，把答案都吃嘞，还打嗝，嘻嘻。

打折的重要性

梦中看见一辆公车，514路，车体上写满了"你敢来尝试一下么？"我以为是促销，马上冲上前去。

没想到车票不打折，原价。我和卖票的商量：七折怎么样？对方摇头。我说那八折吧，大家都让一点。卖票的还摇头，说：我卖了一千年的票还没听说过打折这回事！我咬着牙说：九折！不卖老子就走了！卖票的深深地看我一眼：不坐算球。然后车子就开了。我看了一眼车牌：514路。目的地：坟墓。

我一直明白打折在我生命中的重要性，没有想到，居然这么重要。

别姬

〰〰〰

一名白粉红唇的日本艺伎，住在我隔壁。

她的生活过得并不好，时常要靠我的接济度日。但是，她从来都盛装示人，保持着仅有的一套和服的清洁，穿雪白的袜子，迈优雅、细碎的日式小步。

我知道，她连脂粉钱都没有了，粉越来越劣质，在脸上都不伏贴，口红也是。这一天，我说：你为什么不让我看看你真正的面目呢？你为什么还要化这么差的妆容？她脸上唯一灵动的是眼睛，睫毛闪动得像火塘里噼啪作响的炸开的火焰星子。她微微躬着腰身，长长的脖子像天鹅那样弯曲着：格君，真的要看么？

我说：看啊。

她有点颤抖，鼻尖的汗融化了一小团白粉，居然能看见汗珠。她似乎在做一个巨大的决定，深深叹了一口气，这口气吐在空气中，如同一把尖刀切开了深远而凝固的记忆。我跪坐在榻，看她如此作难，摆摆手：算了罢，我不看了。

她却把手靠近脸庞，从发根处摸索，慢慢地，慢慢地，拉出一张皮的边缘！她双手拉住这张皮，一点点小心地揭，终于，这张皮完整地和她的脸庞分离了——那皮下的五官，模糊了一半。她摸索着，把这张皮放在几上，再次把手靠近了脸庞，重复了一次刚才的动作，又揭下一层皮来。当她把两张皮放在茶几上的时候，她的脸上只剩了一个完全光滑的面，她没有了五官。

格君，你看见了么？你为什么不做我的恩客，偏以姐妹相称？

第二天，她吊死在了阁楼的夹层中，没有五官，我无法知道她的表情。从梦中惊醒，在寒冷的黑夜中流汗，我的虞姬啊虞姬！

黄粱美梦

昨夜，我带着现代的一大堆便宜小东西去唐朝换一大堆金银珠宝回来。事情是这样的：

皇上知道什么是味精吗？不知道。我给他尝了一小点儿，他就马上拿了一袋红宝石和我换了一小包。皇上知道什么是玻璃吗？不知道。我拿一个玻璃做的烟斗和他换了一把青铜镶祖母绿的宝剑，他还直问我还有什么玩意儿。皇上知道什么是塑料吗？不知道。他把玩了半天我带来的塑料面盆，觉得既轻又耐用，很是喜欢，一抬手将和氏璧给了我。皇上知道什么是香烟吗？岂止不知道，他抽了一口之后都快乐疯了！大叫：天啊，天下居然有这等美好之物！我枉自富有四海！当我从袖子里抽出一整条的"中南海"，皇上居然不顾龙颜尊贵，幸福地哭起来：这样昂贵的东西究竟拿什么来交换喃？和群臣商量了几个小时之后，他告诉我：朕于南方有一城池，虽远，但颇为殷实，名唤广州，你看这个可以吗？我说，可以。

八个梦

~~~~~~~~

1. 我的头发全白了。白发胜雪，又长又飘。大胡子张纪中问我：桑格格，你愿意扮演李莫愁么？只要你愿意，片酬大大的。我惨笑一声，手一拂：去去去，休要毁我一世清誉。张制片还要再说什么，桑格格已经在十丈之外的山林间，只听得传来隐隐约约的歌声：问世间，情为何物，直教生死相许。

2. 梦见在《红楼梦》拍摄现场观看。看了一会儿，我很生气：这个《红楼梦》基本上就是乱搞，所有细节和剧情都是错误的。我走到导演面前对她说：你眼睛瞎了么？！然后愤然转身离开。背后响起一阵骚动的声音——那个导演，果然瞎了。

3. 我去银行取钱，柜台的职员是个中年妇女，看见我惊异地"咦"了一声。她说：我认识你妈妈，你小时候我去过你们家！说完，她还拿出一张照片，照片上面是我和她的合影，我那时还是个小孩子。这时，她温柔地说：你都长这么大啦，来，阿姨给你唱首歌……她通过银行柜台的对话话筒，轻柔地唱：军港的夜啊，静悄悄，海浪把战舰轻轻地摇，唔——嗯——嗯……全银行的人都静下来，一起听，大家的脸色都变得梦幻起来，也一起唔——嗯——嗯……

4. 梦见我三姐何三妖怪出嫁了。她上身穿着红袄子，下面穿着牛仔裤和球鞋，跷着二郎腿叼着烟坐在轿子里，莽声莽气喊了句：格老子的，起轿！

286

5. 广百举行周年庆，空中飘满了喜庆的气球。人们都在门口等着进去购物，进门前都要把脑壳伸出来。有个穿制服的拿起一把砍刀砍大家的脑袋，脑袋一掉就飘上空中变成了气球。大家没有脑袋地进了商场，挨挨挤挤，乐不可支。

6. 我妈坐在堂屋里，穿着一件千娇百媚的百衲裙，捧着一本书。我说：妈，你在做啥子？！我妈好像去整了容一样，脸上一点皱纹都没有了，身材也苗条了。她娇滴滴地说：你妈我准备去选美，现在要补点文化课。看嘛，我在看金庸。

7. 我在湖中采莲，白衣飘飘，青烟缭绕，沙鸥远歌。我轻轻撑着小舟，微启朱唇唱道：江南可采莲，莲叶何田田。鱼戏莲叶间，鱼戏莲叶东，鱼戏莲叶西，鱼戏莲叶南，鱼戏莲叶北……这个时候，有个帅哥，居然还是个金发碧眼的外国人！他从湖边伸个脑壳出来说：哎呀，你们中国的风景很美，但是话太啰嗦啦！鱼戏莲叶东南西北，一句话，难道不更简练一点吗？我把撑杆一竖，横着眉毛说：你懂个锤子你懂！

8. 老挑脚夫靠着山石把背篼停下，抽一斗烟。我路过，问：大爷，前面去夜巴黎旅馆还有好远？他说：小女娃儿，你住店？我说：啊！他在石头上敲敲烟杆：走！到我屋头去歇，干净又便宜！我说好嘛，大爷你贵姓？他嘿嘿一笑：免贵姓黑，我叫黑泽明，叫我黑大爷……

我在梦中很严肃地说：你再这样，我就打110了！

佛佛不怕

我在一间木结构的寺庙里，拜一尊佛。

我拜着拜着，那尊泥佛活了。他指着面前的一排供品对我说话：嗨，你要不要吃啊？我摇摇头：不了，那些东西恐怕都过期了吧？他觉得这个交流不够顺畅，就再找了一个别的话题：你要不要上来和我一起玩啊？

我抬头看着他：为什么你不下来和我玩嘛？

他觉得也是，就跳下来准备和我玩。我有一辆单车停在寺庙外面，就说：要不你用单车载我，我们去山里玩吧。他点头说好，然后我们就骑车走在山间的马路上。风景挺不错的，只不过上坡的地方，佛骑得很吃力，一头的汗，我就很羞愧：我会减肥的。佛脾气很好，一点都不怪我：嘿嘿，不妨事，你抱紧我的腰喔，别掉下去了！

然后，出现了一群坏孩子，他们看见一个佛载着一个女孩在骑自行车，顿时觉得稀奇，就叫嚷着要冲过来用石头打我们。正好又是个上坡，我们骑也骑不快，好不焦急！我突然想起来对佛说：哎！你是个佛啊，你该有点法力吧？你把我们弄飞起来吧！这个时候，佛很丧气地说：我、我是个假的佛……我不过是一堆泥……

然后我就醒了，据说我在床上"呀"一声大叫，说了句：佛佛不怕，有我在！

美国梦

我昨天晚上做梦去了美国。

其实美国没啥了不起的，就和我们广州美院后门那条隔山村路一样，脏兮兮的油腻腻的。只不过，是外国老太太在捡垃圾，是外国人戴着白帽子在卖兰州拉面。他们小学校门口也有条幅：Good good study,day day up!

而且，我还看见了廖赴美！龟儿子的还说他在美国搞科研，根本不是，丫蹲在旮旯头卖打口碟！

春梦

一片草地，山，杉木林，麋鹿走来走去。

有一个英俊的藏族小伙子，背着褡裢向我推销药材。我看中了一包晒干的紫丁香，但是，价格太贵，我买不起。

他笑，一排白牙，迷死人，说：你跟我去我爸爸的农场吧，可以喝点酥油茶。我送你一包紫丁香，不要钱。

天，这是不是一夜情的邀请？

我正在犹豫，就醒了。

好后悔，忙闭上眼睛，说：好吧好吧好吧！

梦醒

我发现了一个奇迹：无论在哪一个城市，清晨都会听见一阵鸟叫，时间是精确的五点半。平时白天看不见这些鸟儿啊，它们都藏在哪里啊？

梦醒之后，梦里那些人都上哪儿去了呀？

[城]

◆ 北京

　　飞行的高度和时间决定了我能看见这样的景象：如果用视野分割来说，就是百分之九十的黑暗，百分之十的光亮。

　　那光亮是在地上见不着的：首先它有这么多的黑暗打底，只是在黑暗的边沿泛起一丝金黄色的渐变光带，这光带在百分之十中又只占三分之一，由于体积的狭小，只有把能量压榨在颜色的浓度和亮度上——那是一种结核病人才有的姹紫嫣红，说不出的瑰丽，大概是太阳吐出的最后一口血。这血色一点点往上伸，根本还没有打开的时候就骤然和三分之二的靛青色天空猛然接合，突然间地相撞，如同淬火。这两种颜色中被撞散了一些碎片，就是云，深色的云丝，挂在黑暗和光亮之间。

　　除了这天上的颜色，眼前机翼上悬挂的一颗红色指示灯就最炫目了。只从平面视角看上去，它正正中中在明暗之间，红得夺目，仿佛一幅图画的主题，画的主题是充满了回忆却闭口不言的片断。

　　地面上从黑暗中透出的金黄线条渐渐形成一张网络——这个城市的血管，越来越多，越来越亮，令人应接不暇，顿生隔世重返之感。

　　我来了，北京。

◆ 五月

我爱你，五月的北京。

他们十七八岁时穿着军装，背着吉他，像狗一样贫乏而又自由，在什刹海边碰歌：月亮在白莲花般的云朵里穿行，晚风吹来一阵阵快乐的歌声。我来的时候，你们却都散了。亲爱的，我抚摸这条路，你的足印滚烫，刚刚离去。老狼老狼几点啦。

我找所有和你有关的文字来看，我在遥远的地方学着你们说话，笨拙的四川腔北京话，我自以为很不错。对于我和北京的距离，就像我讨厌吃面条一样，都是童年的积怨。你们这些刻薄又亲切的人不要嘲笑我，你们说点别的，我们是谁啊，从小一起在幼儿园偷向日葵，从楼上往过路的人身上吐痰玩。据说，那是一种永恒的无忧无虑的存在。北燕刚刚学会了骑她哥的自行车，她光着胳膊，骑得飞快，穿过北展门前的广场，一双黑辫子飞在身后。她突然刹车，伸出一只脚踏在地上，仰头看天——一群鸽子呼啸而过，天蓝得让人眩晕。

我在午夜抬起头，你相信么，我眼前居然是幽蓝色背景的故宫角楼。都说你变了，是变了，很多街道都没有了，他们拆了你的肋骨，好在你还有一颗跳动的心脏。如果我独自在夜里来到故宫，从红色的宫门缝隙朝里望去，你就还在呢。唱着艳阳天，女儿十八正华年。北京，我的北京。你们谁能领我去再吃碗白水羊头？据说当年的老头儿已经不在了，他儿子在，吆喝声一模一样的。多加香菜，还有辣椒油，就端着碗站着吃。城门外的骆驼队在歇息，骆驼也在补草料。它一仰头，脖子上的驼铃就叮叮当当响成一片。风沙要来了，烧豆汁的锅里又要泛起一圈土来。

这个季节，五月，五月的北京。北京的花、大鱼大肉，鲜艳地从干燥的土里长出来。你看，月季花开得哟！我一眼就看中了，后来知道月季是你的市花，我要摘一把！如果五月在北京，我就能回到十二岁那个午睡醒来的时刻，我刚刚成长为一个讨厌、专横、傲慢、淘气、难以管教的少年。他们不知道，那时，我刚刚把你装在心里，北京，一半是海水，一半是火焰。我一直天真而又武断地认为，有一天，我来，你们会夹道欢迎。果然，五月我来，白杨树的叶子刚好长得能发出响声，哗，哗，哗，欢迎欢迎，热烈欢迎。

悄悄地走进喧嚣背后的胡同，一只白猫踩翻了屋顶的瓦。

◆ 秋

北京的秋天，光是这五个字打出来，我的手指就动不了了。我坐在出租车前座扭头对朋友说：嘿，秋天来了啊，你知道不？她说：嗯。

我站在美术馆东街的街头，阳光已经不晒人了，天的颜色把一切都染得蓝幽幽的，这种蓝又是看不出来的，你只会觉得一切比以往透明了。你看，有个老头儿挂着拐杖站着，他都是透亮的。我还在惦念着夏天，但是为什么这秋天来了，我一样欣喜？天空越来越高的时候，我眼神抬起来，射在远远的云上，心服口服。究竟什么才是个够呢？我要怎么才能说够呢？不要以为我的眼神好像说了很多，其实也就是这一季的秋天的某个瞬间。这么说吧，阳光倾泻下来的时候，我根本就是傻的。但是，也不要轻视这离别，在北京最好的季节里离开需要勇气。每一眼，每一次触摸，再也不会是一模一样的了，哎呀，秋天啊。

既然一切都会发生，人还要不要对自己的行为负责呢？既然每年都有秋季，还要不要珍惜今年的这一个呢？

这个时候，要是在傍晚爬上景山，看看城市上空翻飞的鸽子，有没有人陪伴都不重要。不要负重，穿着最清爽最舒服的衣服，还有软软的平底鞋，迈出去每一个步子都完完全全贴在地上，像猫那样抓住大地。哎呀，眼睁睁就整个泡在秋天里了。

短袖还在身上，叶子也没有落，我还没来得及喝一瓶北冰洋汽水呢。

◆ T.15

火车从月台慢慢驶出。

离别和对一路上未知风景的期待，才是真正的旅行起点，火车能做到这一点。你可以被人送进站台，你可以看见窗外的挥手，但从你落座的那一刻起，一种间接的、隐秘的、矛盾的气息就在车厢里蔓延开来。

从城市景观到乡村景观的更替速度，是其他任何交通工具也做不到的。从北京站出发，从京城中心向南，一会儿就看见了一片片红砖院墙的村庄、无数半圆相接的温棚、某些国际品牌的生产基地、废弃的养牛场、田野上斑驳的雪、地平线上孤零零的几棵树木上的鸟窝，远方是工厂高大的烟囱，滚滚的灰烟，一点点融入彤云密布的天空，仿佛是一管管海洛因注入了她的身体。

我是中铺，但没有天黑前我不会爬上去，要看风景。我一直坐在靠窗的折叠椅上，一言不发地看着外面。车厢里其他乘客都十分忙碌，忙着打水、泡方便面、吃东西、铺开床睡觉、说笑玩牌。他们从我身边一次次经过，完全没有发现我虽然不说话，眼中却有着国庆般的喜悦。

慢慢地，雪越来越大。河床上均匀地铺上了厚厚一层蓬松的白色。由于是河床，没有人踏上去，这片白色惊人地完整。再看那些树木，再多的雪也只能堆在树枝可以承接的面上，植物的轮廓便像是水墨勾勒出来的一样。雪的存在就是告诉人们，世界上有多少正面，多少侧面；有多少是人类可以到达的地方，有多少地方无人通过。

窗子有很小的缝隙，钻进来细小的风。我搓了搓手放在嘴下呵气，觉得自己像是行驶在西伯利亚，于是哼起了俄罗斯民歌：我要沿着这条细长的小路啊，跟着我的爱人上战场。日瓦戈医生说，在月台看见那些落在松树上的雪，像是一排士兵捧着面包。又有人走过我的身边，狭小的通道中，我们的衣服表面短促地摩擦，发出飒飒的响声，像是中世纪穿着塔夫绸撑裙的女仆，向着城堡走远去了。

现实中，我路过了一个小城镇，这是一个雄心壮志的小城镇，一个工业区连着一个工业区。路旁巨大的广告牌上写着一行大字：给工业区一个方便，给自己一个机会。广告画面上一架巨大的波音客机从城镇上空呼啸飞起。接着是另一条刷在墙上的广告标语：抢劫银行，当场枪毙。这两条标语真真是"梅须逊雪三分白，雪却输梅一段香"。在行进中，我看见工业区排出的污水带着高温汇入河流，在冰天雪地中腾起天使般的白烟……最醒目的是落在煤堆上的雪了，黑白分明，微型的黑山白水，袖珍的壮丽巍峨。

一大片羸弱的小木棍插在路边，延伸向远处的田野。为什么要这样插着木棍呢？原来那是在春暖花开的时候，会绽放新芽的树林啊！

北京—保定—定州—石家庄—邯郸—安阳—汤阴—新乡—郑州……雪越来越大，让头脑也开始一片空白，天慢慢暗下来，我终于靠在湿漉漉的玻璃窗上睡着了。

◆ 下次光临

杭州新白鹿饭馆，跑堂的妹儿看我一个人还要排位有点造孽，悄悄把我拉到一边：你，这边来，坐这张小桌子。

老子本来是背了干粮开水准备在新白鹿门口死守严防的，这下，世界绽放开一牙金光！眼泪花儿都冒出来了！我庄严地抬起头，透过眼镜片眺望那跑堂的小妹——这边厢端的是好个妙人啊，看她生得来是又红又白眉冠日月，是肩头搭帕口头喊客……

妹儿看我发癫，微蹙一下眉头：你来啊！

我夹紧身体，"嗖"就射过去了，坐在那张桌子旁一张嘴像鸡啄米一样：谢谢谢谢谢谢哈……妹儿扑哧一笑：不客气，您稍等，我去拿菜单。然后，一转身跑开，身体仿佛绵柳般轻巧。刚学了个酸词：烟视媚行，用来形容妹妹最适合不过了。照例，我点了西湖醋鱼、蜜汁糖藕、清炒佛手。妹妹说：你不要点了，这些你都未必吃得了。我转头望她笑：嗯，好，加一瓶西湖啤酒。

她倒了杯茶就俏生生地走呱了。我一个人坐在桌边，以手叩桌，哼着些淫词艳曲：倦绣佳人幽梦长喔，金笼鹦鹉嗔就唤茶汤咯。窗明麝月开宫镜呐，是室霭檀云品御香哟……

菜菜很快就上来了，显然是妹妹用心唤菜，有心人呐有心人。我吃高兴了，抽出一支烟来点起，然后还色眯眯地冲妹妹的方向吐了口烟子。坏了，在烟幕中，我看见妹妹眼角隐约有点不快之色，她看着我手上的烟，显然有点点惊讶。哎呀妹妹，我不是坏人，我是好的！我赶忙在烟缸拍了，四处看妹妹，却找不到倩影。

埋单之后，我站起来，心情落寞起来。要步出新白鹿了，留恋地回头一看，猛然看见妹儿浅笑盈盈站在门口对我颔首：慢走啊，欢迎下次光临。我头点得像鸡啄米：嗯，要得要得，下次光临，下次光临！

◆ 冬走江南

江南的冬天是冷，冷得很有冬天的意思。树干嶙峋，枯草焦涩，空气清冽。深叹一口，冬天便游走五脏六腑，与天地共融。

清晨，晓寒犹嫩。巷口生火炉的老太太，扶着青砖，手把铁钳，撩拨着嗞嗞作声的煤饼。看我经过，老太太侧身相让，轻笑软语相问：侬好早啊，姑娘……似懂非懂点头：婆婆早。她斜襟圆肩的冬褂很旧了，但是洗得干净补得匀称，一顶江南女人的连帽线围脖，显出孩童般的娇憨。我走过去，她终于把火引起来了，煤饼的烟丝追到我鼻子里，微呛，人间烟火。

叮叮当当的评弹从某家的收音机里传来，继续往这条巷子深处走，听着软、细品却韧的苏州评弹，真可以称作碧玉之声，外润内坚，历久弥新，丝丝绕绕，如水珠滴坠。小桥流水，茅檐低小，河岸疏草，醉里吴音相媚好。想起海峡那边，邓家小妹丽君，字字句句，起音转承，断句延声，和这千年小调几多相似！扬琴和管箫，琵琶和古筝，或清或冽，声声慢、字字浓。听得人是，脚也软了，心也散了，行也思量，坐也思量，来也惝惶，去也惝惶。醉眼蒙看江村一楫轻舟慢来，梦入旧浦。

你说，最好我们手握上好黄酒一樽，携手游走于这回廊小桥青石小径。走一路，喝一路，还可以唱，也可以笑，衣上酒痕成就个无事小神仙。又何必非要江南之春呢？冬天也有说不出的好，只消耐得漠漠轻寒，便可看这淡烟流水，冷夜小银钩。

◆ 苏堤春晓

亲爱的，我在苏堤晨跑。

早上在杨公堤醒来，穿衣起来往窗户外面看了一眼，怀疑自己还在梦里，定了定神用力再看：外面花圃里的白玉兰开得啊树枝都承受不了！这花很奇怪，满树没有一片树叶，树枝也细细的，但花朵肥实硕大，尖俏俏地独独在枝头绽放。远点的玉兰是一片白色，近点的是一层粉色，粉粉白白、层层叠叠蔓延到窗子下面。唉，你不在，它们开了又有什么用？你不在，我又为什么要来？是的，你说得没错，有些风景静止不动却又惊心动魄。

穿戴好，我迟疑地把脚放在院子的青苔上，像是踏入了一个透明、无边的气泡，进入了它的内部：我站在春天里，你在哪里？我轻轻抚摸墙上的爬山虎，细密的触角像是针脚缝着一个墙上的伤口，伤口很沉默，像你……你还在梦里么？我昨晚睡得很沉，四周有初春在培育我的梦，但是我没有梦见你，而是梦见自己很小，在一条老街上闲逛，口袋里有整整两块钱！我从花生摊走到凉粉摊，不急于去买，怀着一个孩子不大有的笃定和安静。我现在都还陶醉在那样稳操胜券的幸福中，摸摸口袋，真的有两块硬币，哈哈。我是不是很好？这让你放心吧。院子外面有只奇异的鸟儿，长着长而绚丽的尾巴，滑翔而下，似乎不触及地面，一阵小跑停稳了，用豆大发亮的眼睛定定地看着我。我轻轻抬了下手，它"咕"了一声……我突然觉得痛苦！我要怎样才能完整告诉你，你不在的时候发生了什么？！

我跑起来，清清的雾霭挂在耳朵上往后飘去了，前面还有更浓的等待穿越。我呼吸着，明明很清新的空气，我却觉得纯氧般的窒息。这岸上一排柳树的新绿啊，真是绿得让人牙根都酥软了，茸毛在风里飘着，我想什么它们就跟着想什么。一眼望出去，哎呀，就是西湖啊，我眼前的一切，是用平静的水以及还未亮的天空做成。水面很平，一脚就能踏上去，远处的小船在荡漾，上面蹲着黑色的鸬鹚。我跑啊跑啊，细小的花砖和铺路石在脚下滑来滑去，毕竟是早上，露水重。亲爱的，我觉得舒畅，十分短暂地没有想你。

　　但是，我慢慢停下来，大口喘气，你又从四面八方向我袭来。太阳快出来了。

　　那么，我就认真地不回避地想你吧。想你是什么呢？就是一直和你说话，不断把看见的告诉给你听么？那么，我现在看见的是一片深红的菰蒲，小小圆圆的铺在水面上，一簇一团，改变着刚刚从云层里射出的阳光的方向。我看着看着就呆了——因为菰蒲一直铺向远方。等我凝神回来，再看那水面，慢慢我就看见了在里面游着的鱼。它们都还小，都是深灰的背，春天才孵化出来不久呢，怪不得在浅灰的水里不注意是看不见的。它们密密麻麻的，越来越多。我丢了一块饼干，以饼干为中心，鱼儿形成了一个环形的放射线。我直起身来，拍干净手上的饼干细末，感到伤感。亲爱的，我觉得生命短暂；我看什么都特别神奇，这一点我们很不同，你总是觉得日子还有很多。看看这周围的一切，你要是能看见万物的生长（它们如此明显），难道没有觉得有些事情不可挽回么？我贪婪地用眼睛吸吮着西湖的水，如同在分别时，吸吮你的眼睛。

我看着一切植物、动物、人物，但是内心里真正的欢愉，是来自于远方。你对我说过的话里没有这些花团锦簇，但是格外意味深长，在我听来也有着令人困倦的浓郁花香。你很深情，也很疲倦，你总是睡得很累，很不满足，每每堕入梦境之后，你就被莫名的忧伤笼罩。有一次，你说，你在西湖醒来，在堤岸上行走，突然觉得从厚重的水面呼吸到了空气。那时我不在，就像现在你不在。我们总不在，不在彼此的面前，任由美景错过。也许，我可以安慰自己说，无论如何，白昼和夜晚也是一个彼此相连的世界。

一叶小舟，推开涟漪，缓缓而来。

亲爱的，我像这船头，有一种昂首破浪的勇敢，而你正像这船尾，是刚刚结束的时间。你有一种相当晚熟的认真，像是冬天里缓慢的阳光，执着而一丝不苟地照在棉鞋上；而我，正是这敏感而又一刻不停变幻的苏堤，春晓。

◆ 南京月台

那天的天，湛蓝

始终紧闭的水面

偶尔吐出孤独的气泡

卑微却甜蜜的新生事物

内心鼓胀如同葡萄

你的眼睛总是睁开如同这天空

让我整夜无法睡去

听，秋天的蝉擦刮着

这潮湿又褴褛的夜晚

想起南京，那面目是一个并不开朗、心事满腹的男子的脸。这个男子有着显赫的前世，今世特别孤独。他略带微笑地冷漠地生活在永恒的现实中，磕磕绊绊，充满了一种真正的、乡野之人才会有的厌世。整个城里扔满了他那消极的、无法看透的、不可沟通的、闪光的细碎片断。

他，正是与你有过刻骨纠缠的人，你忘了他却记得。他悄悄来到你身边，成为一个再次令你心碎的人，不欺骗，没有憧憬，不许诺，也不要求。懒慢不交一语，他只用双眼看你，眼睛里含着江南烟雨朦胧。

走在这个城市，并不是走在一片高速公路和楼宇中，而是，漫步于他的肺腑。轻轻踩着他的肉，一点点，紧相偎，慢厮连。我长久地注视周遭的一切，这是他的什么器脏？心？脾？肝？所有的一切，遇见我的目光都融化了，只剩下了心脏的搏动，嘭，嘭，嘭……你无处不在，让我根本无法藏身。看看这两排举世无双的梧桐，我只能脱了鞋，脚掌抓紧地表，亲爱的南京。

要走之前，南京就一直阴着脸。南京不是小男孩，他的沉默和阴沉是令人窒息欲坠的，集合了前世今生的所有伤感，是过分狂热的忧郁。南京会哭，眼泪滂沱淹了半个城，秦淮河湍急，他脸上却没有太大的表情更没有话，仅仅是难过压弯了眉头。他事实上是小孩，一个无法安慰的漂亮的小男孩。乖，我走不远，我会再来看你，我会每天和你一起随着地球旋转。

离开的时间到了，站在候车位上远眺铁轨，我想我已经永远留在所有火车都已开走的南京月台。

◆ 南京梧桐

盛夏，我就想起南京的梧桐树来。

我只要和见过那梧桐的人说起，南京那梧桐长得啊——这"啊"字不需讲完，听者一定是点着头同意，眼神中立即就有了苍翠的颜色。真的，全世界也找不出那么挺拔、庄重的姿态——就算你找出，我也保留我的意见。那树如此孤独、清醒、优雅，年年都那么发芽、长叶、凋零，完全是一双不动声色却最有感情的眼。一双可以观莫大幸福或者莫大不幸而不动容的眼睛。人们过着这一砖一瓦一日一夜的平常生活，树们也在暗中忠实地画着年轮。这种年年日日的相逢，那树下走过的人，一定最懂。

事实上，也许这些树们，并不如我想的那么不动声色呢？它也在暗中忌妒着每一个人，又暗中恋慕着每一个人呢？我们可以把夜里的酒，一直喝到早上，它却必须站在那里，喝些露水，清醒而独立，悄然无语，连近在咫尺的恢弘宫殿也不曾看过。亲爱的南京的树，我要怎么才能带你去看看外面的世界呢？你却笑笑，你哪里也不想去。不是不想，而是不能。有一些字属于我，比如爱、自由、漂流；有一些字属于你，比如生命、绿色、驻守。我说希望的雄伟，你说生命的迂回。但是，这并不影响所有的灯盏都暗下去时，梧桐的剪影在深夜，投在我心头，拉出很长。

南京的树，你还记得我么？好好想想，夏季里空气的缓流，鸟儿的啁啾，轻轻掀动你叶掌和我帽檐的风儿，四周说不清什么在低声吟唱的香气……你一动也不动，像是凝神在想。但是你晒了一天了，疲惫了，我亲爱的树。也许，你会在夏天最后几个憔悴的日子想起来呢。那天，我远远看见你浓黑的影子，吞没了两盏尾灯。我双手交叠，盖住一个伤口。我曾在童话的国度寄了明信片给你，封面是中了毒的夏日以及夏日中的城堡。你的家在鸡鸣寺下，顺着城墙就能走过去，格外葱郁。

这个时节你最茂盛了，我要不要去看你呢？事实上，不去看你，你也和我去年看见的一样茂盛；看了你，你也和明年的浓绿并无二致。那么，到底是什么让人如此想念呢？你是梧桐，不是木头。

好吧，告诉你，我在正午做了一个梦：在午夜和凌晨交接的时刻，你披着单薄的淡绿的纱飞快地从树干中溜出来，我在路的尽头和你会合。我们牵着手，谁都不打搅，让所有人类继续酣睡。

◆ 广州

　　广州这个雨啊，不打招呼，突然就下下来了，像一个委屈无比的孩子，越哭越大声，止都止不住。

　　广州这个花啊，不打招呼，突然就开开了，像一把越撑越大的花伞，撑得过火，就碎了，稀里哗啦落满一地。

　　广州这个人啊，不打招呼，突然就把我的门推开，像招财猫那样对我挥手：走啦，我们去喝晚茶啦！

◆ 广州香

　　我家门口有棵隐形树，因为我只能闻到它散发出来的香味，却在一片高高低低的林子里分不出是哪一棵。

　　它的香味真怪，你说香味这东西是无形的吧？不，这香味简直就像立柜那样具体占据着空间。有时候我走着走着忘记了即将要踏入它的领地，就会碰在这香味上！它浓得啊，真是伸手一抓，能攥出黏稠的一手黄胶来。浓是第一点，不扩散是第二点：它就在差不多方圆七八米的地方使劲地、疯狂地散发能量，多一厘米都闻不到。广州地方窄小，很多空间都是紧逼到在几乎重叠的崩溃边缘就站住了，并且相安无事，自成系统。我试过，我退一步就找不到香味了，近一步就被香味呛到咳起来。

那香气有点俗气，像很久以前用的一种檀香香皂，特别有生命力，一年四季都不散。这算是第三点吧：什么时候都能闻到，并且让你有一种"哎呀春天来啦"的欣喜感。我都怀疑这棵看不清的树是不是得了"植物性神经紊乱"？不知道现在不该开花散香，却泼着一辈子的劲儿在用力呢？哎呀，那可是会精尽而亡的啊……好在，我每次经过它身边，都能闻到它强烈的气味。你在呢，好好好，乖，乖，我会对空气说。我看不见它，但是我能感觉到半空中有一束小小的热情的斜着的目光。

今天经过一个小区，突然也闻到了这种香味！没有我家的那棵浓，但是也像一缕尖锐温柔的小手拍打了我一下似的。我的第一反应是：啊，我家到了。马上回过神来，我家在另一边呢。第二反应就是：你好啊，我认识你家亲戚，就在我家门口呢。我伸长了脖子，以为这里的视线不像我家周围，应该能看见这树的真面目，可找了半天，依然确定不了香味的发源地。

慢慢走回家，已经是夜里了。

我如期撞在家门口的香上，心里变得很温柔。谢谢这棵香树，在我回家的路上，这样盲目而长久不衰。

◆ 广州夏日

　　每次在广州过夏天，都想：这是我在广州最后一个夏天了。今天是第三次这么想。望着盛开的火红的凤凰树，我想，哪怕生命最后一刻，也不会忘记每一个在广州的夏天。

　　鲜嫩的海芋被太阳烤出的滋味，清新又粗暴，安静的午后一片纯真。我可以在广州的夏日看见，一个女人在对面阳台上踮着脚尖晾衣服，露出鱼肚白的纤腰；我可以在广州的夏日看见，叫卖蛇的小贩在麻利地解剖，一把尖刀把蛇皮一剖到底；我可以在广州的夏日看见，树荫密密地盘旋在头顶，一匹连绵不绝的剔透织锦缎。到处都是含情脉脉表情暧昧的人的面孔，皮肤潮湿，仿佛被蜥蜴刚刚舔过。

　　我的房间虽然过于狭窄，却保存了一个又一个夏天的记忆。我在纱窗上用红色的丝线绣出几个扭曲的字，蚊子却透过缝隙挤进来，我就一遍又一遍地背诵：一巴掌打死七个。我可以睡一会儿，又担心错过什么，想想生命总有尽头，那时错过的更多，于是趁着远远飘来的提琴声，还有稀稀落落的钢琴和音，就睡罢。我觉得梦里有莲花，一层一层的开，让人都厌烦了，色彩也太绚烂了。我为什么不能忘记这些夏天，因为只有在夏天，我才可以和那些只在夏天绽放的生命相依为命。

　　漫游，你醒了我们就去漫游。广州网状的腹腔里，有许多市区图上没有的街道，你就可以把它当做一千年前来过的，或者一千年后即将去的那条。细小的巷子里，如游丝软系，上面的电线落了好多雀鸟。我们站在这个城市的脸上，就像两点小小的雀斑，这有什么不好呢？无论在哪里受了委屈，你都可以穿过亲切的市场，闻一闻刚剁掉头的鱼肚裆的味道，花椒八角的味道，刚出炉的菠萝油面包的味道。人间，你轻易地就可以返回。

如果，你真的无所事事，就可以在夏天来广州无所事事。没有人敢在这里说：你是个异乡人。

想起广州，就想起一首歌谣——哪个爱做梦，一觉醒来，床畔蝴蝶飞走了。你信不信，在我完全不知道这首歌的时候，我曾经梦见过这段旋律，一共两次。第一次，我还哼不出来；第二次，是一个盛夏的下午，我睁开朦胧的眼，像一路低首拾起断线的珍珠，一个一个音符找，生怕丢了。纤弱，却万般渴慕，半唱半和一首歌谣，湖上荷花初开了。天地都是这旋律的材料，一息尚存，却必须全力以赴。

然后，就找到你了，广州。

◆ 都在这里发生

咋说喃，我晓得我是个感情一天到晚处于等待喷发状态的人，我不在喷发，就是在喷发的路上。随着慢慢长大，我已经晓得把这个不成熟的情绪掩藏起来，但是，哪个要是来惹一下我，照喷不误。

今天，人在成都的小昙花像一把小羽毛一样，在我的后颈窝撩动了一下，说：格格，你回来吗？春天你要回来哈？坐在府南河边等你喝茶，在一家小店看见一对猫猫儿耳环，给你留到哈？看，在这个宇宙中，一个唯独叫做地球的星球上有一小坨叫做成都的地方，可以发出这样撩人的声音。府南河边的竹椅吱吱嘎嘎，盖碗茉莉花茶一泡冲发，可以瞬间把我的眼泪勾引下来，感觉自己飘起来，幺妹儿嘞，你听我说。

水井街的老瓦房拆了哈？中间那棵老银杏砍了哇？娃娃你从哪里来，你找不到屋，老汉儿我就天天提了板凳坐在口子上等你回来。娃娃你不要担心，我还可以和街坊些打点小麻将，都是流起清口水的老头老娘子些，看着你长大的左邻右舍，知道你的小名，蓉娃、水娃、三儿、丁丁猫儿。夜灯亮了，娃娃，你那边冷不冷，多穿些看凉到。

通过遥远的卫星，看我的成都，根本看不清的地方就是了，一团云雾笼罩的地方就是了，所谓盆地就是你双手捧着的、手心窝下去的地方。你一直将她捧在手中，而她，一直将你含在嘴里。和故乡的水乳交融，是你无法自知的浓度，除非，你走，离开，回头望。

春天，油菜花开。妈妈抱怨你走得远，你每回离开，她起码要半个月才习惯，慢慢回到没有你的世界。每天陪伴她的茶油盐米，谢谢你们，谢谢，谢谢了，你们比我心软，本该我来厮磨这些光阴。从家里走出来那些大大小小的路，谢谢你们，谢谢，谢谢了，你们比我知事，本该我来陪伴这些路程。妈妈说，菜子花黄，野狗发狂，蓉娃你们青年人不要贪耍，好生有狗。

咋说喃，我知道我回不去了。每次回去我都知道我回不去了，我要走得更远更坚定，故乡的木椅在心里笃定地摆着。清晨醒来，我就听见对面坡上谁在长声吆吆地唱：太阳出来啰喂喜洋洋啰喂挑起扁担嘟嘟扯狂扯。你说，亲爱的，我走在这上海的路上，是真的走在这路上吗？飞机把我运走，真的运走了吗？！

唉，都不晓得，突然哪里传来一股辣椒味。猛地刹住脚，深深吸一口，眼泪花花一冲就上来。

你看到这张照片了哈？照片上的水池是不是很平常，谈不上任何美感？这么残破了是不是可以推掉建新的？不仅这个水池哟，这周边的一切都显得无用，不得其所，宛如死去的树枝。是的，这一切都没有了。我妈妈说，上个月这里已经什么都没有了，要建新房子了。

如果，你看过我的《小时候》，里面说到的一切，都在这里发生。

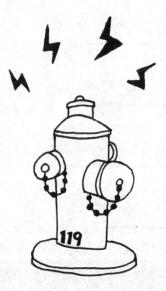

房间里气氛凝重，我铁青着脸把门关上。

然后，我把包里的每一样东西都掏出来，一一摆在床上：唇膏、备用唇膏、镜子、乳液、笔、钥匙、纸巾、手机、钱、银行卡、发票、书。大家排着队，心里忐忑不安，知道我要发脾气了。

果然，我用极其压抑又尖厉的声音说：你们就欺负我吧！龟儿子些！晓不晓得老子每天为了找你们用去多少宝贵的时间？！晓不晓得老子一旦想起你们哪一个不在了要承受多大的心理压力？妈妈辛辛苦苦在外面工作，你们就给我捣乱！你！钥匙！为了不让你再和我躲猫猫，我只有用绳子把你拴在我脖子上，作为一个大人，脖子上依然挂着钥匙，是很丢人的知道不？！你！银行卡！知道每次我要找你而你不在的时候，妈妈有多么着急么？妈妈是个有钱人知道不，你要不在妈妈还当个屁有钱人啊……

当我想斥责一下笔记本的时候，我的血液停止了流动——它不在！我哭嘞，一把鼻涕一把眼泪，乖乖嘞，出来嘛！我再也不骂你们了，你出来嘛，我好想你啊……到现在，我都没有见到我的笔记本，心碎了无痕。

作为一个物品的管理者，在这个冬天，我越来越消瘦了。

火柴枪

蒋晓佳坐在张维的斜对面，直接造成了张维的斜视。

蒋晓佳梳一个马尾，马尾再编成一个大辫子，辫子上绑一根粉色的丝带。从张维这个角度看上去，仿佛蝴蝶落在上面。有时候，蒋晓佳刚洗了头，辫子有点绑不紧，头发黄黄软软地松着。从张维这个角度看过去，脖子后的小茸毛和鬓发仿佛是浅金色的。

张维长得矮，不是班上最矮的，也是第二矮的。但论沉默，他数第一。张维的妈死得很早，他爸在单位上的运输科，有时候跑车一走就是半个月。张维背着军挎，从402厂技校那条路沿着一排垃圾桶走，转过来是一个小菜市，走过菜市就是学校了。放学他又穿过菜市，走过那排垃圾桶，路过技校，回家。

但是最近，他的路线改变了，他每天从后面走，走工人俱乐部的那边，蒋晓佳住在那边的8707栋。他每天轻轻走过8707栋，其实就是走，连头都不敢抬起来看，上面也许晾着她的连衣裙呢。就这样，走了一个学期。

放暑假的时候，他爸又走了。张维每天在家把地用水狠狠地擦了又擦，灼热的空气中水汽急速地收缩，他静静地躺在发青的水泥地上，在心里把开学的时间算了又算。他喜欢听小虎队的《叫你一声 my love》，反反复复地听：从前有个传说，传说里有你有我，我们在阳光海岸生活。

开学的时候，有一个消息悄悄流传在刚刚升为初三的整个年级：原来初二3班的女生蒋晓佳被洗白（强奸）了，是班上一个天棒娃娃（小流氓）王少刚干的。他说那天是他生日，请了很多人来家里玩，但是事实上他就请了蒋晓佳一个人。蒋晓佳开学那天没有来，但是王少刚却依然神气活现地坐在后面的座位上。

张维依然沉默。

回家后他开始做一些手工活：用钢丝扭成枪架、扳机和撞针，串上自行车的链条和辐条，再用细铁丝和牛皮筋固定。唯一麻烦的是，他跑了好几家杂货店才买够了火柴。事后，有杂货店老板说：怪不得那小厮儿在我这里买那么多火柴喔！

……

初三3班一下子就少了三个人来上学。三个空位子，一个远远在后面，另外两个，是紧挨着的斜对面。

后记：

王少刚并没有洗白蒋晓佳，那是他撒谎，以为这样显得自己很港。蒋晓佳没有来是因为，她去外地亲戚家玩，没有来得及在开学时赶回来。但是，一个少年缺了一只眼睛，一个少年成了少年犯，她只好转学。

世界观和消防栓

我一直以来都拥有坚定的世界观，比如，我一直认为消防栓是带电的，是不能碰的。

我把这个关乎生命安危的大事告诉给幼儿园同学赵琳燕的时候，她表示了怀疑。不仅是怀疑，她简直就是嘲弄了我这个坚定的世界观：桑瓜儿乱球说！那个东西根本就没有电！我老汉儿是四十二车间的电工，你不要哄我！

我愤怒了。

为了捍卫我的权威和尊严，我采取了比较极端的做法，上去给了她一耳光，她捂着脸哇哇地走了。我站在原地，攥着拳头，一字一句吼着：消——防——栓——是——带——电——的！！

一会儿，赵琳燕带来了一坨比较大的人，她在大班的男朋友，一个院子的王军。我一般不叫他王军，而是"王鸡儿"，从这个称呼可以看出我对强权的蔑视。他居高临下地看着我，一根鸡鸡般的食指指着我高贵的头颅：就是你打的赵琳燕？我仰头是！他伸出了中指，一根更像鸡鸡的手指，把它对我竖了起来：就是你说消防栓是带电的？我头仰得更高了：是！然后，我以迅雷不及掩耳的速度，跳了起来，给了王鸡儿同学一巴掌，紧接着下盘扎稳，左右运力，口呼：降龙十八掌！把他弹了出去，准确地落在一个水洼中。

这对苦命的情人儿,双双哇哇大哭,手牵手去找老师了。而我,站在幼儿园院子当中,豪气冲天地——**我站在猎猎风中,恨不能,荡尽绵绵心痛!望苍天,四方云动。剑在手,问天下谁是英雄!消——防——栓——是——带——电——的!!吼哈!**

一会儿,一坨大人,带着两坨小人,来到我面前。我们本来和蔼可亲的张老师,一脸愠怒地俯下身对我说:格格,你怎么又打小朋友了?!不乖!这下,泪水噙满了我的双眼:老师,你说!嗯……消防栓是不是带电的!我告诉赵琳燕和王鸡儿,他们不信!呜呜呜呜!不信!!

张老师说出了一句让我崩溃的话:是的,消防栓是不带电的。

我痛苦极了,那个时候,我不知道有一句话可以形容我的心情:吾爱吾师,吾更爱真理。

……

许多年过去了,每次想起这件事情来,我都不胜唏嘘。今天,我又一次把这个终极问题问了一个我十分尊重敬仰的大哥哥,他也说:傻子,真的不带电。

这个火一般的东西,上面镌刻着神圣的"119",它不带电?!它不带电,谁配带电……我好难过,我哭嘞。

那顶帽子
——

你知道,海蒂、小红帽、卖火柴的小女孩、拇指姑娘,她们有什么共同点吗?她们都有一顶柔软的毛线帽子!那种手工编织的,戴在头上,包住整个脑袋,显得脑袋圆鼓鼓的可爱。帽子有两根毛线宽带子,围细细的脖子绕几圈,温暖。小女孩们都是那么瘦弱,身无一物,她们和身上的每一片布相依为命,紧紧抓住一只篮子、一片树叶、一只青蛙的腿、一个在半空忽明忽暗的希望。所以,那顶帽子,水波浪的花边,突兀、破烂,却让人想紧紧搂住亲吻。

很多女孩儿都幻想自己是公主,想拥有一顶后冠,我想都不敢想,我这个卑贱的毛毛虫啊。但我一直想有这么一顶线帽,我要一直戴着它,从拥有那一刻直到老去。

世界上一切的秘密
——

在超市结账的时候,我收到了一枚一分的硬币。一分呐!好小,又是全新的,亮闪闪可好看啦!

我把手掌摊出来，轻轻地握着，小心翼翼地把这初生婴儿般的小钱币摊在上面。哎呀，有多久没有看见一分的硬币了？这可是钱咯，最不值钱的钱咯。我看见楚楚可怜的小钱币，一瞬间被激发出了很多复杂的感情：没有比它更小的了，这多好啊，永远的小东西，虽然被人遗忘和抛弃但是却不用长大。

记得那个早晨在沙滩上散步的小男孩吗，他的脚踢到一个最小面额的，相当于我手上这个一分的硬币，他不屑地一脚把它踢进了海里。后来就在这片海中升起了一座城市，这座城市美极了，建筑雄伟、道路逶迤、人们和善。最主要的是，小男孩在这座城市里认识了一个可爱的小女孩，他们聊得可投机啦！他们互相说了好多彼此世界没有的趣事，小姑娘还给小男孩吃了美味的苹果饼和甜菊茶。

太阳慢慢要落山了，城市一点点往海里陷。小姑娘说：快给我一个硬币，一个最小的硬币就可以了！原来这是一个被魔法诅咒过的城市，一百年才从海里升起来一天。在这一天中，如果能得到来自外界的一枚硬币，这个魔法就可以解除。小男孩心一沉：刚才那个硬币被他踢飞了！他急得满头大汗，但是任何办法都没有，看着城市和小女孩一点点在眼前消失。

我紧紧握着小硬币，要是能把它给那个小男孩该多好啊，那可是世界上一切的秘密。

姐姐的尺子
━━━━━━━

放学了，二年级的冬子很沮丧地回家。

今天课堂上老师批评他了，老师让大家自己制作一把尺子，他用脏兮兮的报纸撕了一条，弯弯曲曲的，老师说那东西要多丑有多丑。他手里捏着报纸尺子，低着脑袋走过校门，走过大礼堂、电影院、三层的机关办公楼。在夕阳下，小小的影子拉得长长的，那倒是一根很好的尺子，可惜捡不起来。

进了家门，他把尺子给姐姐看。姐姐二话没说，嚓嚓两下就把这条丑陋的尺子撕碎了。他急得脸都红了：干吗啊你干吗啊！姐姐却笑嘻嘻地从身后抽出一条长长的纸条，笔直、纯白的硬卡纸。她用白皙纤细的手指拎住纸条的两端，给他展示着上面精致干净的刻度，是用红色铅笔画的呢！姐姐笑着对惊呆了的小冬子说：来，傻子，拿去啊！

冬子低头看看纯白的尺子，抬头看看姐姐的笑容。如果当时他知道这是最后一次看见这张面孔的话，他会将眼前的影像在内脏上打下印槽。

第二天，唐山大地震。

许多年后的这一天，冬子说，他已经找不到当时的家，学校、大礼堂、电影院、三层的机关办公楼早就不存在了。他站在一个三岔路口，放下一把花，低下头看花的一刹那，仿佛和三十年前一样。

烂兄烂弟

我们家养了两样植物，一棵是老年的芦荟，一棵是年轻的仙人掌。老芦荟缺脚断手，因为我每天需要截取一小段来搞美容活动；小仙人掌昨天才来我家，已经被我用剪刀在幼小的身躯上剪了一个见方的整齐缺口，九色鹿需要剁碎它来消炎——他昨天被马蜂蛰了左脚的前脚掌。

这一对烂兄烂弟并排站在我家的窗台上，无声地抗议。

秋天的衣服

桑格格人生第一套拜客衣服，就是何安秀女士利用工厂里的劳保手套编织的。那是象牙白棉线打成的一身衣裤，你想想，要想俏一身孝，我妈是多么深谙时尚之道啊！那个时候，想要买到现成的毛线是不大容易的，但是现成的棉线劳保手套那是大大的有：我妈科室会发，我爸科室也会发，单位为了鼓励大家努力工作真是月月发季季发，发得家里都堆起用不完。我妈这样天赋异禀的民间发明家，完全知道怎么使用这些剩余价值——拆了打毛衣嘛！别说毛衣，毛裤毛袜子都可以。那合体的棉线裹在一岁左右的桑格格身上，曲线毕露，窈窕夺目，一举夺得整个大院的女眷称赞。

不仅是劳保手套多余，劳保口罩也多余，所以我们这些厂矿娃娃还有另外一种质地的衣服——口罩拼的衣服。那是又软和又透气，而且也是白色的，请再次注意时尚界名言：要想俏一身孝。不要说白色是多么高贵难以企及的颜色，我们工人阶级也是可以拥有的。

这个秋天，我在广州，何安秀女士在成都，她说我再给你缝一件口罩衣服吧，你小时候最爱穿。现在秋天家正好穿。半个月之后，何安秀女士从成都寄来了这件衣服，我摸在手里，心像小白兔一样软塌塌的。她在信上说，现在工厂都改制了，口罩都不好找了，以前家里留了些又在外面买了些才够；而且现在眼睛也不好了，手脚也不像以前那么麻利了……蓉娃儿，你就将就穿嘛。

王母娘娘装

我妈说：我们股市的那些女的都在给女儿打毛衣，款式很新颖喔，你要不要来一件？我问：啥子款式？

我妈抠了抠脑壳，低头认真地想如何准确地描述这件新式毛衣的款式：嗯……咦……看来是一件很不简单的毛衣，让我妈很难描述。

突然她一拍大腿：对了！你还记得《西游记》中的王母娘娘不？我困惑地点点头：记得啊……她兴奋地：就是王母娘娘穿的那个款式，身当门一圈荷叶边边！之巴适！人家要打又要钩，很复杂嘛……

我回成都来就是讨我妈高兴的，王母娘娘就王母娘娘，母夜叉我都要干。我假装十分感兴趣：咳呀，那么高端嗦！我妈看我反应不错，跟进道：乖乖，你要啥子颜色的嘛？我心想：都那么复杂了，就来个黑色嘛，一黑遮百丑——我要黑色！我妈把脑壳摇得跟拨浪鼓样：要不得！人家费心巴力地打那么多款式，黑色一点都不显！我汗都下来了：妈妈，你说嘛，你说啥子颜色就啥子颜色！

我妈胸有成竹地指点着时尚的江湖——粉红色！她继续发表看法：打粉红色的，荷叶边边再镶一圈紫色，保证巴适，随便你去哪儿，上海，北京，哪怕香港，妈妈都保证你是焦点……

亲爱的朋友，如果你看见一个身穿粉红色镶紫色的王母娘娘装的女子从你身边滑过，请不要惊惶，那就是我，那就是我，嗷，那就是我！

女孩读《红楼》

1. 出嫁的女孩，回家收拾东西，最后翻看自己属于少女的时光。突然从柜子上跌落下一本《红楼梦》，撞起一团灰，她就坐在灰尘中随便翻看，然后号啕大哭。她在那一刻，突然懂了黛玉。

2. 一直没有时间看完《红楼梦》，除非在德国这样的异乡夜晚，一个人，窗外有雪，举头见外面的世界，陌生的建筑轮廓；低头，对着芦雪庵、暖香坞的升腾烟色，合上《红楼梦》，女孩深叹气。

3. 争吵到即将崩溃的小夫妻，早已分居两地。男的在电话里艰难地与女人对话，前言不搭后语，突然他说：……嗯，我把你人民文学那版的《红楼梦》给你带来吧！女的这边，没有了声音，很久没有声音。

4. 女孩的愿望是去看看大观园，但是她居住的城市离北京很远。她得了一种怪病，要去北京求医，才终于站在了北京著名景点大观园面前。但是，潇湘馆面前摆满了小吃摊、旅游纪念品摊，她再没看别的，转身走了。回到医院白色的床上，轻吟《题帕三绝》。

5. 妈妈第一次这么下重手打女儿，因为她撕了她珍藏多年的一本《红楼梦》上的封面。

妈妈去世后几年，女儿也要出嫁了，回家来收拾东西。突然从柜子上跌落下一本《红楼梦》，撞起一团灰，她就坐在灰尘中随便翻看，然后号啕大哭。她在那一刻，突然懂了黛玉。也原谅了妈妈。

泡泡糖

小时候，我吃泡泡糖，我想这么好的东西为什么不能咽下去呢，一定要吃到肚子里才行！一大块是吞不下去，那么我就一点点吃！可是最后发现，无论我咬得多么小，等甜味嚼没了的时候，嘴里还是有一小块胶，无法下咽。

据说某地有一个十九岁的少年，十分冷静和残酷地杀了一个不相干的少女，整个过程他都泰然自若。被抓的时候他身无分文，只是在一个口袋中发现了一把土。他说：万一警察来抓我，我可以把这把土扬在警察脸上，然后逃走。《再见萤火虫》，小妹妹临死之前，躺在山洞的石床上，眼光迷离地递给哥哥一把小石子：哥哥，给你，坏人来了，用这个打他们。然后，小手就永远地摊开了，小石子撒了一地。

那时候，我认为自己是世界上最可爱的小孩，哪怕我做了坏事，警察来抓我了，我就甜甜地叫他们叔叔，给他们看我前一晚画的画儿，背个诗，唱歌，他们一定就不抓我了，摸摸我的头：格格，不许淘气了哈！然后他们对我摆摆手，走了，我还大声喊：叔叔再见——有空来玩——我再不杀人了！事实上，我在门背后放了一根木棍，等我爸再欺负我妈的时候，我就用这个隔儿 P 他。我把这根木棍展示给我妈看的时候，她哭了。我想是我的勇敢感动了她。

她给我买了一根泡泡糖，我躲在一个角落，又企图一点点吞下去。

和平

有家店贩卖"和平饼"，不知道是什么。老板解释说：因为这个是鸽肉馅的。

那些我们唱的歌

《天亮了》

我和豆豆最爱嘶声力竭唱的歌。我几乎大半不会唱，豆豆会唱但是声线顶不上去，但是每次都点，每次都唱到口吐白沫。豆豆告诉我《天亮了》是唱一个孩子被父母营救的故事。最后的歌词是：妈妈告诉我希望还会有，看到太阳出来，妈妈笑了，天亮了。豆豆刚离婚，她有一个可爱的女儿，叫做童童，远在成都。

《何日君再来》

这个够我另写一篇博客，我会写，让我定下神。

《干杯朋友》

歌词煽情重点：像儿时的眼眸想着你还要四处去漂流只为能被自己左右。张敏那么稳得起的人，唱得再走调，演唱的时候都相当动情。动情和走调综合在一起，有一种特殊的感染力。最后的"让我们再次举起这杯酒，干杯啊朋友"丢翻了很多人，不喝的脱不到爪爪。

《母亲》

在夜总会当经理的罗小平说，再难伺候的客人听见阎维文的这首歌也不能不为之动容。她苦攻这首歌，简直是所向披靡。尤其是这一句：啊，不管你多富有，无论你官多大，到什么时候也不能忘，咱的妈！她在演唱的中间还要朗诵：各位大哥，这首歌送给你们的母亲，大家都有母亲哈，谁也不是孤儿哈。

《月亮代表我的心》

这一首是爆米花妹妹点的。她说她要听下，有个男人建议她听，说是相当的动听。没人会唱，大家陪听原唱：什么是爱我不会形容，反正想你就像黑咖啡那么浓，没有喝过的人不会懂……爆米花妹妹小嘴一瘪：哼！他的爱清汤寡水，浓个P，怪不得爱带我去喝星巴克的当日，就像刷锅水。

《嫂子颂》

小田靠这首歌，征服了一个又一个老头。

《谁料皇榜中状元》

每次我在听了大量流行歌曲，被颓废的情歌搞得有点晕车的时候，就去搞一首这个：短小精悍，格调向上，铿锵有力，很有点调节气氛的作用。有一次张敏说：哎呀我就想听你唱《女驸马》，把三个字的歌翻了三遍都没有找到！我伸出指头来，一个字一个字地说：这首歌叫做——谁、料、皇、榜、中、状、元，一共七个字！

春鸟

春天的天空中，鸟儿飞起来和平时不大一样——它们像平时那样扇动翅膀，但是偶尔会收起翅膀，像个逗号那样在天空滑翔。春天的空气是抹了油的。那样的滑动即使你眼睁睁地望着，也还是难以相信。

然后一只鸟就停在柔软的枝条上，恰巧这里已经停了另一只，在根本不认识的情况下，新来的那只啄了啄旧的那只的嘴。旧的那只鸟儿小一些，热烈地回应，它们亲作一团。

我还以为这树上就它们俩，等我的眼睛适应了树枝麻麻碴碴的视线分割，才看见，还有很多鸟，大部分都是麻雀。因为是春天，很多麻雀是头一回从窝里出来的，个头小得很，身体各部分刚刚健全的样子。我看见其中一只，用小巧纤细的爪子抓着同样纤细的枝条，倒挂着，颤颤巍巍伸出胖脖子去啄长在几片叶子下面的树籽。还有一只飞起来，停落的时候居然踩到另一只麻雀的头上，被踩的也不生气，肥墩墩的身躯往边上挪了挪，它们就友好地并排站在一起了。最偏执的一只麻雀，从我看它们开始，大概有半个小时吧，一直不间歇地发着一个音：啾。

离得最近的一只，突然把目光对准我，让人类的心狂跳。

小椅子

你知道么，我们院子里，一年四季都有一个小椅子在角落里待着。

它很小，是个小孩的椅子，是哪家扔出来的。可能是小孩长大了，离开家了，大人坐起来也不舒服，就扔出来了。从剥落残留的油漆看，小椅子最初可能是绿色的，也许是蓝色。不是我色盲，而是由于常年裸露在外的日晒雨打，颜色实在太难辨认了。小椅子的椅面缺了一个角，但是四条小腿还很结实的样子，胖胖墩墩的，但小靠背裂了。

一定是个小小子的小椅子，也可能是个憨丫头。他或者她一定是长大了，勤奋地上班、学习，学习做有抱负有理想的大人。说不定都有了自己的家，装修得很时髦呢，少不了椅子，一定都是簇新的大椅子。他们有时候还会回到自己长大的地方，父母家里去。他们会不会在路过这把小椅子的时候，还记得这就是当年自己的椅子呢？在上面用洋瓷碗吃过鸡蛋羹，在上面尿尿，在上面睡着了流着口水，被妈妈或者爸爸从小椅子上抱到床上去。

小椅子一直在那里，看来没有人认出它来。就算认出来，也没人要它了。到了冬天，它挂着冰凌站在院子里，活像拖着鼻涕的小可怜。到夏天小椅子的日子好过些，我看见一只猫在它上面睡过中午觉。它一定挺高兴的，被一个温暖的小肚子贴着。

现在就是夏天，它在一棵槐树的下面。这几天槐花开了，它身上星星点点落了些小白花，脚下也有一些。从阴影里看过去，它好像也不是特别的孤独。

一场像样的幸福

我和我烂啾啾的诺基亚手机相依为命已经七年了。

我都不晓得它是什么型号，反正七年前它的身价是四百二十大元，缘分哪，我来自一个叫做 420 厂的地方。那时候，它躺在那里，很沉默，懒散而忧郁，银白的身体，修长秀气，没有多余的一点装饰，功能也很少，但是最基本的功能还是很过硬的。这一点其实就是我的择偶标准，灵秀沉默质朴，却有精密的内在。就像是一种健康的思想，浓缩在这恰如其分的表达中。

我那短小的手指，也只能抓住这种秀气的身体，大了娘儿们吃不消哇。我的手机综合症就是因它而起的，机不离手、机不可失、人机俱在、机我两忘、机机复机机格格当户拿。那时候，它还新，我是旧的。我那时候也年轻，不懂得珍惜，我就是这么个衰人，对身边的爱物采取毁灭性使用。慢慢地它被划了被摔了进水了，总之我在恋爱中是很爱折磨人的，它就逆来顺受地也跟着旧了。从来没有坏过，打不还手骂不还口。我和别人说的一切话，它都知道，我活着的每个事实，它都几乎目睹过。但是可怜的它是低端的诺基亚机型，记不住太多。它其实是用一种无知者无畏的气度在勇敢地面对它不能参与的人类的世界。它自有它的自信：它知道我和它的内在默契。它内存小，这也和我的脑容量一样；它却待机时间很长，最少一个星期是没有问题的，这和我蛮劲大连着熬夜那是常事是一样的。

每晚睡觉，还是要把它放在床头才安心睡去。

但是别以为我很骄纵它。有一次和张敏豆豆喝酒，我摔了两样东西：玉镯和它。玉镯粉粉碎，渣渣都看不到了；但是它，几块零件合在一起啪啪一安上，就愉快地响着音乐开了机，然后立即显示"未接电话 14 个"。豆豆说，我操，好经事喔。我像一个大男子主义的混蛋男人那样对它的生死毫不关心，说，烂了就甩球了，买新的。

回到家里才搂在怀里心疼半天。

它丢过起码三次在出租车上，我给司机的费用加起来超过了六百块，它年轻貌美的时候也不值这么多。它的漆掉了，电池盖缺了，电池用不了那么长时间了，我有时候想它到底什么时候挂掉呢？我他妈的也算是物尽其用了。它哪里知道我的阴暗内心。每次把它搁在饭桌上，它都寒酸丑陋地大大方方沾沾自喜，朋友都看不过眼，说你怎么还用这个手机啊！它小傻 B 一个，也不知道人家看不上它，嘀嘀嘀嘀单调的电子音响得欢实着呢，完全不知道这个世界已经是立体声的时代了。靠着这优秀的讨口子造型，我得到了两个朋友赠送的手机，都是当时最高级的手机，而且必须要——人家看着我那糟老头子揪心。

我谢谢了热心的朋友，礼节性地用一段时间，就给九色鹿用了。九色鹿这个厚颜无耻的家伙，居然给我开了个单子：下次买这个型号。我一脚踹得老远。剩下的日子，我就和诺基亚过，婚姻就是那么回事。

最近，我知道其实它的大限快到了：因为它居然开始嫉妒！是这样的，有时候我发短信，要是言辞甜腻一点，就发不出去；或者和朋友聊到最酣处，它就咔嚓没了音。老了的人，就像孩子一样任性。我不得不纳妾，同时用两部手机。我舍不得换掉它，大部分还是抓着它不放。其实我无法得知它内心的凄凉和无奈，只是尽量多点时间和它在一起。它已经有点充不进电了。小变态也很留恋它，在它衰老的额头贴了一张神奇的绿色小汽车不干胶，让它好看点。

它现在就在我身边，趴着，其实这样的彼此守候，已经是一场像样的幸福了。

英雄不怕出身薄

这样的爱情礼物是谁送给谁的？
是谁？还要这劣质的香水，粗糙的玫瑰，廉价的塑料项链？
在城乡接合部的小店，
我看见这凡俗间最卑微的誓言，
热血一半，尘土一半。

小破事

记得以前去见你的时候，每次都要对自己大动干戈，仔细想想，具体程序有这些——

1. 起码提前三天用身体磨砂膏，那叫一个麻烦，从脖子到脚每个部分都细细地磨，起码得一个小时，然后涂以厚厚的身体乳液。每天都是。如果只剩一天才这么做，就有点晚了。皮肤不够柔软。

2. 手部脚部单独去死皮。重点是磨脚上死皮，得有专门的磨脚石，这是重中之重，因为你有次冷不丁地捧着我脚说要欣赏下，吓得我把脚盘在屁股下，抵死不让你看。手部泡在温水里，然后用磨砂膏，最后涂橄榄油，戴上塑料手套，睡觉也不摘。我的手粗。

3. 天天美白加补水面膜。早晚都用。加以十分钟按摩。

4. 天天头发焗油，戴塑料帽焐半个小时最好。头发在半干未干的时候喷补水营养液。

5. 用平时舍不得用的精华素。一滴都是我半天的工资。

6. 节食减肥。真的狠，每天只有苹果和水。硬生生三天减四斤，才会有点腰线展现在你面前。

7. 尽量保持睡眠充足。这一点基本做不到，因为想起见你就太兴奋。

8. 逛街买衣服。每一次都买。十分舍得。尤其是内衣、睡衣，右一套左一套的。可惜你都没有予以过多的关注和评价。很多衣服现在看来实用价值都很低，几乎再也没有穿过。

9. 洗刷行李箱。

10. 准备给你的小礼物。

11. 修剪指甲，并涂透明指甲油。修剪眉毛。有次修剪得太兴奋干脆把唇茸也剪了，被你笑说刮胡子了。

12. 准备好鞋子，擦得干干净净。有时候为了配衣服，去三天我可能会带三双鞋子。

13. 戴美瞳隐形眼镜。你每次凝视我的眼睛说，你眼睛真美，我就暗暗在心中为强生美瞳做广告。但是美瞳戴上不舒服，我只在马上要见你的关键时候戴。一次太着急，只有在出租车上戴，结果因为不卫生，回去之后就角膜炎了。

14. 透明粉红唇油，透明睫毛膏，透明腮红，透明粉。

15. 淡香水。

就这样，我尽量透明清爽地站在你面前。可能是太追求透明清爽了，你果然什么都没有看出来，我不能不说有点遗憾。现在分手了，这些小破事，估计再也没有机会告诉你。

来过这个世界

小黑是世界上最可爱的猫，小花也是世界上最可爱的猫，小黄还是世界上最可爱的猫，这三者关系是并列缺一不可的，毫不冲突的。因为，我和每一只猫都是一个完整的世界，在这个世界中我的心里只有你没有他。

但是小花是第一只打动我的猫，进入到我那尚未开化的荒芜的精神世界。小花生下来的时候，我们就在旁边，它妈是爱称叫"痴呆"的母猫，拥有中年妇女的最经典的绝望空洞的眼神。我觉得一个个小崽子生下来，活脱脱就是前几个月我们喂给痴呆猫的猫粮变的，由没有生命的颗粒变成了毛茸茸软乎乎的活物，世界真奇妙哇。

我顺手从猫窝一抓，温软的手感觉像从地上捞起一把半流质的东西，小猫啊呜啊呜地大叫，像海鸥。我把它的小脸翻过来，我滴个妈啊！好小的猫啊！我的心中升腾起一种粉红色的气体，我眼前出现无数心形的小星星，我的脸上表情凝固在"温情"挡。我细细地抚摸小猫，奶毛还有点潮湿，带着生产的气息。它的眼睛还没有睁开，小鼻子一张一翕，嘴在我的指缝拱啊拱，湿润的舌头贪婪地舔。

这就是小花，它漂亮极了，如果单论姿色，它参加选美不入三甲，那就是有暗箱操作的嫌疑。小花不仅漂亮，而且性情乖巧、感情丰富，它会笑还会用爪子轻轻给我按摩，术语"踩奶"。在成长最关键的时候，我们发现痴呆猫真不负它"痴呆"的头衔，果然不大会照顾小孩，几个小猫经常饿得叫唤。

　　我们必须担任部分喂奶的责任，但是那么小的猫怎么喂呢？九色鹿认真地对我说：你不是长得有吗……最后实施的办法是这样的，自行车气门芯一小截，用过的眼药水瓶一个，把气门芯安在眼药水瓶上就是个上好的小奶瓶了。每次喂奶的时候，把牛奶倒出少许在小碗里，用小奶瓶吸，然后把奶瓶放在加了开水的小杯子里摇一摇，加热。喂的时候，先滴一滴在手背上，看温度合不合适。一手拿着奶瓶，一手架着小猫，你一辈子都不会忘记小猫吃奶吃得满足的时候，颤抖的爪子和极度舒适的半闭的眼睛。什么样的幸福能达到这种极致？

　　小花这样安然长过了满月。我用电脑的时候，它就在桌子上玩，并且交了一个好朋友叫鼠标，它喜欢啃它。它眼巴巴地等着和我玩，但是我总是忙。有时候觉得它在旁边静悄悄实在乖，我就伸出一个手指头，它能抱着这根手指头睡着，发出细微的咕噜噜的鼾声；我轻轻把它放回用枕头做的小床上，小小的一坨，肚皮是粉红的。

　　有一次，它和其他小猫在走廊上追打，跑得正欢。我回来了，它就"吱——"地刹车停住，仰头对我一声娇娇的"喵呜"，大眼睛眨巴眨巴。我一把抄起它：走，乖乖，我们回家。广州的冬天其实冷得很，我希望小花长大点就好了，可以给我暖脚。

　　但是，小花还没有长到可以给我暖脚，就不在了，所以关于小花的记忆都是片断，它出现在脑海中不是连贯的，一格一格的画面，都是它的大眼睛。我不想提起它就要哭；我没有混淆我是人，它是猫；我不想像个喋喋不休的中年妇女总在述说失去的东西，所以，你们会觉得这篇文章还没有写完就结束了。小花，你是世界上最可爱的猫。小黄也是，小黑也是。它们小小的生命来过这个世界，我也是。

12

※ 我也有小时候

1. 我家兄妹五人，加上父亲母亲共七口人。我父亲何廉清是个铸铁匠，他手艺好人乐观，有他在的地方，就有一堆人围着听冲壳子摆笑话；我母亲是个爱清洁、人琐碎的小气鬼，在我的印象中，她好像一辈子都在和人家吵架捍卫她的小东小西；我大哥何安荣是个沙和尚一样的老好人，一棒子打不出个屁来，但是就他念过几天私塾，会写一手好毛笔字；二哥何安华是兄弟姊妹中人材长得最撑头的一个，个子也最高，他最早出去当兵，鬼点子多，性格也乐观，像父亲；三哥何安均瘦弱一些，人敏感爱挑嘴，那个时候那么穷他居然还挑嘴，但是他智商最高，啥子一学就会；接下来老四就是我何安秀，我是家里唯一的女娃娃，我比较开朗喜欢唱唱跳跳，但是可能是因为和一堆男娃娃长大的，性格有点刚强；最小一个是弟弟何安泽，人家说皇帝爱长子百姓爱幺儿，他就是个小幺儿，脾气有点坏但是基本还是多憨厚的，由于排行第五，他小名叫五娃子。我问他：老弟你姓啥子？他就说：我姓五！

2. 年年的大初一，我都希望太阳晚点落坡，好耍久点；但是五五年春节的大初一，我希望太阳早点落坡。我的三个哥哥都穿着新的节日衣服，衣服荷包里都装满了花生和苞谷泡，每人还得了五分钱，高高兴兴打滚钱耍。但是我因为调皮，在学校里被取消了班长资格只当了个小组长，母亲不高兴，叫我不许耍，背起背篼、拿起耙耙去捡柴。

3. 你想嘛，人家都穿得漂漂亮亮的吃着花生看着扭秧歌、打连箫（一种竹筒制作的打击乐器），而我一个人在捡柴，多没面子嘛！我很不高兴。但是，这一天的柴太好捡了，尤其是人家吃甘蔗剩下的皮皮。我一口气捡了有十几背之多，晒干足够一家人烧一个星期。母亲见我捡了那么多柴，原谅了我在学校的调皮，还给了我一角钱！我笑了！这可是我长那么大以来发的第一笔财啊，晚上瞌睡都睡不着了，在想怎么用这一笔巨款。第二天，我买了这些东西：一、蝴蝶花夹子一个，三分钱；二、红毛线四尺，一分钱；三、蚌壳油两盒，四分钱。还剩整整两分钱，我实在不知道该怎么花了。

4. 过完春节就是五六年的新学期了，报到的第一天，我脸上搽着蚌壳油，润润的，头上夹着蝴蝶花夹子，辫子上缠着红毛线，同学们都投来羡慕的目光。嘿嘿，我这个占花儿还嫌洋得不够，把剩下的两分钱举在手上，说：看，这是我大年初一捡柴挣来的！后来，我一直都没舍得用那两分钱，这两分钱现在都还在，现在是二○○八年，那钱是五三年发行的呀。

5. 我还没读书的时候，和邻居田信安的三女儿田三妹崽要得好。有一天，田三妹崽很神秘地把我叫到一边：走，我们去买鸭蛋吃！一听说有鸭蛋吃，我当然立刻就跟她去了！我们到了杨木匠家里，他家也卖鸭蛋。田三妹崽把我和杨木匠都吓了一跳——她掏出了整整三十三元！要知道那个时候一个鸭蛋就五分钱啊。卖鸭蛋的问她：买好多？她说：全部买！结果人家用洗脚盆装了一盆给我们端出来。

6. 她多大方地对我说：请吃！结果我们一人吃了三个就吃不下了，又不敢拿回家去，最后全部甩你妈的！唉！我每次给我女儿讲到这里的时候，她都要批评我：妈！你们好瓜喔，她不敢拿回去么你不晓得藏在你屋头啊！你们第二天还可以继续吃！还可以给我几个舅舅也吃点……唉，谁说不是喃？

7. 但是第二天就听见田家在打女儿了，父母发现丢了钱。妈老汉儿都以为是平日里最调皮的二妹崽偷的，二妹崽长得是一头长头发，他们把她的长头发捥在木棒上死命地打，问起问起地打：你还偷不偷钱？钱放在哪里去了！我才晓得，我们吃鸭蛋那个钱，是三妹崽从屋头偷的。我远远听着，心里很难受，又不敢去替二妹崽申冤。三妹崽眼睁睁看着姐姐挨打。我女儿又有话说了：妈，你就晓得吃，好没道德喔……唉，谁说不是喃？

8. 田家解放前有房有地，就在马路边住，所以就在卖"冒儿头"。啥子是"冒儿头"喃？以前汽车很少，都是鸡公车、架架车、板板车在做运货或运人的活路，这些都是下力气的活，所以做这一行的人吃得特别多，他们的饭就要冒尖尖的一碗才行，就叫"冒儿头"。田家就是专门在路边给这些过路的下力人卖饭。

9. 那个时候，拉板板车的还算是很行市的活路了，尤其是拉最重要的中杠。拉板板车是几个人拉，拉车中间杠头的是掌握力度和方向的，那地位就相当于现在飞机上的机长哈。田家的大女儿就嫁给了一个拉板板车中杠的。解放后，田家很幸运，成分定了个中农，是革命团结的对象，他家的财产一点都没有被没收，还在路边继续卖"冒儿头"，但是他家大女婿的板板车已经换成了马拉车，他坐在车上手里拿着鞭子，马走得慢了他就抽两鞭子，可神气了！

10. 我二哥喜欢拉二胡，他要用马尾巴来做二胡弓子。等田家的马睡觉了，我二哥就跑去撒一泡尿在马尾巴上，撒了以后他就去扯马尾巴，那样扯的时候据说马不会痛。我二哥是家里哥哥们里最乐观的一个。那个时候饭都吃不起，人家都饿到直叫唤，就他还在屋门口拉二胡唱歌，吱吱嘎、嘎吱吱……我母亲就要骂他：个小短命鬼！不晓得去学人家田家屋头拉板板车挣点吃的，就晓得搞这些球没名堂的鬼事！

11. 一天早上，我二哥煮早饭烧火的时候，一坨挽好的豌豆草怎么也扯不开，他就直接一下子都丢进灶孔里去烧了。结果，灶孔里的火"轰"一下就燃得很大，而且火里面还有个东西在挣扎！原来是一条蛇哟！他等那条蛇不动了，用火钳扒出来，嘿嘿还多肥的嘞！他用碗装了拿去给母亲看：妈！你不是喊我去挣点吃的嘛，拿去！我给你挣来的，荤的！

12. 有月亮的时候，田家大女婿就出发得很早去拉活。但是他起得再早，我的三个哥哥都会提起簸箕拿着夹夹，跟在后面去捡马粪。马粪用来种花生和豌豆好得很。我觉得我们家的人没有一个合适去外面跑社会，就合适在家里老老实实地做点活路。

13. 后来很多年里，田家大女婿都是在做运活，他的车换了很多次，换到后来就是一辆东风牌货车了。他发了财，最后不换车了，直接换了一个老婆。这下我母亲不喊我家里的哥哥学他了，背地里说田家大女婿：个白眼狼。我就趁机说：我觉得哈，挣那么多钱也莫得啥子用，一家人乐乐呵呵在一堆，只要够吃就最好了。我母亲那么爱骂人的，居然那天夸奖我：我幺女说得在理！

14. 一九五八年一月，我家对面伍家突然着火了，我大哥何安荣和我妈赶忙去帮着灭火，帮着从火里抢东西出来。一个装满麦子的大柜子是我妈和我大哥两个人抬出来的。我妈很矮小，就一米五高，我大哥也就是一个半大小伙子。他们抬出来的那个柜子，后来四个壮汉都抬不回去！

15. 有一次，母亲和她的公公——就是我的爷爷、我父亲的父亲——吵架，她骂他是败家子。我爷爷半躺在竹床上，跷起个二郎腿，哼着川戏。他听见我母亲骂他败家子，乐呵呵地说：哼，不是我把家败了，你们这些小狗日的都要成地主，天天挨斗！我妈马上就闭嘴不吵了。

16. 我爷爷是个性格最醒二活甩的人，"醒二活甩"就是指神戳戳憨兮兮乐呵呵的人。他不仅醒二活甩，而且是个啥子都会的神人：他年轻时候家里是个地主家庭，有钱，他就云游四方还喜欢唱戏作诗，用现在的话来说，就是一个有艺术气质的人哈。有一天，我肚子痛，痛得在地上打滚。我爷爷用碗装了半碗凉水，用手指在水上划来划去，嘴里念念有词，据说是在请各路神仙。他念完就喝了一口水，然后把我头冲下倒提着，一口凉水喷在我身上！我惊了一大跳，他又吐了一口凉水，还往地上撒了一把米，等他把我放下的时候，嘿！我肚子真的就不痛了！我爷爷说，这就是"退煞"。

17. 我爷爷年轻的时候很大方，结交了很多民间有绝技的土医生和半神仙，所以真真假假也会一招半招，乡里头还经常有人过来请他去看急病呢。

18. 不过说来我还是不咋信鬼神，因为我也知道一些鬼神是咋来的。我三哥何安均和邻居娃娃伍贤户都在东禅镇王家村读高小，离家有八里地，平时他们都是一路上学一路回家。但是有一天伍贤户被老师留下来背书，就晚走了半小时。我哥走到兴隆乡政府背后一个下坎的沙沟里等他，看见他快走过来的时候，偷偷抓起一把沙土去打他。伍贤户吃了一惊：是哪个？！我哥不撒土也不回答，过了一会儿，伍贤户一走，他就又撒。这下，伍贤户直着嗓门大喊了一声：有鬼啊——然后一溜烟跑得比兔子还快！

19. 从此，天黑之后，没有人再敢从这个沙沟路过了。大家都传说这里有鬼，沙沟就是鬼从地下钻出来的洞口。只有我和三哥才晓得，嘿嘿，其实伍贤户遇到的是个调皮鬼！

20. 其实我三哥虽然调皮，但是他做什么都做得好，东西更是一学就会。我是老四，他是老三，我们两个年纪挨得最近，所以小时候我基本上就是我三哥带大的，和他最亲。我呢从小喜欢打扮，没钱买头绳，就只有找些花布襟襟来扎头。有一次，我看见水塘边有一堆花花绿绿的东西以为就是花布襟襟，就要拿手去捡，我一蹲下去那堆花东西就动了起来！那是一条毒蛇！结果我三哥举起一坨石头把蛇打走了，蛇才没有伤到我。

21. 唉，后来我们长大了各自成家了，有时候我还梦见我三哥带我在塘里摸鱼。

22. 我三哥已经在贵州安家立业了。有一次，他做梦哭醒了，醒了就说是梦见了我，说我的头掉下来了，骨碌碌在田里滚来滚去。他不顾三嫂劝，买起火车票就到了四川成都来看我。要不说兄妹连心喃，那个时候，我正好和丈夫离了婚，还哪个都不敢告诉。以后多少年一直到现在，我都是一个人住。我三哥每次来我这里，都是带着一堆工具来，他晓得我家里很多东西坏了没有人修。每次他来了我这里之后，我家里所有的东西都可以正常运转了。唉，我三哥真好。

23. 我三哥从小有个梦想没有实现，那就是画画。你想嘛，农村出来的穷娃娃能读书，都一定是读以后能养家糊口的行当，哪个会允许他去画画嘛。有一次，我三哥班上图画比赛，他花了好几天的工夫，天天对着我家院子里的桂花树，画啊画啊。我上去扯扯他的衣襟：三哥三哥你在做啥子？我三哥停下手中的铅笔，转过头来很严肃地对我说：妹儿，我在写生。我家院子里那棵桂花树特别大，开得又好，一到秋天整个院子还有院子周围都是香喷喷的。三哥那幅画在学校图画比赛上得了第一名。

24. 我比三哥矮两个年级，我哥画画得行我是唱歌得行。那个时候，学校勤工俭学，老师会到缝纫厂去拿半成品衣裤来加工，我们这个班娃娃年纪小只管锁扣眼。赚了钱，学校扯了一匹很长很大的红布，用来当学校宣传队的舞台幕布。学校第一次演出用这个幕布的时候，老师就把我叫上去了，让我独唱了一首《小丈夫》。我还在家里给我母亲说起这件事，她多高兴，就叫我再唱一遍给她听。我唱：牵牛花儿墙上啊爬，我搭把梯子看啊看婆家，婆婆十七岁，公公才十八，丈夫还在地呀上爬呀啊！我喊了一声爹，我叫了一声妈，为啥把女儿嫁给他！他不是我的丈夫，我才不要这小娃娃啊呀……"啪！"我还没有唱完，母亲一记响亮的耳光就打在了我的脸上，她吼我：一个妹崽家家的去唱那么丑的歌！我委屈地呜呜呜哭起来：这个是学校宣传新《婚姻法》的歌，人家是在学校里学的！呜呜呜！

25. 五八年毛主席号召全国人民统一赶三天麻雀，除四害。我二哥虽然远在部队，他在军营里都赶了麻雀的。赶了这三天麻雀之后，我在坡上就能捡到因为不能落地而累死的麻雀。到了五九年，麻雀就很少了，但是虫灾就来了。坡上树子被虫吃得光秃秃的，有的连树干的皮都被吃光了，农民的庄稼更不消说，颗粒无收。

26. 这个时候，农村的大伙食团开始了，家家户户都把家里的存粮交到伙食团，锅儿也交上去大炼钢铁去了。开始的时候，我觉得这样真好，不用煮饭少了很多家务，而且大家在一起吃饭又热闹。但是好景不长，伙食团的伙食越来越差，苞谷糊糊越煮越稀，最后都成了"不粘锅"了！

27. 学校上课之前，前三分钟都是唱歌：戴花要戴大红花，骑马要骑千里马，唱歌要唱跃进歌，听话要听党的话……但是我饿得很，有气无力地跟着唱。突然我闻到一股清香的味道：啊，吃的！原来是有男生提了个烤手的烘笼，在里面烤棉花籽籽，烤熟了就丢在嘴巴里面嚼起吃。他们一般都是在伙食团里认得到人，通过关系才得到这些棉花籽籽的，有时候居然还有花生，是那个时代的"大款"。我真的好羡慕他们啊，我也好想吃一口啊，哪个喊我没有上层关系嘛。

28. 吃不饱再加上还要干农活，我学习就不怎么好。别看我是个农村妹崽，但是我最怕猪儿虫，就是一种菜青色的菜虫，肥滚滚的。我和三哥去翻红苕藤藤，有时候翻到猪儿虫，我就怪叫一声吓得要跑上几条田坎才停得下来，然后就耍赖怎么也不肯干了。这个时候都是我三哥帮我做完所有的活，所以我最听我三哥的话。有一次，我三哥问我：妹妹，你成绩这么不好，看你连高小都考不上喔，你不要调皮了。他说了我，我当时闷着不回答，但是从那之后我就自己晓得用功了。

29. 我后来不仅入了队，还顺利考上了我三哥读的那个东禅镇王家村高小（相当于现在的小学六年级）。我第一次去高小读书，进老师办公室交作业的时候，看见了一幅画，那幅画上面画了一棵桂花树。我一眼就认出了那是我们院子里的那棵桂花树，好高兴！我知道那就是我三哥画的！

30. 在读高小的第二年，我们班上的女生发现我的裤子上有血告诉了我，我就赶忙去厕所里脱开看。天啦！我又没有摔倒，哪来的那么多血嘛？！我是不是病了？吓得我发呆。那女生比我大，她一点也不惊慌：可能是你那个来了，你从现在起就是大人了，如果有男生挨了你你就要当妈了。她不说还好，这一说吓得我放声大哭！我们班主任老师听见我在哭，就跑来问我，我当然不敢说。上课的时候，就在书桌和凳子上画上界线，隔开和我同桌的男生。后来，我终于还是忍不住去找班主任老师，说我不和男生一起坐了，要求换座位。但是她问我为什么，我却死也不肯说。她就没有同意，我真的就没有再去上学了。

31. 我不读书之后的几天，正好赶上生产队里瘟了一只猪。队长带领几个人在堰埂上挖了一个坑做灶烧水刨猪毛，刨了之后砍成八十块放在锅里煮，因为是瘟猪要消毒，放了很多大蒜和海椒还有盐巴。全队人分吃瘟猪肉，像过年一样高兴。我们家分到一块猪屁股的肉，简直是上等肉了！但是就在吃完这块猪屁股肉的时候，我家接到了调令：公社要用地修学校，必须从大队上迁出几户人家。看来，吃了瘟猪屁股肉，人屁股就坐不稳土地，这个说法还是有根据的喃。

32. 我们分到了田家湾的一个草房里，正好是一九六〇年。新家的环境是这样的：一间正屋加一个猪圈，门口有棵大梨树。整座房子离大堰塘很近，进出都要从堰埂上过；堰埂下面有一块种牛皮菜的地，旁边是一口土井。那时，父亲在城里厂里工作，大哥去队上当会计不在家，二哥在外面当兵，三哥在外面读书，家里只剩下我、母亲还有弟弟。我们搬家的时候，家当就是一张床和一个泡菜坛子，泡菜坛子都是晚上偷偷搬过去的，因为那个时候不允许家里有这样的东西。

33. 我母亲身体不好，队里就安排她煮猪潲，有三只队上的猪儿在我们猪圈里。那个时候的生活，每人一天一斤红苕，没油水，有时候扒点牛皮菜，就泡菜坛的酸盐水煮起吃。幸好我家的人饭量都比较小，没有人饿死。

34. 除了吃，每个人一年发三尺布票，有点地位的干部一年可以发两条日本尿素的布袋子，可以用来做裤子。那个时候有歌谣就唱：上头来了个大干部，下面穿的是抖抖裤，后面日本，前面尿素。日本是战败国，向我们进贡的是尿素肥料，那个包装袋子是化纤布，上面印的"日本尿素"的字怎么也洗不掉。但是只要有穿的已经很不错了哈。后来据说毛主席要和日本搞好友好关系，不要他们进贡了，这个尿素裤子就没有了。

35. 我们邻居郭家自己做了一个老鼠夹子，有一天还真的夹住一只大老鼠。他们没有扒皮，只是用开水刨毛，那样可以多吃一张皮噻。他们放了点盐，然后放在火上烤，味道很香。我们几个隔老远都闻到了，直流口水。他们只有一个女儿，这么好的东西当然会全部给女儿吃了。他家女儿也很高兴，但是他父母并不同意她一下子都吃完，要分开一点一点吃，营养最大化。而他家女儿每次吃了都来眼馋我们这些小孩，说吃了什么：第一天，吃脖子和头；第二天吃两只前爪；第三天吃中段；第四、五天各吃一只后腿。唉，多么令人羡慕啊。

36. 我没有读书也没有做工，就帮母亲打猪草喂猪。除了喂猪，还每天去那些水塘里的浅水沟沟里找螃蟹，只要看见有螃蟹脚印和洞洞，就非要把它挖出来不可。一天好的话，可以抓好几只，放在煮猪潲的锅里煮熟了，我们三个人分着吃。我会尽量让弟弟和母亲多吃点。

37. 后来螃蟹抓不着了，母亲给了我把捞虾子的虾耙，让我去试试运气。堰坎上面的水泡了花生藤藤的，水浑浑的，我一下子把虾耙捽下去，然后就使劲拖使劲拖……拖上来一看，天啊！有两条四指宽的大鲫鱼！我高兴得一下子扑下去用衣兜把鱼兜住，然后一趟子就跑回去。母亲见了高兴得不得了，弟弟连连说：姐姐你好得行啊！姐姐你好得行啊！我们三个人简直就像得到了整个世界一样，商量来商量去，最后决定放在灶孔里烧来吃。母亲吃一条，我和弟弟分着吃一条。我会让弟弟多吃点，弟弟长得很乖，但就是饿得太可怜了。

38. 有一天，我正在田里捞虾子，突然看见远远地走来了我们的班主任老师。她走了八里路来找我，我很不好意思。她说：马上要期末考试了，你明天一定要来上学，座位已经给你换成女生一桌的了。不是看见你成绩好，这么远莫得哪个会来请你。我说：我已经八个星期没上课了，怕是学不起走了喔。她说：总复习你认真点没问题。然后她又走了。站在田里看见她的背影消失在水田山间，我想我一辈子都记得那个背影。很多年后，我想去找到这个老师，但是她已经去世很多年了。她的名字叫做蒋瑞文。

39. 第二天，我去上学了。我的同桌果然换成了女生，就是那个发现我裤子上有血的大女生。复习我很认真，但是在语文复习第二遍的时候，我又调皮了，在下面偷看小人书。蒋瑞文老师发现了，把我叫到办公室去批评，说：要是你期末考试考不好就不要你读了。我说：我早就不想读了，是你把我从家里喊来的。老师听了当然很生气，叹口气没说什么，叫我要认真复习，然后就让我走了。

40. 后来数学和语文考试的时候我都是第一个交卷的。人家还以为我实在写不起，干脆就交的白卷，所以那么快。最后，成绩下来的时候，我语文考了九十七分，数学考了九十九分，是班上的第一名。蒋老师看见我就笑嘻了，说何安秀你以后千万不要读挂名书了，要天天来上课才对。

41. 唉，天天去上课容易，但是把肚子填饱太难了。上学的路有八里，全部是田坎路，爬坡上坎的。我经常把鞋子提在手上光脚走路，要不然鞋子几下子就穿烂了。上课上到第三节的时候，我的眼睛就饿得发花了，笔都握不稳，就要赶紧在桌子上趴一会儿。中午是自己带的红苕，学校给蒸好，我吃下去就好了。

42. 放学的路上，我先把今天学的知识回想一遍，然后就开始想美食：粉蒸肉、蒜苗炒肉下干饭！我想得清口水包都包不到，一路吞回家。结果，走到家里，还是只有几坨红苕，还是冷的。

43. 一天，天下着牛毛细雨，路很滑，我戴着个"獠牙壳"（就是用笋壳做的一种遮雨工具），正要翻快到学校的那个坡坎，都要翻上去了，突然脚下一滑，一滑就滑到坡下去了。我左脚的大脚拇指的趾甲盖被翻了起来，血敞起地流！我赶快用手把趾甲盖按下去，再用稀泥糊上。我扶着一棵树站着，痛得都要站不住了，浑身发抖。等不流血了，我扯了一根马桑树干拄着，一瘸一拐走到了学校。

44. 我迟到了两节课，又正好是班主任蒋瑞文的课。她看见我那惨样也没有批评我迟到。下了课，她把我带到办公室，打来了热水让我洗，一边洗一边轻声责备我：怎么不好生点嘛！她还找来酒精，最后给我包上了纱布。结果那天没有给食堂交上要蒸的红苕，中午啃的生红苕。

45. 那个时候山上的树子也砍光了，庄稼缺肥也长得矮趴趴的。但就是我家门口的那棵梨子树长得不错。唉，它不用吃粮食，也不用施肥，真是幸福啊。我家是大队最偏远的地方，所以还暂时没有人发现这棵已经挂果的梨树。在一个夜晚，我和兄弟们爬上了树，吃那半生的梨子，也顾不上酸涩反正是吃了个饱，还摘了一大堆放在衣兜里带给母亲。再过几天，那梨树一个小梨也看不到了。

46. 我挖空心思想怎么给家里找点吃的，我去屋后竹林里偷偷开了席子那么大一块地，栽了十几棵牛皮菜，每天用我们三个人的尿水去浇，那牛皮菜长得又嫩又肥。放寒假了，我三哥从东禅中学回来，他读住校吃的是供应粮，带回了他省下来的十四斤口粮。我又去捞虾子，母亲在煮猪潲的锅里煮了半锅稀饭，三哥去竹林地里剥了十几匹牛皮菜叶子放在稀饭里，最后加上我捞回来的虾子，放点泡菜坛子里的酸盐水，真是算打牙祭了！我们四个人吃得之高兴喔！

47. 母亲从街上悄悄买回来一只小白兔，哇！我们太高兴了！那个时候只有吃草的不会饿肚子。我们都把它当宝贝，割了很多草给它吃，它就不停地吃，从来没有断过，看见它不停蠕动的三瓣嘴，我觉得它可比人类幸福多了。

48. 过年了，父亲也从厂里回家了。他因为饥饿，也得了浮肿病。在回来的路上，他就一边走一边想：这家人还活起在么？会不会都饿死了？哪知我们都还活着，他看着就乐滋滋的。母亲拿出一个小坛儿，里面装的是炒熟的虾子，让父亲吃。后来，那只小白兔也打给父亲吃了，他的肿病就好了。

49. 大年初二，我父亲的徒弟吴二哥来拜年了。他步行了七十公里，肩头上一边挂了一棵白菜。我们特别受感动，他每年都要来拜年，在这么困难的时候他都要来。白菜现在看来确实不是什么贵重的东西，但是那个时候可真是不得了啊。

※ 大花和小花

1. 那会儿几乎看不见人谈情说爱、生儿育女。也许这些情况毛主席知道了，就在六二年拆散了伙食团，粮食下了户。我们一家人分得了十斤谷子、三十斤红苕，还有一只我们一直喂着的队里的母猪，以及我们煮猪潲的一口铁锅。那个猪可是我们的宝贝啊，全家人看见有头猪，觉得家里还算有希望的。

2. 可是我们这头宝贝猪，有一天发情了，直着嗓子叫了三天，唉，也真不害臊。在第四天的节骨眼上，有一个男人牵着一头公猪上我家来了。那只公猪一放进猪圈，母猪就不叫了，两只猪眼睛对眼睛看了一会儿，我想所谓的一见钟情就这么发生了。然后，它们这两只猪……就在众目睽睽之下要起流氓来了，真是不要脸，羞得我跑得远远的。完了之后，那男的管我妈要十元钱，说是那公猪的营养费。这边大人在给钱，那边两只猪还在情意绵绵地挨挨擦擦，嘴对嘴地发出哼哼声，好像那公猪在对母猪说：你要是没怀上，我再来哈！我们是受国家扶持和保护的，你尽管多生！后来我们家的母猪还真的一口气下了十二条小猪，真是了不起啊！

3. 我们家的母猪一次下了十二个小猪，下得太多了，到最后两个小猪的时候，那两个小猪就像两个没有长全的小猫儿一样。我母亲说：这两个怕是喂不活。她把两个哼都不哼一声的小猪提起来，丢到后面红苕地里去了。

4. 几个月后，隔壁凤大娘来找我妈，说：何大娘，有两个半大的猪噻在我屋头的红苕土头拱起拱起地吃红苕藤藤啊！是不是你屋头的猪圈没有关好哇？我母亲跑到猪圈一看，一二三四一数，摇着脑壳说：没有，我的猪都在哈！然后我妈和凤大娘就跑到周围邻居家里去问，家里是不是有猪跑出去了，都说没有。咳！怪了哇，是哪家的喃？过了一段时间，我妈自己也看见那两只猪在吃红苕了，在田里撒开蹄子跑喔，那个劲头不是一般的家猪有的！有一天晚上，还吓得一个过路的女人一口气跑了三条沟，跑到杨家沟才扯起嘴嘴坐在地上大哭了一场：妈耶，老子闯到鬼了啊！

5. 这哈，乡里都传说我们大队出了两个活猪精，说它们在田里吃了睡睡了吃，在晚上的时候就在田坎上散步。有月亮的时候，还能看见它们两个在红苕土里跑得你追我赶，就像是耍朋友的小伙子和姑娘家。村里的人想抓过它们，大家准备好锄头扁担还有猪笼子守在田头里面的时候，嘿，这两个猪瘟鬼精灵，一连几天都不见个影子！

6. 这天吃夜饭的时候，又听见下头田里猪儿叫唤的声音。啊！我母亲突然想起来，这两个猪瘟怕是她甩了的那两只小猪喔？！她一说，大家都说哎呀就是嘞！看那个花色和大小正好就是！

7. 这哈，我们家的人觉得非要把这两条猪儿捉回来不可。母亲喊我父亲和几个哥哥还有隔壁凤大娘的两儿子，大家一起去捉。这两个猪儿不是一般的猪儿，你想嘛，一般的猪儿为啥子笨嘛，还不是生下来就被关在巴掌大的地方，啥子都没有见过，就是长膘等到杀肉。这两条本来就是不该活命的，现在居然在田里活得比哪个都好，不是老天爷给了他们神怪是啥子喃？

8. 我妈本来就信神信得很，这天，太阳一下山，她就用好的苞谷粉掺上点红苕坨坨还有牛皮菜叶叶，香香地煮了一大锅上好的猪潲，按照现在人的伙食标准都过得去了哈：粗纤维加多种维生素。天蒙蒙黑的时候，她就端到田头去了。

9. 我说哈我妈这个人哈，我一辈子都没有听过我妈哼过歌，但是听老人说她当姑娘的时候庙上扯红、造房上梁，都是喊她去唱神调，那个声音是脆生脆生的喔！后来她当了妈，就不唱神调了，但是她唤起鸡来：咯——咯咯咯咯咯！在后坡扒虫子的鸡公都唤得回来！

10. 我妈把猪潲往田头一放，居然扯开嗓子唱起调子来！她唱：青青猪潲煮一缸，红苕苞谷配齐全，还有屋头一片心，香香喷喷送下田。两条畜生莫怪我，自己跑到长成才，今晚月亮天晃晃，快快拱到圈头来！我们几个兄妹第一次听我妈唱歌，还完完整整草稿都不打张口就来！你们说神不神，这个时候听见田里红苕叶子响得稀稀哗哗的，那两个猪儿闻到味道就来了。它们看见几个人还站在田边，有一个还在唱，它们就站住不往前了。我妈看见它们来了，更是长声吆吆地唱喔：青青猪潲煮一缸，红苕苞谷配齐全……它们两个对看了一眼，终于凑过来，把嘴筒子往缸子里一杵，呼噜呼噜就吃起来咯！

11. 接下来的事情，更好耍了。那天晚上，我们一家人都守到那两条猪儿吃，一点都没有敢惊动它们，活怕吓跑了。它们吃饱了之后把我们望到，那个眼神硬是像人一样，好像是在说：你们是好人，你们不得害我们。大家手上的绳子和猪笼子，一时间都不晓得用还是不用了。好耍的事情来了，人走一步，这两条猪儿也走一

362

步！我妈说，试到往屋头走嗬，看它们跟不跟到来！结果，人往前走，猪儿也往前头走！就这样，一路上一点力气都没有费，大家空起手就把这两条猪儿引回屋了！快拢屋的时候，我妈赶忙一步回去把自家猪圈的门打开。两条猪儿走上来看见猪圈又站住不往前了。我妈赶快用瓢瓜把猪槽还剩下的汤汤水水舀得稀里哗啦，两条猪儿一听，哼都没哼，一个小蹿就都进了圈。

12. 第二天，挨得近的邻居都来我屋头猪圈看这两条猪精。大家都说奇了怪，这两个猪奇了怪！它们花色黑白相间的，体型比起同一窝的其他猪儿要瘦些，但是反应也敏捷得多，其他这些猪儿说起来还真是它们两个的兄弟姊妹喔！它们在猪圈里东撞一头西撞一头的，显得十分烦躁。

13. 我妈说，它们气性大，过几天就好了，这几天猪食弄好点。我和弟娃负责每天煮猪潲。有这两条猪儿之后，妈同意在猪潲里头加完整的红苕了。我和弟娃在高高的灶台上拿大锅铲搅猪潲，看到有整坨的红苕就挑起来，放到一边吹一哈，我和弟娃吃！等有味道出来的时候，猪圈的猪儿们闻到味道就开始嘶叫了，但明显是那两条猪儿叫得最响亮。到喂食的时候，它们两个之凶喔，只要它们在槽子上，别的哪个一点都拢不到边。它们把嘴杵到槽里，有猪儿要往前来，它们头都不回就晓得在哪个方向，用后蹄使劲一蹬！然后，等它们吃饱了，剩下的猪儿就吃点剩下的渣渣。

14. 它们两个有力气了，就开始战斗翻天的，企图找到出去的办法。我和弟娃去看它们，它们一脸的猪屎和稀泥，两个眼睛焦急得很的样子。弟娃说：姐姐，它们好造孽喔。我说：就是。我和弟娃就学我妈那样，上句不接下句地开始唱神调给猪儿听：两条畜生莫怪我，自己跑到长成才，今晚月亮天晃晃，快快拱到圈头来……就这几句我们唱来唱去，唱的时候，两条猪儿就不闹了，两个猪儿四个眼睛，把我们看到，看到看到就慢慢躺下来，对着我们喘气，尾巴打成卷儿。

15. 我和弟娃每天一放学回家，就先到猪圈去看这两条猪儿。我们把大一点的叫做大花，小一点的叫做小花。我们一来，这两条猪儿就显得很活泼很乖，但是其他哪个去就叫得不可开交。尤其是我妈去，估计它们认得就是她把它们骗进来的，心里在记仇呢。我们很喜欢这大花小花，我弟娃说，想挑大花去当坐骑，去田里骑猪耍。我说：你想骑猪啊？看妈把你骑到打！

16. 大花小花在吃上比人家有优势，慢慢体型就赶上原来的猪儿了。再过了一段时间，就成了整个圈里最肥的猪儿了。有天晚上，大家都睡着了，它们在猪圈里吼了几声奇怪的嗓子，声音又长又亮。弟娃说：姐姐，它们是想红苕地了。我说：就是。第二天早上，家里人发现，猪圈的一个角角差一点就垮了！我老汉赶快用木棒和铁爪牙把猪圈加固。他是个铁匠，做事情麻利，不到一个小时，就拍拍手说：看这两个瘟还拱！拱死也拱不出去！

17. 在老汉修猪圈的时候，大花和小花在猪圈最角落里一直站着，一声不哼，就像是两个记仇的人。傍晚的时候，弟娃背个大背篼里面装满了红苕藤藤，满头大汗地回来了。他一回来就把整背的红苕藤藤倒进猪圈里，说：来，大花小花，这是从你们的红苕土里打的，你们就当回红苕土嘛！

18. 转眼就要过年了，过年就要交统购猪了。我和弟娃很怕这一天，心头好舍不得大花小花。弟娃说：姐姐，我们一直把大花小花喂到嘛，不交嘛！我摇摇头：不得行。这两条瘟随便咋个都是只有卖给国家的。它们看上去实在是两条漂亮的肥猪儿……那天，说是晌午过后就要来抬猪了，我和弟娃哭起哭起宰猪草，把猪草宰得细细的，煮好之后，只倒在大花小花面前。它们一边吃，我和弟娃就用手去抚摸它们的背，它们又抬头看我们，不晓得就要挨刀儿了还欢天喜地的喔，真是像人一样。

19. 队上来人抬的时候，那个惊天动地，十几个男人都差点弄不动它们，叫的之响。我和弟娃躲到后面的大坡上，但是远远还是听得见，心头难过得很。听大人们说，抬起这两条猪儿经过红苕土往供销社走的时候，大花小花差点把笼子都拱破了。大家都说，这两个猪儿晓得到它们跑起长大的地方了，也晓得要去死，跑不脱了。

20. 那天，天黑尽了，我和弟娃才回屋。远远就闻到屋头灶屋里喷肉香，我妈说，大队说我们贡献了两条好肥猪，不仅给了猪钱，还格外分了一大条猪背肉给我们，晚上打牙祭！我和弟娃说不吃我们都不吃！但是最后还是吃了，实在忍不住，一边吃一边哭。那个年代，吃点肉好不容易嘛！晚上，我和弟娃躲在被窝头哭了又哭。第二天，他说：姐，我梦到我们在田头骑猪咯！你骑大花我骑小花！

21. 直到现在，我都经常说起这两条猪儿。我把猪儿说给我女儿听的时候，她说要是她在，一定会把大花小花放回田里的！你们说，她是不是太幼稚了嘛？！其实当年我都这样想过的，只是不敢做，说都不敢说。

※ 毛主席的小客人

1. 有一天，我们一大队八生产队有个放暑假在家的小学女生，去坡上扒马桑叶叶，在马桑树下看见一只大老虎！她吓呆了，但是那只老虎没有吃她，走开了。那以后不久，是月半节，给去世的亲人上坟的日子。这天中午，一大八队的高崖坎大院左手尽头的一家人，家里两口子刚从坟上烧了纸回来准备吃中午饭。他们一家人上桌把筷子拿到，一只老虎就扑了进来！

2. 老虎先是咬住了他儿子的头，男主人家就用扁担去打，打得那老虎放下他儿子又去咬住了儿子妈的头，他又打！他拼命地打，那老虎就放下儿子的妈去和他搏斗，他就和老虎厮打成一坨，扭打到了屋檐下的水沟沟头，他还是拼命地打！打啊打啊！院子里的人听见了叫声，都拿起锄头、扁担过来帮忙，大家齐心协力，不几下就把老虎打死在水沟里头了！

3. 然后大院子里的人就用滑竿把这家人一个个抬起，后面抬的是用绳索绑起的老虎，一长串就去公社了。很多人去看那被打死的老虎，又去医院看那被咬伤的一家人，我也去了的。天啦！太惨了！他们一家人的头都像剥了皮的红橘一样，头皮都垮下来了大半边，把脸都盖完了！头骨都显在外面！公社医生说没法他医不到，大家就又七手八脚地把他们一家人抬到县医院去。还好，县医院说能医，他们一家人得救了，后来果然都医好了，还是国家出的医药费。

4. 后来县剧团的人来采访这个打老虎的人，说他是英雄，准备把他写成新时代的打虎英雄。剧团的人问他：你为啥子要打老虎喃？他说：为啥子，还不是为了我的婆娘儿女啊！哦嚙！就这么一句话，人家剧团的人转身就走了，这下他的打虎英雄也没当成！生产队里的人说：龟儿子的傻包，说是为民除害嘛！这几个字你都说不来啊！那个打虎英雄抠着他正在长新肉发痒的伤脑壳，还在继续说：不是那么回事的嘛！我真的是为了我的婆娘儿女！

5. 据说那只老虎是成都那个时候搞武斗，红卫兵冲击了动物园，把老虎笼子打开了跑出来的。现在我在股市里说起这件事情，都有上了年纪的老股友记得，说：是有这么回事！成都动物园是跑了一只老虎，吓得市民晚上都不敢上街！原来跑到你们那里去了，跑得远喔！

6. 就在我看了打老虎的当天晚上回屋，刚进门，嘿！就看见两只老鼠在堂屋里头……哎呀嘞，都不好意思说。反正这两个瘟，哪里不好去在我堂屋当门干好事！太大胆了嘛！我平日都没那个胆量，但是那天正好看了人家打老虎，我也浑身是胆，一脚上去，"吱！""吱！"那两只倒霉老鼠就被我踩死了！后来我妈把两只老鼠弄得干干净净的，加了点海椒、花椒，炒了一半碗。那个时候正是粮食紧张，有点肉荤一家人还吃得多高兴的！我妈直夸我：人家是打虎英雄，我屋头的幺女是打鼠英雄！嘿嘿！

7. 大哥从东禅街上回来说，街上有人给他介绍了个对象，他自己也觉得不错。看他那脸都红到后颈窝的样子，用现在的话来说，就是陷入了爱情的漩涡。但是母亲不同意，说是家里没人做农活，不准找一个街上的女娃娃。但是大哥不听，他非要和那个女娃娃好不可，估计用现在的话来说，爱情的魔力是巨大的。但是，我父亲把我大哥从东禅街上骂了回来，而且一回来就让他和我们生产队的农民杨素英订婚。杨素英虽然没有文化，但是体力好，能和男同志比，工分挣得高，这样家里分粮才多。

8. 这年夏天，我母亲在东禅街上花了一百多元钱买回了一只大白鹅，准备回来杀了给大哥办婚礼酒席。婚礼那天，坐了两桌人，基本都是我们生产队的，送得最贵重的礼就是五斤谷子。就这样，我大哥和杨素英结了婚。

9. 暑假，我舅妈要去广元走亲戚，家里还有比我还小的两个弟弟，所以她就喊我去她家看屋。我去她那里，每天要做饭给两个弟弟吃，还要喂猪、打扫院落。当时我十一岁，只能算是个半大人，但是这一切我都做得井井有条。院子另外一家姓张的人家，他家妈妈看见我这么小就这么能干，喜在心上。我舅妈探亲回来，邻居就对她说：咳，把你侄女何安秀说给我的儿子嘛！

10. 又过了几年，劳动节那天，我正在马路边的晒席上打菜籽，突然看见我舅妈来了。她一来就笑嘻嘻地喊我去张家吃饭，说他们当家的爸爸回来了。我去了，张家在大院子的右尽头，是瓦顶木屋；张家爸爸是个中等个子，像个干部；张家妈妈还多苗条的，人也和善，年轻的时候应该是个美女。但是那天我没有见到张家的儿子，说他要晚上才回来。我就猜想，他究竟长的什么样子喃？

11. 晚上我舅妈要回去了，我也想回家了，但是张家拼命地热情挽留，说住已经安排好了，就和张家婆住一个床。张婆婆对我很亲热，一直问长问短的，我就问什么答什么。我在睡着前，在屋里看来看去，好像觉得这里和我会有什么关系。慢慢地，我就睡着了，睡得熟熟的很香甜。

12. 第二天，我很早就听见干锅里煸干辣椒的声音，原来是在为张家儿子去学校准备的。其实当时很多细节我都记得就像昨天那么清楚，尤其是这个煸干辣椒的声音，哔哔剥，哔哔剥。我吃了早饭终于要走了，张家妈说：一会儿我儿子就要推着自行车从门口过，你好生看嘛。

13. 一会儿，真的有个半大小子推着个半旧的自行车过来了，我觉得心里跳得咚咚咚的……原来是他啊！一个男娃子笑眯眯地推着自行车看着我走过来。咳，这个人我见过！我在舅妈家的地里挖红苕时，天天看他推个自行车从堰坎上过；有时候我去堰塘洗衣服，也会看见他挑起红苕在堰塘边洗。我当然啥也不知道，也没有往心上去，但是这个男娃子可是把我看了好多眼了喔！这也太不公平了嘛！

14. 他推着自行车，笑眯眯的，穿着一件干净朴素的学生模样的蓝布衣服。那是初夏了，米伢子（蝉）开始叫得个凶，他推着自行车从树下走过来的样子深深地印在我的心里，现在有时候还浮现在我的眼前。

15. 二哥、三哥，都在那几年接了嫂嫂了。我们何家的人，纷纷都长大成人了。

16. 后来张家儿子给我写过两封信，都是介绍他的家庭和个人情况，我也用同样的内容回给了他。这两封信后，文化大革命就开始了。张家儿子是遂宁中学"镇黑狼战斗团"的头，而我是遂宁三中"缚苍龙战斗团"的播音员。我们这两派观点刚好对立，他时不时地还给我一些他们战斗团的宣传单看，但那个时候不晓得我心里咋的，就是转不过那个弯来。人人都觉得自己在捍卫着世界上最珍贵的东西，不惜生命都要捍卫，那些还没有完全萌芽的爱情小芽芽，显然只有枯萎了。但是我知道，我们都是捍卫毛主席和红色江山的啊。

17. 学校开始不上课了，学生都去东禅坡上开荒种地，坡上写满了"大海航行靠舵手""团结就是力量"的标语。大家收工回学校的时候，一边扛着锄头，一边唱着《打靶归来》。除了种地，学校还要闹革命，到处都是红卫兵组织，学校贴满了大字报，挤满了看大字报的人。

18. 我和弟弟的观点也是相反的，在家里吃饭的时候就要吵起来。我说他们"214"不对，他说我们"红连"有错误，吵得个不可开交，父母也不敢来劝。因为我们都是红卫兵，都是毛主席的客人嚓。

19. 红卫兵大串联开始了，我也参加了串联队。我们打算走路去重庆，结果用了三天走到了重庆。哇！重庆真大啊！听说重庆的"815"周总理都接见过。"815"的头儿是我们大队黄珍蓉的儿子，叫吴庆举，是重大的高才生。我喊黄珍蓉喊吴妈，她对我很好，她叫我到了重庆去找她的儿子。我虽然就住在重大，但是我没有去找她的儿子，说实话，我还是不能忘记张家儿子。

20. 重庆发生了武斗，记不清是哪一派的人被打死了，放在重庆大会堂的坝子里。重庆大会堂像是一个圆形的大庙子，坝子也是圆形的，像是红军长征路上煮饭用的锅，有很多梯坎，一层接一层，都摆满了花圈。广播里一直都在放着：啊战友，亲爱的战友，你为了保卫毛主席英勇无比，谁知道那一双黑手将你夺去……

21. 我们又参观了解放碑，仔细看了上面记录的文字；我们还去了红岩渣滓洞，看了每一个革命先烈的事迹介绍，深受教育。看了出来我的心情很沉重：他们都听见了解放的炮声，却没有能看见解放的曙光。他们用宝贵的生命换来了我们今天的幸福。啊，英勇的先烈们安息吧！我们会永远记住你们的！

22. 我们又走了三天，回到了家里。一回到家，我们生产队的田妈就来找到我说：哎呀，我儿子给了你两个毛主席像章，拿来看哈嘛！我完全摸不着头脑：没有啊，哪里有这么一回事！田妈说，我们走到璧山的时候，她儿子看见队伍里有一个长得特别像我的女子，就给了她两枚像章，一枚是闪光的毛主席像章，另一枚是闪光的天安门。田妈的儿子叫做田启秀，个子高高的，在当地野战军当参谋长。说实话，我知道田妈的心思，但是我那个时候，心里只有一个人，就是那个推着自行车走过来的半大小子。

23. 后来知道，那个时候很多人都打着我们遂宁三中的旗号出去串联，田启秀的那两个像章就是给了一个姓余的女生，她长得确实很像我。唉，那个时候像章可是个宝贝，而且带闪光的更不容易找，那个余妹崽的运气可真好啊。

24. 我弟弟班上的人也想去串联，但是他们人小胆子也小。弟弟对我说：姐姐，你来给我们当队长带我们去成都串联嘛！我答应了。我戴着遂宁三中的校徽，举着遂宁三中的旗帜走在最前面，威风极了。我很有点红色娘子军的感觉，只可惜的是，我的身后是一群小男娃娃。人家看见我们过来了，看见我们的旗帜，说：耶，辽宁三中！来得远喔！

25. 我问那些小男娃娃：你们想看点啥？他们说：想看望江楼和九眼桥。好，我们进了城就一路问过去了。哎呀九眼桥还真的是九个眼呢！望江楼上也真的是望得到江水流。这下，大家心满意足了。走累了也饿了，我带领大家去吃点东西。路边上有卖稀饭包子，小男娃娃们一个一个乖乖地坐在桌子上，就等着吃了。但是，我一摸钱包，就哇的一声哭出来了：大家的钱都放在我这里，却不见了踪影！

26. 我一个劲地哭，我弟弟说姐姐莫哭姐姐莫哭，但是他也没有什么办法。后来那些小男娃娃都来安慰我：姐姐莫哭姐姐莫哭。同样，他们也没有什么办法。我们的班主任老师李兴策当时也在成都，他听别的同学说了，赶过来给了我三块钱，然后让我去火车北站红卫兵接待站去借钱粮。我还果真借到了，但是签字的时候，我就写了我一个人的名字，后来还是我当兵的三哥帮我还上的这笔钱。有人说，那个时候很多人去借钱，都不写自己的真名，你咋那么瓜嘛？

27. 后来我们住在几家成都人的家里，我住的那户给我们煮的是干饭还炒了个豆芽，我们觉得好好吃啊，但是那家的女儿还嫌她妈做得不好，怠慢了我们这些毛主席的小客人。啊，成都人真是好啊！

28. 回到家中，我父亲也从厂里回来了。他问我：你们去了趟成都看到什么稀奇的没有？我说：也没什么稀奇，就是成都人耳朵上要长毛！他哈哈大笑：傻包！那个哪里是长的毛嘛！那是人家冬天加戴的耳套！嘿嘿，我晓得我瓜兮兮的，但是去过广州串联的李素华也没有比我聪明到哪里去。她说广州人都穿的是透明衣服，里面奶奶都看得到，好丑喔！

※ 我的白毛女时代

1. 你说人这一辈子啊，还没咋个呢咋就老年了喃？有时候想起我原来的那些同学、朋友，都还是些红头花色的男娃娃、小妹崽呢！但是，我自己照哈镜子就晓得，哎呀嘞老咯，估计他们也老咯！我女儿桑格格在她小说里头还写过她在衣柜里看见一顶白色的假发，她印象很深。要知道，那个就是我年轻时代最美好一段时光的见证啊！那是我原来还是姑娘家的时候，演《白毛女》的道具。我现在很胖，有好多斤就不说了哈，隐私！但是那个时候的何小妹崽嚜，才八十多斤啊！

2. 我从小就喜欢唱唱跳跳的，但是很怕在一天劳动结束后跳忠字舞，那个时候肚子又饿，和公社干部们一边跳一边还要唱：敬爱的毛主席，我们心中的红太阳……都快要饿昏过去了。

3. 我们屋前的公路坑坑洼洼还弯环倒拐的，杨木匠当门和三转弯那两个地方经常出车祸。一出车祸，遂宁城里的救护车就要来，吊车也要来，大家丢了手里的农活都去看。有人说：咳，没有电影和戏看，时不时的翻个汽车也得点欣赏！

4. 那话使我久久不能平静，我觉得大家的生活太没有闪光点了，就思考我能做点什么，能让生活有点色彩。我觉得自己还算是个能唱能跳的人，如果是自己感兴趣的歌舞，就能让我更有劲头。

5. 我用自己不多的积蓄跑去买了一本识谱的歌本，先用熟练的歌来练习识谱。一段时间后，我的识谱能力大大提高了。那时允许演样板戏《沙家浜》《红灯记》《白毛女》等。我挑选购买了其中的《白毛女》歌剧歌谱，在大热天的中午干农活休息的时候反复练唱，很快我全本歌谱都唱得了！

6. 为了更加准确，我去第三中学找了我们原来的音乐老师，他用小提琴拉，我跟着唱，练几次后，我就更加有信心了。我那时真是年轻劲头大啊，现在想起来都觉得是昨天的事情一样，还是多激动的！

7. 练好了，我去找大队书记杨海德，请他支持我在大队组织毛泽东思想宣传队，演出大型歌舞剧《白毛女》。他一听就笑得呵呵呵的，这下那些平时里看翻汽车的人们总算是有点正经的可看了！

8. 他马上就在各个生产队选两个唱歌好的，男女各一名，共二十个人。主演白毛女的不好找，最后暂由我演；演大春的是杨廷均，他唱功和人材都好，杨白劳也是他；演黄世仁的是学校负责人吴庆元；演管家的是吴能武……很快，一个像模像样的班子就搭起来了！

9. 这样，每天我下工之后吃了晚饭，就要走四里田坎路去大队学校宣传队排练。那个时候我们生产队传说正在闹鬼，吓得家家户户天一黑了就不敢出门。但是我为了排练《白毛女》，只有壮起胆子走夜路。阿弥陀佛！鬼一回也没有来吓我！嘿嘿！还是毛主席他老人家保佑喔！

10. 我们认真地排练，同时也要自己准备演出用的道具。比如，喜儿在第一场出场时穿的花上衣、黑裤子、布鞋，就是我自己好不容易弄来的。后来，演喜儿进了深山，头发变白了，那个白头发也是自己做的：把麻反复用水洗过，然后晒干就是白色的了；然后再梳成头发的样子，梳的时候用点油，麻就变得又白又软了，最后弄根橡皮筋扎好……我当时还是个姑娘家，怎么会想到多年之后，我会有个女儿，这个白麻头发还给她留下了深刻的印象呢！而且我还差点被桑格格小姐取名桑喜儿哈，嘿嘿！

11. 其他人也在认真准备自己的服装和道具，每个人都把这次演出看得很重要，毕竟我们都是些最普通的农民，有机会正儿八经去演出，估计这辈子都不会再有机会了哈。

12. 第一次演出，是在生产队里的晒坝头，社员们和公社干部还有学校的老师们都来了，黑压压一大群人。我在后台听见外面还有小个的和妈走散了，在哇哇哇地哭呢。心里真是紧张得喔！

13. 演出开始了。我化好装穿着戏服，站在幕布后面，突然不知道怎么回事，一下子就镇静下来了：我突然想起了走夜路，我想我都不怕鬼还怕演出么？！而且这场演出我盼望了多久啊！那些唱段我已经唱了上百遍了吧！

14. 北风，那个吹——雪花——那个飘，雪花，那个飘，年来——来到！我用尽所有的力气，把这第一句唱了出来。晒坝上的人全部清风雅静的，一点声音都莫得，连娃娃都没有闹。然后，我一个亮相，定住，然后我就听见了热烈的掌声响了起来！

15. 我越来越自如，我们其他的演员也是。在我演到我爹爹被黄世仁打死，哭爹爹的时候，我大放悲声：霎时间，天昏、地又暗，爹爹、爹爹你死得惨……我记得我的声音其实都已经哑了，但是我带着感情，自己的眼泪也止不住地往下流。我举着双手唱：乡亲们呀，乡亲们！黄家逼债打死我爹爹！

16. 这个时候，人群里突然爆发出一声清亮的女娃娃的哭声：嬢嬢！呜呜呜！嬢嬢……那个是我的小侄女何琳英，她还以为我真的被坏人抓起走了喃！哈哈！我女儿后来给我总结：妈，你那个现在叫做"哽咽唱法"！

17. 那个时候，我不晓得，我女儿她爸也在人群里，当时咋个晓得他和我有啥子关系嘛。现在想起来，真的，我觉得心里一股气一股气地往上冒。记得后来结婚了，他给我说了老实话，他说：那个时候看到你在台上和那个演大春的，硬是看得我火冒！

18. 但是后来，唉，我和大春就是舞台上演戏，散了就散了。和他，也是一样的嘛，散了就散了。

19. 我们大队有十个生产队，我们在每个生产队都演了一场，又去附近的公社演出了好几场，场场都是人挤人。有一场我感冒了，但还是坚持演出。看了那场演出的人说：哎呀一般哈，莫得吹得那么神！但是，不管咋个说，从这之后，很多人看到我都喊我喜儿。走到哪里，去供销社买布，去大队交粮，都有人还要专门挤出来看哈我。

20. 我当上了民兵连长，大队开会也把我叫上，但是这些都是我不喜欢的，我就喜欢唱唱跳跳！再后来，大队把我推荐去读书，一个名额是西安交通大学，一个名额是遂宁师范学校，我挑了后面的。我女儿后来说我：简直不是一个级别的，西安交通大学好得多！但是在师范学校可以学弹风琴，还可以继续唱歌，我就喜欢唱歌！后来我真的在师范学校度过了人生中最美好的一段时光喃。

21. 一晃就是四十多年了，我还是喜欢唱歌。我女儿桑格格，一个新时代的青年人，她从小就听我唱"北风吹"，她也会唱了。她的朋友都觉得奇怪，她怎么会唱那么老的歌。她还多得意的，说：你不晓得嗦，我妈是白毛女得嘛！

22. 但是，现在我这个老孃子，走在街上，又臃肿又老，穿的也不咋个，哪个晓得我当年可是演过白毛女的喃。

※ 我读师范学校的时候

1. 我梦到我们屋后的大坡，坡上的刺梨果子长得有桐子果那么大，而且坡上的芭茅到处都在燃火。我都被火围着了，我喊了声"飞"，马上就飞起来了，越过了火，我说"降"，又降下来落在地上，好耍喃。

2. 我又梦见我去挑粪，扁担断了；我去挖土，锄头又折了。我醒了以后，摆给社员听，人家就笑：哎呀嘞，何妹崽，你恐怕是要被"00179信箱"开除了喔！

3. "00179信箱"可能现在大家都不晓得是什么单位了，我来解释下："00"是粪桶两个，"1"是扁担，"7"是锄头，"9"是舀粪的瓢铲。总的说来，就是广阔的农村天地的代号。

4. 那个时候，也是我演出了《白毛女》之后。没几天，学校的刘主任就来找我，先是说推荐我去读西安交大。那个时候，我演白毛女，换戏时衣服一穿一脱，早就有感冒了，咳了很久。又没钱去医，都是每天我妈去坡上扯草草药来吃。我就担心体检过不到，就没去。

5. 还是刘主任对我好，不计较我不懂事，又推荐我去读遂宁师范学校！说实话，当时西安交大是大学本科，遂宁师范学校只是个中专，但是我一点都不后悔：因为我觉得交通大学是读交通的，啥子是交通我完全搞不懂，但是师范学校可以读音乐当音乐老师。对于我来说，那是天底下最美的事情！

6. 我很快得到了遂宁师范学校的通知书，嘿！这下我真的被"00179信箱"开除了！我打起铺盖卷去了遂宁城，我进城就去找在红光机械厂工作的父亲。父亲看见我背着铺盖卷，就问：你来开会啊？（我演白毛女后被选成了民兵连长。）我说：不是，我是来读遂宁师范学校的。父亲听了，打起哈哈拍了几个巴掌：死女子！这下你出头了！我们父女俩真是高兴了又高兴啊！

7. 我去了遂宁师范学校报到，天呐，我觉得我像是进了天堂一样，那个学校太美了！一进校园，是一条笔直的大路，大路两边矮的是栀子花，高的是柚子树、广柑树、柠檬树。有的树下面，还种的有蔬菜，所以我们学校整个看起来又像花园，又像果园，又像菜园！

8. 学校进门的右边是教学楼，左边是老师办公楼和女生院，中间是个大操场。我们女生院是一个四合大院。大院的中间是一个花园，花园中间是一个水池，水池中间有座假山。花园里参天大树，还有腊梅、桂花、栀子花。我们住的寝室只比花园高两梯，是个一层的木板平房。一个寝室三个床，分上下铺，共住六个人。每一个寝室都有一架脚踏风琴。

9. 我们七三级根据不同的文化程度和政治觉悟共分九个班，越在前面的班越好，我被分在了光荣的1班。但是以前在读高中的时候，在乡头没吃的，我读书也三天打鱼两天晒网的，只想去弄点吃的，所以只读了个挂名书。我这个挂名高中生，好比山中的竹笋——嘴尖皮厚腹中空；也好比墙上的芦苇——头重脚轻根底浅。

10. 所以在师范学校学数理化的时候，我简直是小蚊子跳在鼓上——咚都不咚（懂都不懂）！我只有自愿去了3班，那个班上同学差不多是初中生的程度，这下就对了！哎呀嘞，我学得起走了。

11. 那个时候，我们的生活开得比较好，又不用向学校交一分钱。家庭困难的每个月还可以领三元钱的补助，女生每个月发两封卫生纸。我们的生活委员是龚华莲（她后来是我的好友，现在都是），她在给我们班上的女生第一次发卫生纸的时候，有个男生也跑来领。

12. 他当然没有领到，他很不服气，跑到老师那里去告：说班上发米花糖，为啥子莫得我的？！老师说：那不是米花糖！是女生用的卫生纸！那男生说：男女都一样！为什么女生就该用卫生纸，我们男生就不该用喃？！老师说；你是你妈生的还是你老汉生的嘛？他说：……我是我妈生的。然后，老师耐心地把关于男女生理的一些常识说给他了，他不好意思了，但是嘴巴还

硬：嗯、嗯、至少、至少我们男的还可以用卫生纸来揩
屁股嘛！还是要发给我们……这下，没人理他了。

13. 后来再发卫生纸，就有好事的去逗他：嗨，那娃
儿，又发米花糖了，快去领嘛！他对人家说：给老子
爬！大家哈哈大笑！

14. 别看我们遂宁师范学校是个小地方的学校，但是我
们的音乐老师可是中央乐团的，他叫汪建。他的歌声十
分好听，而且会很多种乐器，教我们音乐教得好极了。
据他说，电影《东方红》里面唱《草原上升起不落的太
阳》的那个人就是他。他被打成了右派，下放到遂宁来
劳动改造，被遂宁文教局分到我们学校里来的。

15. 七十年代是越穷越革命的年代，我们学校有位姓佘
的老师有三个子女，名字分别叫做佘完、佘尽、佘光！
另一名老师姓苏，也有三个子女，名字分别叫做苏完、
苏尽、苏光！哎呀嘞，你说那是个啥子年代嘛！

16. 苏老师的三儿子苏光长得最乖，才四岁，有几个男生最爱去逗他，就问他：嗨，苏光，你有几个爸爸？苏光说：一个。然后又问：一个就叫爸爸啦？要八个才能叫爸！苏光着急了：哎呀我只有一个爸得嘛！那几个男生说：不怕，你看，我们这就有七个人，你一人喊我们一声爸，这下不就是有八个爸了么？就是"八爸"了！苏光很高兴，一口气喊了七个爸：爸！爸！爸！爸！爸！爸！爸！那几个调皮鬼就兴高采烈地答应了七声：哎！哎！哎！哎！哎！哎！哎！

17. 有一次学校开朗读大会，我和班上的文娱委员杨啥子……哎呀年代久了记不清了，和杨啥子朗读京剧《红灯记》选段。我扮演李奶奶，她演李铁梅，她穿了件红上衣梳了个独辫子。京剧就要用北京话来朗读噻，我们两个就是用北京话读的：铁梅啊，你低低他好不好？我低他好。壳他不四你跌亲低。莱莱，你四气浮屠了吧？莱莱也不四你跌亲莱莱……

18. 其实这几句对话是：铁梅啊，你爹爹他好不好？我爹他好。可他不是你的亲爹。奶奶，你是气糊涂了吧？奶奶也不是你的亲奶奶……好在我们整个学校都没有北京人，大家居然给了我们热烈的掌声，并且把第一名颁发给了我们！

19. 国庆节了，每个人分得了三两花生糖和一封米花糖。但是有的男生都怕领了，试到试到地问：……不是又喊我们出洋相嘛？哈哈，这次是真的米花糖哈！领了之后，我舍不得吃，都给父亲送过去了。那时外面买不到这种东西，父亲真是高兴得合不拢嘴。

20. 我很多个星期天都是在学校吃了早饭就去父亲厂里给他洗衣服，他经常在星期天加班。我父亲车间的钟师傅是个幽默人，他经常悄悄地把他的脏衣服也和我父亲的脏衣服挂在一起，我明明晓得，也一起洗了晒了才又回学校去吃午饭。后来父亲看到钟师傅穿的衣服比原来干净多了，就问他：你是不是把脏衣服挂在老子的脏衣服一起了？钟师傅说：就是，你女儿洗得真干净！

21. 钟师傅是个罗锅背，所有的人都喊他钟驼子。他人幽默得很！他们车间是搞铸造的，红红的铁水放在模型里后要用沙土盖上，有人就把中药放在上面去熬。钟驼子看见药里面有枣子，就去拈来吃。人家就吼他：龟儿子！我的枣子是用来医病的！你吃了医啥子嘛！他嘿嘿一笑：我吃了嘛，医驼子噻。

22. 那个时候演电影《卖花姑娘》，我看了两遍，两遍都看哭了的。听说有一对耍朋友的，女的带男的去看，看之前女的对男的说：你肯定会看哭的！结果那个男的没有看哭。嘿，这个女的出了剧院就直接把男的甩了，说：龟儿子心太硬了，各走各！

23. 扯句后来的话，我在六十岁的时候，我女儿在北京还专门带我去人民大会堂看了一场由朝鲜歌舞团演出的歌剧《卖花姑娘》，咋个就一点都不感动了嗬？还看得直打呵呵？我看了半场就看不下去了，和女儿走出来，一边走一边反省自己：哎呀，我忘了本啦。

24. 还是回到我们那个年代哈。那个时候学校高年级的人说，以前我们学校毕业的一个女生和一个司令员恋爱，高高兴兴嫁过去，想这下可享福了。结果，嫁过去，一不准化妆，二不准穿鲜艳衣服，三干饭的米汤放馊了都不准倒……总之要她做艰苦朴素的带头人！她一见朋友就叫苦……

25. 还有一个男生，好不容易经过人家介绍耍了一个很满意的女朋友，他很想在那个女娃娃面前展现他作为一个文艺工作者的才华，就喊她来学校看他的演出。但是，看了下来就吹了，唉，哪个喊他演的是反面人物嘛！又演得那么好！

26. 其实想来师校里的帅哥还是挺多的，不管是我们的男老师还是男同学。但是那个时候当老师就是不好找对象，因为那个时候老师的工资低、待遇低。女同学们私下悄悄商量，都希望能找军人、工人或者司机，要是当过军人的又转业到地方好单位开车的，简直就是上等人选了……唉，我那个时候就被严重影响了哈。

27. 七十年代，我们那里要是谁在银行里存上一万元钱就要被调查，查你哪里来的那么多钱。听说，整个遂宁县银行存款最多的一户，是存了六千块钱，那感觉相当于现在的六千万吧！

28. 我同桌同学唐兵有两件的确良的衣服，我很羡慕她。看她天天穿着真好看，我就在心里偷偷想：我要是有一件，平时就不会穿，只有走哪里才穿一下。我三哥在昆明读军区医科学校，他有一次回来，给了我十元钱，我高兴得整夜都没有睡着觉！但是我也没有去买的确良的衣服，想来想去，还是去扯布做了两个布胸罩（那是一个女娃娃最缺的），剩下的，给父亲买了一双布鞋。

29. 我后来毕业参加工作了，终于用工资给自己买了一件的确良的衣服。

30. 有一天，我的同学卓清慧来找我，我们坐在床上摆龙门阵，她看着我的蚊帐挂得巴巴适适的，就感叹：唉，我也有这么一床蚊帐，可惜掉了。我问她：你的蚊帐是好多号？她说：28号。等她走了，我连忙把我的蚊帐号翻来看：28号！天啦，辛亏她没有看到喔。

31. 事情是这样的，其实是我的蚊帐丢了，我当时要得好的同学……哎呀，你看人家帮我偷蚊帐，我现在名字都想不起了，真是不该，反正就是一个很大胆的女娃娃，她说：莫着急，我去给你找一床！你在这里帮我把贼看到！她摸手摸脚进了人家的寝室，回过头还调皮地对我笑了笑。贼？哪个是贼？嘿嘿，贼喊抓贼……

32. 后来，几年之后，卓清慧嫁给了我的三哥，成了我的嫂嫂我才敢告诉她。她打起哈哈拍我的脑壳：这个小短命鬼！我也笑嘻嘻：嘿嘿，我要是偷了别个的蚊帐，说不定嫁给我哥的就是别个咯！她也好耍，给我作揖：好嘛，我来谢个媒，人家是花为媒，我们是贼为媒！

33. 多么青春的时光啊，现在看见我的女儿和她的同学一天嘻哈打笑的，我就要想起我的那些女同学们和伙伴们，当年也个个都是红头花色的啊。

34. 哈哈，想起来了，那个帮我偷蚊帐的，就是李琼！李琼和我要得很好，人漂亮又耿直。李琼有什么好吃的都和我一起分吃，她每次回家去之后都要带两把挂面回来，喊我一起打面牙祭。面吃完了，她整理一下自己的财物，说老子还有五两粮票两角钱干脆一下吃完，砍了树子免得老鸹叫。但是两个人跑到面馆里吃面，五两粮票两角钱是不够的，除非再有一角钱。李琼人乐观，说：妈哟要是路上能捡到一角钱就好了！我说：那是不可能的。结果，刚说完，我们俩就在上梯坎的地方捡到两角钱！哎呀我们两个啥子话都不说了，就抱到一起跳起跳起地笑喔！笑完就冲到面馆里吃面了！还剩了一角钱。

35. 很多很多年后，我不晓得在家翻一本什么旧书，突然翻到中间夹了一角钱，当时我就模模糊糊觉得有点特别的，仔细一想，原来就是很多很多年前，我们吃面剩下的那一角钱。我那天摸到那一角钱，在沙发上坐了很久。我特别想念多年前的那碗面，还有李琼。听说她嫁到昆明去了，但是究竟是什么地方，我问了很多人，都说不知道。

※ 毕业工作，恋爱结婚

1. 一九七三年十月我们毕业了，我们班被集体安排到安平公社去宣传党的政策和毛泽东思想。

2. 我和曾庆良分在一个姓龙的队长家。我们当时的工资是二十九块五，粮是二十七斤，统一向住户交二十七斤粮、十三元钱，自己还剩十六块五。我们与贫下中农同吃同住同劳动，晚上还要组织社员学习党的政策和毛泽东思想。

3. 组织上同意我们耍星期天。一到星期天，我们就去安平街上赶场，那儿有面馆，嘿嘿，我们心头想那家面馆硬是都想了一个星期了哈！结果到了面馆一看，哇！全是我们班的同学！女同学手上拿着面牌子等着吃面，男生耍得好的坐在一桌，桌上放了很多炒花生，他们有说有笑地喝着小酒吃着花生。我在面馆里找到了好朋友龚华莲和李德英，我们一人吃了一碗二两的面就去逛街了。我们有一人称了三两花生，放在荷包里，三个人一边走一边摆龙门阵一边吃花生，高兴了还要唱几句。就这样，就慢慢走回了住户家。

4. 这样在安平公社搞了两个月之后，我被正式分在了拦江区红星小学。我还比较满意，因为那个学校就在公路边上，不用走太多路。

5. 一九七四年一月一号，我到红星小学报到。我任音乐老师，以及四年级的语文老师加班主任。每天的课都是满满的，晚上八点之后还要到办公室批改作业、备课，一直忙到晚上十点过。半年后转正，工资涨到了三十五元。转眼间六一儿童节到了，我在班上指导学生们排了一个《草原英雄小姐妹》的舞蹈，一共有八段，把草原小姐妹龙梅、玉荣和暴风雪搏斗、保卫公社羊群的英雄事迹整个都表现了出来。这个舞蹈在节目汇演中得到了第一名，我也为我们母校遂宁师范学校增了光哈！

6. 学校为了学生有水喝，烧了开水放在保温桶里，我的一个男学生直接用嘴去对着保温桶喝水，把嘴烫伤了，这是那个儿童节唯一遗憾的地方。

7. 我们学校有位老师结婚，我给他们写了一副对联：红花并蒂相映美，海燕双飞试比高。横批是：革命伴侣。这个贴在了他们大门上。另外还有一个男老师结婚，他人调皮，我也给他们写了一副对联：球场虽小足够二人活动，篮圈不大可是一投便中。横批：夫妻球场。贴在了人家的蚊帐上。

8. 曾主任的老婆说起她第一次见曾主任的时候，硬是把我们大家的肚皮都笑破了！曾主任第一次上她家的门，坐在她家的堂屋里。她家堂屋是用竹篾编的隔断，里面就是煮饭的灶屋，她在里面烧水。那个时候结婚前男女都是不能见面的，但是她就是想看看他。她就从竹篾缝缝往外看，看喃又看不清楚，她干脆就站在凳子上，趴在隔断上看……大家想那个篾竹好不经事嘛，她看着看着就入迷搞忘了篾竹很脆弱，只听得"啪！"一声，连隔断带人，整个就倒了下来！她一倒就正好倒在曾主任面前，曾主任吓得站了起来。她喃，爬起来就往里屋跑，心里又羞又怕！哈哈，后来曾主任说，倒是他把她看清了：高高的白白的，模样很不错。而且他也没问那个倒在他面前的女娃娃是哪个，他心里明白这就是他未来的老婆，之高兴喔！

9. 说实话，我也是个大姑娘了，周围的人恋爱的恋爱，结婚的结婚，我心头嘛还是有点开花开朵的喃，也在幻想未来那个人，究竟是什么样的喃？

10. 其实在我们学校有个老师多帅的，他对我很好，但就是人比较不爱说话。他总是悄悄个儿把事情做好，然后你还没有注意到他，他就消失了。我心头隐隐约约觉得有一个人存在，但是说不上来是谁。

11. 没多久，我二哥何安华来找我，说是我们镇上供销社主任来找我们父母，要把他的大儿子说给我。他儿子当兵转业在贵州某军工厂开车，身高一米七六，高小文化但写信水平当得到初中。说是他已经到成都来拉货，就等我去见面。见面就要请假，我们教导主任不准，我二哥给他发了支云烟：来来来，主任，冒起！然后把一整包都塞在他上衣荷包头。这下主任同意了给我三天假。

12. 我和二哥一道去了成都，见到了他。他那天穿了一身转业军人的军装，连帽子都还戴起的，显得很周正。人特别帅，真的，这一点我现在都承认。而且第一次见他，他无论说话还是待物，都显得很和善，见过世面的样子。哎呀，再强调一下，他特别帅，还真的有点像电影《白毛女》里面的大春。

13. 第三天，我回到了学校，全校师生都知道我去成都相亲了。这天下了课，我去办公室准备批改作业，那个一直对我很好的老师一直跟在我的身后，好像有什么话要对我说。没有人的时候，他终于说了，说得个结结巴巴的：何老师……我、我还以为你晓得、晓得我喜欢你，你、你去相亲……相亲……

14. 我打断了他：哎呀王老师，你说晚了。

15. 十天后，我收到了司机的第一封信，是用打油诗写的，那水平不像是初中水平倒像是高中水平。我很高兴,·也用打油诗给他回了信。过了段时间,他又用诗一般的语言在回信中暗示,他想过春节回来结婚。

16. 说实话,见一面和通两封信就要结婚,恐怕是快了点,但是司机帅气的外貌和诗歌般的内在,在那个时候相当程度上给我了勇气。我反复读了司机给我寄来的这两封信,字里行间都是我喜欢的那种说不出来的腔调,现在想来就是觉得他多有内涵的,可以说是浪漫嘛。我回信告诉他:好。

17. 确定好了关系之后,我们一直书信不断。而且他一封信比一封信写得有文采,我真是觉得自己好幸运,找到了这么一个各方面都优秀的男子,就要求到他单位上去看看,他也答应了。

18. 我第一次去司机单位的时候,他和一个高大的男子一起来接我,他笑嘻嘻地介绍说:这位是王旭东王大哥,给你的那些信都是他帮我写的!我差点没有晕倒。

19. 王旭东是个右派，四十多岁，一表人材，身高一米八，是个大学生，幽默乐观。他会修理钟表，会剪裁和缝纫，哼，还擅长写情书……总之是个无所不能的万金油。他是因为被打成右派到这个厂里来锻炼的，组织上派政治过硬的司机来看管他，让他们住在一个寝室。但是司机一点都不为难他，还对他很好，他们两个好得就像亲兄弟一样。

20. 哎呀，我就难办了，咋个好嘛？但是我看着司机那个样子，也生不起气来，毕竟帅还是没有假的，人也老实。我对他们这种冒名写信的行为进行了批评，他们两个嘻哈打笑地给我赔礼道歉，尤其是王旭东，说：哎呀弟妹嘞，我兄弟心头有就是倒不出来，我只是帮他抒发了哈，你莫介意！然后司机再一边笑得憨滋滋的：嗯，就是，就是。

21. 后来，我真的嫁给了司机，他就是格格的爸爸，桑国全。

22. 我和桑国全去办结婚证，那办事员把结婚证递给我们时说：拿了结婚证就是夫妻了，要互相帮助，该做的事情就不要害羞。不要像刚才那对夫妻，刚拿了结婚证才两分钟就来办离婚。我问为什么啊，他说：他们拿了结婚证刚出门槛，那女的就绊倒在沟沟里了，那男的还不好意思去拉她！所以她爬起来就扯着他来离婚，死活都要离，还是我给她办了离婚证呢！

23. 我们的婚礼定在二月十三日，婚宴是晚上，来宾一人一碗炖猪脚。我侄儿何勇跟着我，虽然才六岁，但是作为新娘家里的男人，还是有一碗猪脚。他正啃得起劲，我那婆婆就说：娃儿嘞莫吃猪脚叉，看二回把婆娘叉脱了哈！我侄儿啃得头都不肯抬，说：不怕得！我还没得婆娘！

24. 我这个新娘子，没化妆，没梳特别的头，也没穿新衣服。只是我要求桑国全去学校借了架脚踏风琴，我希望在自己的婚礼上，能为来宾唱两句。来吃酒的都是山沟沟里的人，说一辈子还没听到这么好听的弹唱歌声，都说桑国全有福气，讨了个女秀才。桑国全这个新郎，也没有穿啥子好衣服，一直在帮着挑水、洗红苕、劈柴、帮着上菜，像个长工一样。我觉得他多勤快的。

25. 晚上闹洞房的时候，桑国全的婆，就是现在已经一百零一岁的格格祖祖，拿了一长截竹子，那竹子一头是锤破了的。她问我：何妹崽，这个是啥子？我说：是唤鸭子的。她说：不是。她又问桑国全：这个是啥子？他说：是竹篙……啊，不对，是响篙（一头破了的竹子用起来会啪啪啪的响，就叫做响篙）！

26. 他婆终于满意地露出了笑容，看着我们两个：嗯，是"想搞"，这就对了嘛！

※ 女儿桑格格的出生

1. 人家说酸儿辣女，还真是那么回事！我怀格格的时候，就是想吃辣的。那个时候我像个兔子一样，嘴巴一刻也不停。除了辣的，我还喜欢吃水果，买的两斤番茄，一会儿就被我吃光了。我的体重从原来苗条的八十多斤直线上升，到了一百二十多斤，我的天啊，我完全变成了一个皮球！但还是想吃得很。格格的祖祖就说：嘿，怪物婆娘，你怕怀的是个饿痨鬼喔！

2. 我不吃的时候，就用毛线来织点小衣服小帽子什么的，我最喜欢一个人坐在窗子底下，安静地打毛线。在春天的时候，还有燕子飞来飞去在我们屋檐下面筑巢。突然有一天，肚子里的小调皮踢了我一脚！哈哈，这就是胎动，我觉得这坨小东西是活的没错啦！她在肚子里动得凶的时候，我就喊她爸赶快来看，他正好看见格格一脚端在肚子上，依稀还有个小脚板印！他说：嘿，怪物婆娘，你怕怀的是个踢足球的喔！

3. 我怀着孩子，住在桑国全的单位上。那个时候房子紧张，他没有分到房子，我们住的是单位锅炉房旁边的小屋子。他在的时候还好，我不怕；他要是出车去了晚上回不来，我就怕得睡不着。正好二哥，也就是格格的二舅舅，到成都来看我。他是个搞安全的干部，有配枪，就把枪放在我枕头下面，说是这样可以避邪。后来我生了格格，她的个性特别像男娃娃，吃铁吐火的，恐怕就是和当初这把枪有关喔。

4. 那个帮格格她爸爸写情书的大学生王旭东，从贵州寄来了小衣服小裤子小帽子，他和桑国全的关系一直都很好，像两兄弟一样。我想起他来又好气又好笑，你说要不是他那两封文采非凡的信，恐怕还没有桑格格这个小崽子喔！他寄来小衣服，也算是"售后服务"哈！

5. 除了王旭东寄来小衣服，格格的外婆来看我，也带来她亲手做的一件小斗篷。那件斗篷是红色缎子面的，上面绣着好几朵牡丹花。我知道那是我妈原来出嫁时的陪嫁被面，她这么多年都舍不得用，一直放在柜子里，还新崭崭的呢。这个小斗篷，是后来格格最得意的一件衣服，她从还是奶娃娃的时候就一直被这个斗篷包到。后来，她长到好几岁用不着斗篷包了，她自己还舍不得它，有时候和小朋友一起耍的时候，还要翻出来自己穿上，觉得很洋盘。甚至有时候出去和人家打架，也要先回来把这件斗篷翻出来穿上再出去。她说那样她就拥有神力，能够一砣子把人家打倒！

6. 终于临产了，我在420厂医院躺了整整一天一夜，痛得我死去活来。由于我是个唱歌的音乐老师，声音比其他产妇都要高、尖，据说整个妇产科都响彻着我那高亢的叫声，医生都要受不了了，去给桑国全说：你喊你婆娘控制哈嘛，哪个生娃娃都恼火，哪个都没有她叫得那么大声！唉，有啥办法嘛，我就是生不下来，恼火啊！

7. 这个时候，刚好格格她爸又被单位派去拉一车货，结果在路过一条火车铁轨的时候，差点被火车挂住！那样的话，他就见不到格格啦！就在那个时刻，一直平躺着生不出娃娃的我，正好被医生扶起来坐，刚一坐起来，哇哇一声婴儿的啼哭就响来了：格格出生啦！

8. 三天后，我们带着格格出院回到408库的锅炉房，因为有奶吃，她睡得很好。但是她爸对于这个凭空而来的肉坨坨很好奇，喜欢在格格睡着的时候去捏她的鼻子，她总是被惊醒。从此之后，她一入睡就惊醒。后来是抱到跳蹬河看了医生吃了药才好的。格格长大之后，就很讨厌人家在她睡熟的时候把她叫醒。有一次她在睡觉，她同学在窗子边上叫她，她迷迷糊糊睁开眼睛，摸到一个温水瓶，顺到窗子就甩下去了。幸好没有烫到人家喔。看来是个病根。

9. 我生了格格之后，一直没有吃什么营养的东西，因为格格的祖祖、桑国全的婆认为大米饭最有营养，让我就吃这个。后来我把我妈就是格格的外婆叫来了，她一来看见我的脸色蜡黄，做的第一件事情就是去杀鸡。我觉得世上只有妈妈好啊。就这样我十五天之后就长好了，奶水也充足。格格吃不完，我就把奶水挤出来搽在她脸上，她白里透红，长得真好看。

10. 格格满月了，没有条件做满月酒，只是给她剃了个头，是她爸桑国全剃的。奶娃的头是不好剃的，白一块、黑一块的。我妈说：大癞子生了个小癞子。桑国全最忌讳人家说他这个，听见我妈这么说，又不好发作，虽然在笑，却比哭还难看。

11. 桑国全长得很帅，但是喃，是个癞子头。因为他年轻的时候很调皮，和人家打赌，去戴了他癞子姑婆晒在外面的帽子，就惹起癞子了。结婚前我不知道他头发是这样的，他从单位寄回来的照片又都是戴起帽子的，婚后我才看见，还哭了一场，唉，也只有算球了。

12. 前年，桑国全花了几千块钱去栽了头发，像真的一样，他美得喔，天天都在露天舞厅当白马王子。而我那个宝贝女儿喃，却在同一年，把一头秀发剃得精光。没有头发的人，把头发当个宝，有头发的人把头发当窝草，说扯就扯了。

13. 话说回来，格格满四十天的时候，我给她照了张相，然后打算带她回老家了，因为那时候我还不在成都工作，在乡下的学校里当老师。正好桑国全也要下去拉货，就把我妈、我、格格一路捎回去。我们三代娘母坐在车上高兴得很，看着一路上的青山绿水，她外婆抱着格格逗她，自问自答：孙儿呐，回来没有哇？回来了喔！这就要拢屋了哈！一路上喊了没有一百遍，也有九十九遍。

14. 我们到了我的学校门口，远远就看见格格的外公在门口迎接我们。他把两个箩筐放在地上，一根扁担横起，坐在上面看见我们来笑嘻了。他箩筐里装的都是给格格准备的穿的和尿片，还有好吃的。他第一次见到格格，说这个妹崽长得乖喃，嘻嘻呵呵哈哈，都不晓得说啥子好了。

15、格格还是奶娃娃的时候喜欢听我唱歌。她晚上听我唱歌就慢慢入睡了，早上起来把她抱在怀里唱她也不哭，还会跟着咿咿呀呀的。那时我唱得最多的是《我的祖国》和《我爱我的台湾哟》。格格说她还记得，我觉得有点不可思议。

16、四个月的时候，我的奶就不够她吃了，但是又买不到奶粉。那时候吃的是供应肉，一人好像是一个月一斤半肉、油二两，白糖要得肝炎病有大医院证明才买得到。我就把熟蛋清和肉切得比米粒还细，煮在面里给她吃，她很喜欢吃。所以喃，格格这个娃娃油荤开得早，我觉得后来她的胃口好和性格皮实，也许和人间烟火吃得早有关。

17、到六个月的时候，我就正式给她隔奶。她哭得哟，用她的话来说就是：我一怒之下得了个婴儿肺炎！老人家说放在身边是隔不脱的，于是我就用娃娃背篼把她背回她奶奶家去。关于这次隔奶，格格是一直耿耿于怀，

她说算是她人生中的第一次重大打击，因为她无法捍卫
自己很喜欢吃的东西，令她很有挫败感！她现在看到人
家娃娃吃奶，都要贪婪地站在旁边看个半天。有一次看
电视剧，里面有个小皇帝六岁了还捧着奶妈的奶奶在
吃，格格就感慨万分：妈，你当年好狠啊！

18. 其实，隔奶苦啊，孩子受罪，妈妈也很痛苦。把她
送回奶奶家隔奶，我不能去看她，就过度失眠住进了
东禅医院。医生开了葡萄糖给我输液，我感到一股冰
冷的液体流进我血管，全身很冷，不一会儿就觉得要
失去知觉了。我拔掉针头就冲出房间，出了房间就倒
在了地上，模模糊糊听见有人喊：医生，这里倒起个
病人！后来经过抢救，我哇的一声哭出来了：我要见
我的娃娃！

19. 终于我可以去见格格了。我去的时候，她正在睡
觉，我捞开蚊帐，"嗡"一声很多很多只蚊子从帐子里
飞了出来。我强忍住眼泪要把格格带走，但是她奶奶不

同意，说是刚好带顺，我没能带走格格。又隔了一个多月，在我强烈要求下，格格终于被送回来了。但是，她的性格已经不像之前那么可爱了：不说话，爱哭，不爱听我唱歌了，动不动就要用手抓人，在地上打滚，眼神里总是充满了警惕和仇恨的目光。唉，早晓得，我不该给她隔奶啊。

20. 我带着歉意的心情，对格格倍加温柔。给她轻轻地洗澡，抱着她逗她笑，除了去学校上课很少离开她。就是去上课，我也让保姆垄婆婆背着她在操场里散步，我能看见她。这样慢慢地，格格身体好起来了，性格也慢慢变回以前那样了：不哭了不抓人了爱听我唱歌了也喜欢笑了，我教学生跳舞，她也在那里手舞足蹈的。有一次，她坐在自己的小板凳上，我拿着脸盆要去打水，没人看着她，我正左右为难，她开口说了人生中的第一句话：妈妈你去嘛，我看屋。我惊喜地看着她并亲了亲她的脸，我们都开心地笑了。